Der Kreis des Schreckens

JULIETTE MANET

Der Kreis des Schreckens

Thriller

Aus dem Französischen von Monika Buchgeister

Weltbild

Originaltitel: *Cherche objet tranchant*
Originalverlag: Plon, Paris

Besuchen Sie uns im Internet:
www.weltbild.de

Weltbild Taschenbuch

Die Autorin

Juliette Manet wurde 1961 in Biarritz geboren. Sie hat Kunstgeschichte studiert und viele Jahre als Fotomodell gearbeitet, u.a. für Helmut Newton. Heute lebt sie mit ihrer Tochter und ihrem Ehemann in Florida.

1

Es war März, und in dieser Jahreszeit änderte das Wetter sich rasch. Binnen weniger Minuten konnte Nebel aufziehen, und unvermittelt konnte die Dunkelheit hereinbrechen. Schon von den Gegebenheiten selbst ging eine Warnung aus, die Unwägbarkeiten und Gefahren verhieß. Es herrschte die Atmosphäre einer stummen, elementaren Drohung, die sich als todbringend erweisen konnte.

Die beiden einsamen Wanderer schienen nichts davon zu spüren.

Laurence Bonner reichte ihrer Tochter Eva das Fernglas.

»Sieh mal durch«, sagte sie.

Die Siebzehnjährige nahm den Feldstecher. Bevor sie ihn an die Augen führte, fragte sie:

»Was gibt es denn zu sehen? Wonach soll ich Ausschau halten?«

Laurence saß auf einem Felsen und setzte ihre Sonnenbrille wieder auf. Sie schwitzte, und ihre Muskeln brannten vom Aufstieg. Sie blickte auf die Armbanduhr. Es war kurz vor zwei.

»Nach einem Mann im blauen Anorak«, erwiderte sie. »In südlicher Richtung. Von dort ist er vermutlich gekommen.«

Eva streifte ihre Handschuhe ab, schüttelte ihre blonde Mähne und bedachte ihre Mutter mit einem vorwurfsvollen Blick. Vergangene Woche hatte Laurence angerufen und Eva vorgeschlagen, eine Bergwanderung zu machen. Den Winter über hatten sie sich nicht oft gesehen; Laurence wohnte in Pau, während Eva bei ihrer Großmutter in Bordeaux lebte.

Doch die beiden Tage in den Pyrenäen waren mehr als bloß ein gemeinsamer Ausflug, um die Abgeschiedenheit der Bergwelt zu genießen. Laurence hatte Eva gebraucht – nicht bloß als Begleitung, sondern als erfahrene Führerin. Eva kannte sich in den Bergen aus, und natürlich war es Laurence lieber gewesen, mit der eigenen Tochter zu wandern als mit einem fremden Bergführer.

Gegen neun Uhr morgens waren sie im Tal von Cauterets aufgebrochen und hatten nach einem langen Anstieg durch einen Kiefernwald die kleine Berghütte von Russel erreicht, wo sie ihr Gepäck zurückgelassen hatten. Gestärkt durch eine Tasse gezuckerten Tee, hatten sie dann die letzten tausend Höhenmeter in Angriff genommen.

Auf fast dreitausend Metern bot sich ihnen an der höchsten Stelle des Ardiden-Grats ein atemberaubender Ausblick. Ringsum ragten schneebedeckte Gipfel und zerklüftete Bergketten auf. Tief unten in der Ebene war das Dorf Cauterets zu sehen. Im Westen ragten die dunklen Felsen des Balaitous und des Fache auf, im Süden erhob sich der weiße Gipfel des Vignemale. Dahinter, in der Ferne, lag Spanien.

Eva trat nahe an den felsigen Abgrund heran. Das Geröll reichte bis hinunter in den Talkessel. Unterhalb des Grates waren riesige, glatte Granitblöcke ineinander verkeilt; sie schienen sich in einem unsicheren Gleichgewicht zu befinden und sahen wenig vertrauenerweckend aus. Der Himmel war klar, die Luft dünn, aber rein und frei von jeder industriellen Verschmutzung.

Im Winter waren gewaltige Schneemengen gefallen. Körnig glitzernde, kristallene Flecken in blendendem Weiß marmorierten die Landschaft – jungfräuliche, von der Sonne beschienene Schneeflächen. Vor den Felswänden schwebten dünne Wolkenschleier gleich einer kühlen, feuchten, dunstigen Decke. Tief unten schlängelte sich der Pfad zwischen den Steinblöcken und Rhododendren in die Höhe; der Schnee, der ihn bedeckte, sah wie kalter weißer Staub aus.

Laurence zog eine Flasche Mineralwasser aus dem Rucksack und spülte sich den Mund aus, bevor sie einen Schluck nahm.

»Siehst du etwas, Eva?«, fragte sie.

»Hast du dich hier oben mit ihm verabredet?«, entgegnete Eva, ohne die Frage ihrer Mutter zu beantworten.

»Nein. Er hätte in der Hütte auf uns warten sollen.«

Eva setzte das Fernglas ab.

»Ich sehe nur ein Paar Milane, keinen Mann im blauen Anorak.«

»Wie lange brauchen wir für den Rückweg zur Hütte?«

»Gut zwei Stunden«, sagte Eva und sah sich mit prüfendem Blick um. »Das Wetter ist mittelprächtig. Wir könnten hier noch ein bisschen warten, wenn du willst.«

Laurence zuckte die Schultern. Sie wirkte bedrückt. »Ich verstehe das nicht«, sagte sie. »Wir hatten am Telefon alles genau abgesprochen.«

»Vielleicht hat er sich verlaufen«, gab Eva zu bedenken.

»Nein. Er kennt sich in den Bergen aus. Das hat er mir jedenfalls versichert.«

Für einen Moment war Eva versucht, Laurence nach einer Erklärung für dieses Treffen zu fragen, ließ es dann aber. Offenbar war es eine vertrauliche Sache, und aus Gründen, die nur ihre Mutter kannte, hatte sie diesen Treffpunkt ausgewählt. Wenn Laurence es für notwendig hielt, würde sie sich zu dieser Sache äußern.

Sie machten sich an den Abstieg. Nachdem sie die gewaltigen Granitblöcke auf dem Bergkamm umgangen hatten, folgten sie den engen Kehren des Pfades, der allmählich breiter wurde, bevor er in ein Geröllbecken mündete, das von Granitwänden umschlossen war. Dort unten, am Fuße einer zweitausend Meter hohen Wand befanden sich die Reste eines Gletschers; die Gletscherzunge war von Neuschnee bedeckt.

Die späte Nachmittagssonne lag nun auf den Gipfeln, die sich in der feuchten Luft abzeichneten. Bläuliche und malvenfarbene Schatten ergossen sich in die tiefen Spalten und Schluchten an den Flanken der Berge.

»Alles in Ordnung?«, fragte Eva und blieb stehen.

»Ja, sicher«, antwortete Laurence lächelnd.

Sie fuhr sich mit einer Hand durch ihre kurzen, dunkelbraun gefärbten Haare; um ihre blauen Augen herum zeigten sich kleine Fältchen. Sie fühlte sich beim Abstieg leichter, und die Träger ihres Rucksacks schnitten ihr nicht mehr so schmerzhaft in die Schultern. Für einen Augenblick verspürte sie so etwas wie inneren Frieden. Laurence machte sich keine Sorgen, was die Wanderung selbst anging; mit ihren siebzehn Jahren war Eva eine gute Bergführerin und kannte sich in Fels und Eis hervorragend aus. Laurence war zwar geübt im Wandern, aber sie wusste, dass Eva ihr konditionell deutlich überlegen war.

Außerdem wusste Laurence, dass die Berge ihre Tochter Ehrfurcht und Demut gelehrt hatten, sodass sie für ihr Alter sehr reif wirkte. Laurence war stolz auf Eva. Sorgen bereiteten ihr ganz andere Dinge.

Insbesondere, dass der Mann nicht erschien, den sie in der Hütte hätte treffen sollen.

»Wir müssen einen vollkommen sicheren Treffpunkt wählen«, hatte er Laurence mit seiner von einem starken Akzent gefärbten Stimme erklärt. »Kümmern Sie sich um die notwendigen Vorkehrungen. Sie wissen, was auf dem Spiel steht.«

Ja, das wusste Laurence allerdings. Deshalb hatte sie sich den Kopf über einen geeigneten Treffpunkt zerbrochen, bis ihr die Russel-Hütte eingefallen war, in der sie zu Beginn des letzten Sommers ein paar Nächte mit Eva verbracht hatte. Laurence' Gesprächspartner war mit einem Treffen in den Bergen sofort einverstanden gewesen, zumal er die Russel-Hütte kannte.

Warum aber war der Mann nicht erschienen? Schließlich wollten sie beide sich wegen einer überaus wichtigen Sache treffen. Laurence zuckte die Schultern. Besorgnis ist genauso schädlich wie Angst, sagte sie sich, und verkompliziert die Dinge überflüssigerweise. Vielleicht hatte ein harmloses Missgeschick die Ankunft des Mannes verzögert. Vielleicht kam er erst in der Nacht oder morgen früh.

»Mutter?«

Eva schaute durchs Fernglas auf eine schroffe Felswand voller Rinnen und Spalten, die wie dunkle Furchen die Wand durchschnitten.

»Ja, Schatz? Hast du etwas entdeckt?«

»Dort«, sagte Eva und wies mit der Hand auf einen noch von der Sonne beschienenen Felsgrat auf der gegenüberliegenden Seite des Talkessels.

Laurence griff nach dem Fernglas, hielt es in die von Eva gewiesene Richtung, schaute hindurch und stellte die Schärfe ein.

Die Granitfelsen schimmerten hart und klar. Die rissigen Zacken wirkten rau. Der Schatten reichte bereits bis zur Mitte des Felsenkessels und bildete eine Grenzlinie zwischen dem goldgelben, noch von der Sonne beschienenen Fels und dem Grauschwarz des Gesteins in den Schatten.

Laurence konnte nichts Interessantes erblicken und senkte das Fernglas wieder.

»Ich kann nichts entdecken«, sagte sie. »Was hast du denn gesehen?«

»Schau noch einmal«, sagte Eva. »Ungefähr fünfzig Meter unterhalb des Felsgrats da drüben ist ein einzeln stehender Baum, und darunter ist ein Felsvorsprung.«

Laurence suchte die Wand ab und entdeckte den Baum und den schmalen Felsvorsprung, den Eva erwähnt hatte. Auf dem grauen Fels sah sie etwas, das aus dieser Entfernung wie ein dunkler Flecken aussah. Bei genauerem Hinsehen glaubte Laurence, die Umrisse eines Körpers in blauer Kleidung zu erkennen.

»Sieht aus, als läge da jemand«, sagte sie.

Eva nickte langsam und sah ihre Mutter prüfend an. Laurence spürte, wie ihre Haut unter dem Wollhemd zu prickeln begann.

»Glaubst du …«

Sie verstummte und blickte noch einmal durch den Feldstecher. Ja – was da auf dem Felsvorsprung lag, sah tatsächlich wie der Körper eines Menschen aus. Aber wie war er dorthin gelangt?

»Er muss auf den Vorsprung gestürzt sein«, murmelte Eva, als hätte sie die Gedanken ihrer Mutter gelesen. »Und wie es aussieht, trägt er einen blauen Anorak.«

Laurence nickte. Offenbar lag der Mann, mit dem sie sich hier in den Bergen hatte treffen wollen, auf einem Vorsprung mitten in einer steilen Felswand. Dabei sah die Stelle gar nicht schwierig aus, und die Berge mussten dem Mann vertraut sein, sonst hätte er am Telefon Einwände gegen den Ort der Verabredung erhoben.

Vielleicht war er gar nicht auf den Vorsprung gestürzt. Vielleicht war es gar kein Unfall gewesen …

»Wir müssen die Polizei verständigen«, sagte Eva. »Wenn dein Handy hier nicht funktioniert, rufen wir von der Hütte aus an.«

»Eva …«

»Was ist?« Das Mädchen blickte seine Mutter an. Ein Sonnenstrahl spielte um ihr braun gebranntes, von goldblonden Locken gerahmtes Gesicht.

»Wie sind die Chancen, zu diesem Felsvorsprung zu gelangen?«, fragte Laurence.

»Wieso fragst du? Meinst du, du kannst dem Mann noch helfen?«

Laurence zögerte. Nein, sie hatte nicht daran gedacht, ihm noch helfen zu können. »Glaubst du denn, er lebt noch?«, fragte sie.

Eva schüttelte den Kopf.

»Nein, er ist tot. Man kann nichts mehr für ihn tun.«

»Woher willst du das wissen?«

»Die Raubvögel«, sagte Eva und wies auf mehrere schwarze Punkte, die über dem Felsvorsprung am Himmel kreisten. »Sie sind wegen ihm da.«

Laurence dachte ein paar Sekunden lang nach. Ein Gefühl der Leere befiel sie. Sie erkannte, dass es ein Fehler gewesen war, ihre Tochter in dieses Abenteuer hineinzuziehen. Sie hätte Eva nicht mit dieser Geschichte in Verbindung bringen sollen. Das Beste wäre, umgehend die Polizei zu verständigen. Aber war es tatsächlich der Mann, den sie treffen sollte, der nun dort auf dem Felsvorsprung lag? Der Einsatz war hoch und verlangte von ihr, ganz sicherzugehen.

Sie durfte niemandem vertrauen, wenn sie sich Klarheit verschaffen wollte.

Eva betrachtete die Felswand mit prüfenden Blicken.

»Von hier aus brauchen wir ungefähr drei Stunden, um zum Grat zu gelangen«, sagte sie schließlich. »Das Abseilen zum Felsvorsprung dürfte keine großen Schwierigkeiten machen. Anderthalb Stunden, würde ich sagen. Aber heute ist es zu spät dafür. Im Dunkeln könnten wir es nicht wagen. Wir müssten bis morgen warten.« Sie hielt kurz inne. »Soll ich es versuchen?«, fragte sie dann.

Laurence legte ihrer Tochter die Hand auf die Schulter.

»Meinst du denn, du schaffst es?«

»Ja, ganz bestimmt. Alles, was ich dazu brauche, haben wir in der Hütte.«

»Hör zu«, sagte Laurence. »Wir können auch die Polizei verständigen, und ich begleite sie dann …«

»Das dauert zu lange. Ich schaff das schon.«

Laurence versuchte, den Kloß in ihrer Kehle hinunterzuschlucken. Wenn sie sich mit Evas Vorschlag einverstanden erklärte, würde sie den Menschen, der ihr auf Erden am teuersten war, für ihre eigenen Zwecke benutzen. Andererseits hatte Eva auf Anhieb begriffen, worum es ging, und würde das Nötige tun. Sie war bergerfahren und vorsichtig. In dieser Hinsicht hatte Laurence nur wenige Bedenken. Dennoch machte sie sich Sorgen.

»Aber wenn du den leisesten Zweifel hast«, sagte sie, »und wenn du meinst, dass eine Gefahr besteht, dann lass es bleiben. Du bist mir das Liebste auf der Welt. Ich will nicht, dass du dich wegen mir in Gefahr begibst.«

Das Sonnenlicht war mittlerweile zu einem mattgelben, unwirklichen Schein verblasst, und die Berggipfel hoben sich vor einem sanften, einheitlichen Grau ab.

»Keine Angst. Lass uns jetzt gehen«, sagte Eva mit einem Blick zum Himmel. »Ich glaube, heute Nacht gibt es Schnee.«

»Oje. Es darf nicht schneien.«

»Es wird aber schneien«, sagte Eva lächelnd.

Laurence betrachtete die grauen Wolken, die dunkler und dichter geworden waren. Kalter Wind war aufgekommen.

»Wahrscheinlich hast du recht«, sagte Laurence.

Die Russel-Hütte stand am Rande einer kleinen, von vereinzelten Bäumen bestandenen Wiese und bot einen herrlichen Panoramablick auf das Tal von Cualous und den Pic Mayouret mit seinen knapp 2700 Metern Höhe.

Durch einen kleinen Vorraum der Hütte, in dem die Holzvorräte lagerten, gelangte man in die Wohnstube mit ihren Tischen und Bänken. Ein großer Kamin nahm eine gesamte Wand ein. Im oberen Stock befand sich der Schlafraum mit etwa fünfzehn Pritschen.

Nachdem sie sich frisch gemacht hatten, brachte Laurence auf ihrem kleinen Gaskocher Wasser zum Kochen, während Eva im Kamin ein Feuer entzündete, indem sie Zweige zerbrach und diese um ein paar zerknüllte Papierkugeln herum zu einer Kuppel aufeinanderschichtete. Als die Flammen aufloderten, legte sie Feuerholz nach.

Die Nacht war pechschwarz. Draußen ließ sich kein Stern ausmachen. In der kleinen Hütte, in der die Flammen im Kamin prasselten, duftete es nach Tannennadeln und Baumharz. Zum Abendessen gab es Suppe aus der Tüte, Trockenfrüchte und Müsliriegel.

Laurence saß ihrer Tochter gegenüber und lächelte sie an. Eva hatte die Beine übereinandergelegt; ihre Hände ruhten auf den Knien. Sie hatte ein hübsches Gesicht mit den lebhaften blauen Augen ihrer Mutter und dem energischen Kinn ihres Vaters.

Laurence streckte die Hand aus und strich Eva liebevoll übers Haar, während ihre Gedanken in die Vergangenheit schweiften.

Nachdem ihr Mann Marc verunglückt war, hatte Laurence sich Sorgen um Eva gemacht. Sie hatte befürchtet, Eva würde den Tod ihres Vaters nicht verkraften, doch das Mädchen hatte diesen Kampf gewonnen. Marc war an einem Novemberabend mit dem Motorrad verunglückt, als Eva dreizehn Jahre alt war. Es war ein ergreifender Trauergottesdienst gewesen, an dem sehr viele Menschen teilgenommen hatten; anschließend aber waren Laurence und Eva ganz allein in die Berge gefahren, um Marcs Asche dort zu verstreuen, wie er es gewünscht hatte.

Anfangs hatte Eva sich von Laurence abgewendet, hatte sich verschlossen, war durchs Leben gegangen wie ein verirrter Geist aus einer anderen Welt, ganz auf die Vergangenheit und ihren toten Vater fixiert.

Laurence ahnte den Grund dafür: Eva machte sie für die Scheidung verantwortlich; auch die Tatsache, dass Marcs Tod Laurence nicht so unglücklich gemacht hatte, wie Eva es erwartet hatte, legte sie ihrer Mutter als Mangel an Liebe aus. Doch Laurence hatte Eva zu verstehen gegeben, dass sie nichts von ihren Gefühlen wusste.

»Also bin ich schwächer als du«, hatte Eva ihr zornig geantwortet, »willst du darauf hinaus?«

»Du bist meine Tochter«, hatte Laurence sanft erwidert, »und das wirst du immer bleiben. Es ist kein Zeichen von Schwäche, unglücklich zu sein. Aber was mich betrifft, ist ein Teil von mir erstarrt, und ich habe einen Vorhang über die Bilder von damals geworfen, um es mir leichter zu machen.«

Mit der Zeit war die Beziehung zwischen Mutter und Tochter besser geworden. Am Ende war es Eva gelungen, den Blick wieder nach vorn zu richten, statt in trüben Erinnerungen zu verweilen. Die Pubertät hatte sie verändert. Für das Mädchen begann ein neuer Lebensabschnitt mit neuen Interessen, Hoffnungen und Erwartungen.

Laurence schätzte die Zurückhaltung ihrer Tochter und war dankbar, dass sie auch jetzt, in den Bergen, nichts Näheres über den eigentlichen Grund ihrer Wanderung herausfinden wollte.

2

Es war Ende April, und draußen kam ein Sturm auf. Die Wolken wurden dunkler und ballten sich Unheil verkündend über der baskischen Küste zusammen. Mit seinen breiten Schultern und den riesigen Händen verströmte Jean Cazenave, obwohl ein wenig füllig um die Hüften, den Eindruck brutaler, aber verhaltener Kraft. Er schob das Bein beiseite, das auf seiner Brust lag, und setzte sich auf den Bettrand. Er wirkte verstimmt. Schließlich stand er auf und ging zum Badezimmer.

»Gehst du schon, Jean?«

»Ich hab zu tun«, sagte er, ohne sich umzudrehen.

Cazenave seifte sich unter der Dusche sorgfältig ein, sodass seine Haut nicht mehr nach dem Mädchen roch. Vom Wasserdampf beschlugen die Wände und der Spiegel. Er wischte die Glasscheibe mit dem Handtuch ab und betrachtete sich. Markantes Gesicht, dunkle Haut, dichtes Haar, volle Lippen – jener südländische Typ, in dem viele Frauen einen guten Liebhaber vermuten.

Cazenave trocknete sich die Haare ab und ging ins Schlafzimmer zurück. Das Mädchen lag immer noch so da wie vorhin.

»Das ist das letzte Mal, dass wir uns sehen«, sagte Cazenave mit gepresster Stimme und band sich die Krawatte.

Das Mädchen richtete sich auf, sichtlich schockiert. Er sah, wie sie ihre braunen Locken schüttelte und sich eine Zigarette anzündete, um nicht die Fassung zu verlieren.

»Warum? Ich … ich …« Die Stimme versagte ihr und verriet, wie aufgewühlt sie war.

Cazenave wandte sich um. »Meine Frau ahnt etwas«, sagte er, streifte die Weste über und zog das Seidentuch zurecht.

»Das soll wohl ein Scherz sein, oder?«, brachte das Mädchen hervor.

»Nein.« Cazenave schob seinen Siegelring über den Finger.

»Es ist nicht mein Problem, wenn deine Frau Bescheid weiß«, sagte das Mädchen. »Seit wann kümmerst du dich darum, was sie denkt? Glaubst du wirklich, du kannst mich vögeln und dann einfach fallen lassen?«

Ihr Tonfall missfiel Cazenave. Seine Lippen wurden zu einem schmalen Strich, und eine Ader pochte an seiner gebräunten Stirn. Er beschloss, dem Mädchen einen kleinen Denkzettel zu verpassen, trat ans Bett und griff nach ihrem Arm.

»Lass mich los! Ich muss dir etwas Wichtiges sagen …!«

Da er nicht darauf einging, versuchte das Mädchen, sich seinem Griff zu entwinden.

»Jean, ich …«

Er verdrehte ihren Arm so, dass sie sich umwenden und auf dem Bett ausstrecken musste. Er bewunderte ihren flachen Leib, die schlanke Taille, die langen Beine. Während er sie mit einer Hand im Nacken packte, drehte er den Arm weiter, sodass das Mädchen vor Schmerz aufschrie.

»Es ist aus mit uns. Aus und vorbei. Hast du kapiert?«

Das Mädchen machte eine Bewegung, die als Kapitulation aufgefasst werden konnte. Cazenave ließ sie los. Als er das Zimmer verließ, versuchte sie, ihr Schluchzen im Kopfkissen zu ersticken.

Cazenave schloss die Tür seines BMW auf und ließ sich auf den Fahrersitz fallen. Er öffnete das Handschuhfach und nahm ein Fläschchen Eau de Toilette heraus – die Marke, die er gewöhnlich benutzte. Er zerrieb ein paar Tropfen auf seinen Wangen und zündete sich eine Zigarette an.

Er musste seine Vorsichtsmaßnahmen ausweiten und noch umsichtiger sein. Verärgert stieß er einen Seufzer aus. Mit seinen achtundvierzig Jahren war er noch jung, und sein sexuelles Verlangen war ungebrochen. Er bedauerte, die Beziehung zu dem Mädchen auf diese Weise beendet zu haben, denn die

Kleine gefiel ihm sehr, doch ihm blieb keine andere Wahl. Seine Frau spielte dabei allerdings kaum eine Rolle; es würde ihm nichts ausmachen, sich von Ghislaine scheiden zu lassen, im Gegenteil. Sie war älter als er, und ihr gemeinsames Leben bestand nur noch aus einer Abfolge unerträglicher Streitereien.

Aber nur durch Ghislaine war sein grandioser Aufstieg zustande gekommen. Hätte sie einen Beweis für seine Untreue, würde er wieder bei null anfangen müssen, irgendwo weit weg von hier, denn hier würden ihm seine Bekannten, Kollegen und seine politischen Freunde – die zuallererst Ghislaines Freunde waren – den Rücken zukehren. Und er wusste, welchen Skandal die Presse aus dem Sturz eines so reichen und bekannten Mannes machen würde, zumal Cazenaves Geschäfte nicht astrein waren, ganz im Gegenteil. Er war kein braver, ehrlicher Geschäftsmann und Ehegatte. Aber wer konnte das schon von sich behaupten?

Jedenfalls würde man ihn fertigmachen. Man würde alte Akten ausgraben und sogar verfälschen, falls nötig. Er würde am Pranger stehen und jeden Einfluss verlieren. Einen Ausweg gab es nicht. Schluss mit den Immobiliengeschäften, den Landwirtschaftsbetrieben, dem Hotelwesen. Schluss mit dem Sitz im Stadtrat und der Vizepräsidentschaft im Wahlbezirk Pau. Die Blutsauger würden über ihn herfallen.

Cazenave war sicher, dass Ghislaine ihn beobachten ließ; sie wartete nur auf die kleinste falsche Bewegung von ihm. Sie spionierte ihm nach, in der Hoffnung, einen Beweis für seine Untreue zu finden. Und dann war da noch Charlotte, ihre gemeinsame zwölfjährige Tochter. Ghislaine würde sie vermutlich als Faustpfand benutzen, und so hätte das Kind am meisten unter dem Skandal zu leiden.

Nachdenklich blies Cazenave den Rauch der Zigarette aus. Ja, er musste höllisch aufpassen, denn er hatte nicht die Absicht, seiner Frau den Strick zu liefern, mit dem sie ihn hängen könnte. Seine Gedanken schweiften zu den Luxuslimousinen, der Patina antiker Möbel, dem perfekten Sitz seiner erlesenen

Anzüge. Dank seiner Frau war er Verwalter und Nutznießer eines der größten Vermögen im Béarn.

Er verließ den Parkplatz des Wohnhauses, in dem er ein paar Stunden verbracht hatte. Mit offenen Fenstern fuhr er langsam am Meer entlang, bis er das Casino erreichte. In der salzigen, nach Algen riechenden Luft des Atlantiks entspannte er sich rasch. Ein paar Hundert Meter draußen auf dem Meer tuckerte ein Fischerboot in Richtung Hafen; in seinem Sog war ein Schwarm Möwen zu sehen. Kleine Stelzvögel hüpften am Strand entlang und pickten im feuchten Sand. Die Gischt der Wellen glitzerte im Schein einiger verirrter Sonnenstrahlen, und das große Hotel ein Stück voraus, an dem Ghislaine Anteile besaß, glich einem riesigen weißen, gestrandeten Luxusdampfer.

Cazenave warf einen Blick auf die Uhr. Es war Zeit, sich auf den Weg zurück nach Pau zu machen. Er schloss die Fenster und fuhr in Richtung Autobahn. Auf der A 64 herrschte trotz des bevorstehenden Osterwochenendes normaler Verkehr. Cazenave fuhr schneller als erlaubt. Er stellte das Radio ein und hörte sich die Fünf-Uhr-Nachrichten an. Der Freispruch in einem Vergewaltigungsprozess erhitzte die Gemüter. Frauenrechtlerinnen wollten eine Protestaktion vor dem Gerichtsgebäude organisieren; die Verteidigerin des Angeklagten verzichtete bisher auf jeden Kommentar und würde in den Fernsehnachrichten um acht Uhr eine Erklärung abgeben.

In der Ablage zwischen den Sitzen klingelte sein Handy. Er nahm das Gespräch an.

»Cazenave?«

»Wer ist am Apparat?«

Nur eine Handvoll Personen besaß seine Handynummer, und er hatte die Stimme nicht erkannt.

»Ein Wohnhaus in Biarritz, das Montagne bleue. Sagt dir das was?«

»Wovon reden Sie?«

»Von der Kleinen, die du vögelst, du Idiot.«

Cazenave dachte zuerst an eine Rache des Mädchens, das er soeben verlassen hatte. Doch es war eine Männerstimme, eine Stimme mit einem ausgeprägten Maghreb-Akzent.

Dicht hinter ihm leuchteten die Scheinwerfer eines Autos auf, und unbewusst trat Cazenave aufs Gaspedal. Die Beschleunigung des tiefer gelegten schwarzen BMW 745i drückte ihn in den Sitz.

»Ich erwarte dich heute Abend um sieben Uhr im Schlosscafé, gegenüber vom Haus des Henkers«, sagte der Fremde; dann unterbrach er die Verbindung.

Cazenave zündete sich eine Zigarette an, doch der Rauch schmeckte bitter, sodass er sie sofort wieder ausdrückte. In seinem Schädel dröhnte es, und er öffnete das Fenster. Die feuchte Luft tat ihm gut. Der erste Druck fiel von ihm ab.

Dennoch. Man hatte ihn kalt erwischt.

Er versuchte sich zu beruhigen. Ghislaine konnte nichts damit zu tun haben. Die Stimme des Mannes war vulgär gewesen, zynisch und ordinär – die Stimme eines Mannes, der nur ans Geld dachte.

Das Dröhnen in Cazenaves Kopf ließ etwas nach. Es würde sich alles regeln lassen – wie immer, wenn Geldgier im Spiel war.

Im Schloss von Pau, einem Gebäude aus dem 12. Jahrhundert, hatte Heinrich IV. das Licht der Welt erblickt. Unterhalb des Schlosses befand sich der *Hédas*, eines der ältesten Stadtviertel von Pau.

In den engen, schattigen Gassen standen die Wohnhäuser und Läden, die Cafés und Gasthäuser dicht an dicht.

Das Lokal, in dem Cazenave seine Verabredung hatte, war überfüllt. Vor der Tür zögerte er kurz, beschloss dann aber doch, der Aufforderung des Fremden nachzukommen. Im Innern des Lokals hatte er Mühe, einen Platz zu finden, und setzte sich auf eine Bank gegenüber dem Eingang.

Sofort stand ein Mann an der Bar auf und kam zu ihm an den Tisch. Es war ein junger, schlecht rasierter Kerl mit einer

Narbe am Kinn und kleinen, misstrauischen Augen. Sein Haar war sehr kurz geschnitten. Ein Araber, dachte Cazenave.

»Was willst du mir verkaufen?«, fragte er den Fremden in aggressivem Tonfall.

»Wir regeln die Sache gütlich, oder du steckst bald bis zum Hals in der Scheiße – ganz wie du willst«, sagte der Fremde. »Ich kann dir so viel Ärger machen, dass du am Ende auf deine eigene Mutter spucken würdest.«

Der Mann hatte die Hände auf den Tisch gelegt. Cazenave betrachtete die Fingernägel und die rissige, schmutzige Haut. Möglicherweise war der Mann Mechaniker. Seine Lippen verzogen sich zu einem spöttischen Lächeln.

»Ich weiß von dem Mädchen, das du dienstags und freitags in Biarritz vögelst.«

Cazenave schnappte nach Luft. Er fragte sich, woher dieser Kerl sein Wissen hatte. Die Beziehung dauerte nun schon vier Monate und …

Mit einem Mal begriff Cazenave, dass er einen Fehler begangen hatte. Nun brach alles zusammen. Normalerweise dauerten seine Abenteuer nur ein paar Tage; aber dieses Mädchen hatte ihn verhext. Ihr süßer Hintern war ein wahres Teufelsgeschenk, und er konnte nicht von ihr lassen.

»Wie gut für dich, dass du im Geld schwimmst«, sagte der Fremde.

»Ach, glaubst du?«, erwiderte Cazenave und versuchte, den starken Mann zu spielen und Zeit zu gewinnen, um sich wieder zu sammeln. An der Bar begrüßten sich die Leute stürmisch und schlugen sich dabei kräftig auf den Rücken. »Wer bist du eigentlich?«

»Mein Name geht dich nichts an. Kümmer dich darum, wie du mir das Geld beschaffst!«

»Wie viel?«

»Vierzigtausend. Noch mach ich dir einen Freundschaftspreis. Aber es kann dich auch viel teurer kommen.«

Cazenave nickte. Am liebsten hätte er diesen schmierigen

Typen zu seinem Auto gelockt und ihm den Hals umgedreht, nachdem er ihn gründlich ausgequetscht hatte. Er fühlte, wie das Blut in seinen Adern pochte und Hitze in seine Wangen stieg. Er war in guter körperlicher Verfassung, und ein echter Mann aus dem Béarn war noch nie davor zurückgeschreckt, seine Fäuste einzusetzen.

»Also gut«, sagte er und stand auf. »Komm mit, wir holen das Geld jetzt gleich.«

Doch der Fremde winkte den Ober an ihren Tisch. »Einen Kaffee für mich. Und Sie, Monsieur Cazenave? Was nehmen Sie?«

Während der Ober wartete, musterte er die beiden Männer. Cazenave erkannte, dass er in der Falle saß. Man würde sich hier an ihn erinnern. Sogar sein Name war gefallen.

»Ein Bier«, sagte er und setzte sich wieder.

Der Fremde lehnte sich bequem zurück und wartete schweigend, bis die Getränke kamen. Er dankte dem Ober, gab zwei Stück Zucker in seinen Kaffee und leerte geräuschvoll die Tasse. Dann blickte er um sich und beugte sich vor.

»Glaub mir, Cazenave, solche Schweine wie dich zwingt man bei uns in die Hocke und fickt sie in den Arsch.«

Cazenave fuhr sich über die plötzlich schweißnasse Stirn. Der Kerl hatte erkannt, was er vorgehabt hatte. Cazenave hatte den Eindruck, in Treibsand zu versinken.

»Und wenn ich nicht zahle?«, fragte er und räusperte sich.

»Dann wird deine Alte sich mit der Kleinen beschäftigen, mit der du ins Bett gehst.«

Cazenave antwortete nicht. Der schmierige Kerl hatte recht. Gott allein wusste, was geschehen würde, wenn Ghislaine von seiner Affäre Wind bekam. Cazenave spürte, wie seine Muskeln sich verkrampften. Nun musste er vor allem kühlen Kopf bewahren und durfte keine Regung zeigen. Deshalb versuchte er, nicht daran zu denken, wo er sich befand und warum er hier war. Er wusste ohnehin, dass er bezahlen musste.

»Wer hat dir von mir erzählt?«, fragte er.

»Meine Schwester«, sagte der Fremde. »Sie putzt in dem Wohnblock.«

Der Kerl trommelte jetzt mit den Fingern auf die Tischplatte, um seiner Ungeduld Ausdruck zu verleihen. Cazenave bezweifelte, dass er die Wahrheit sagte.

»Wann brauchen Sie das Geld?«, wollte er wissen. »Heute ist Freitag, und das Osterwochenende steht vor der Tür. Die Banken sind bis Dienstag geschlossen.«

Er siezte den Fremden jetzt wieder, um den Abstand zwischen ihm und diesem kleinen Dreckskerl zu verdeutlichen.

»Sieh zu, wie du klarkommst. Ich will mein Geld morgen, denn ich verschwinde von hier.«

Ihre Blicke trafen sich. Wohin wollte der Bursche?

Cazenave hatte genug Bargeld zu Hause, fast fünfzigtausend Euro. Hatte der Typ erst einmal sein Geld bekommen, musste Cazenave dafür sorgen, dass das Mädchen für zwei, drei Monate verschwand. Er würde sie auf Reisen schicken. Falls der Kerl einen erneuten Erpressungsversuch unternahm, würde er die Polizei benachrichtigen. Für Ghislaine stünde dann das Wort dieses Mistkerls gegen das ihres Mannes, und sie hätte keine Möglichkeit, seine Geliebte unter Druck zu setzen. Dann würde er weitersehen. Alte Geschichten waren stets weniger schwerwiegend als aktuelle.

Er ging den Plan noch einmal durch, ohne einen Fehler zu finden. Es war eine harte Lehre, aber er fühlte sich stark genug, sie wegzustecken.

Letztendlich kam er noch günstig davon.

»Ich komme schon klar«, versicherte er und fand wieder ein wenig zu seiner Kampflust zurück. »Wo soll ich Ihnen die Summe übergeben?«

Der Araber sah ihn prüfend an. Zweifellos wollte er abschätzen, ob Cazenave die Wahrheit sagte. Es war nicht zu übersehen, dass der Geschäftsmann beinahe an seinen eigenen Worten erstickt wäre. Am Nachbartisch wurde laut gelacht. Drei junge Mädchen hatten dort Platz genommen. Der Araber warf ihnen einen raschen Blick zu und beugte sich dann wieder zu Cazenave vor.

»Wo bist du morgen um fünf?«

Cazenave trank sein Bier aus. Um Charlotte einen Gefallen zu tun, würden sie die Ostertage auf ihrem Landgut Les Marroniers verbringen, etwa dreißig Kilometer von Pau entfernt. Aber das ging diesen Hurensohn einen Dreck an.

»Ich kann Sie hier treffen«, schlug Cazenave vor.

»Nein«, sagte der Araber. »Ich ruf dich morgen an. Vierzigtausend, und du siehst mich nie wieder.«

Mit einer für Cazenave überraschenden Geschwindigkeit huschte er zum Ausgang und verschwand.

3

Es war halb neun durch, als Henri Buades mit aufgerissenen Augen auf die grünen Ziffern seines Digitalweckers starrte. »Mein Gott«, murmelte er, als ihm klar wurde, dass er zu spät kommen würde.

Henri hatte den Wecker gar nicht gehört, denn am Abend zuvor hatte er eine halbe Flasche Cognac getrunken, und der Alkohol hatte ihn umgehauen. Er erinnerte sich nicht einmal daran, sich ausgezogen zu haben, bevor er wie ein gefällter Baum quer über sein Bett gefallen war.

Mit wackligen Beinen stand er auf und schlurfte ins Bad. Einen Augenblick schienen die Wände sich um ihn zu drehen und der Boden zu schwanken; dann hatte er sich wieder gefangen. Nachdem er die anfängliche Übelkeit überwunden hatte, drehte er die Wasserhähne auf und stieg unter die Dusche. Er ließ das heiße Wasser über sein Gesicht rinnen, um seinen blassen Teint zu beleben; abschließend harrte er ein paar Sekunden unter dem eiskalten Strahl aus. Schließlich streifte er einen Morgenmantel über und rasierte sich.

Mit seinen achtundzwanzig Jahren konnte er nicht behaupten, dass er es zu etwas Großartigem gebracht hatte. Er verlieh sich zwar den hochtrabenden Titel »Gutsverwalter«, wusste aber, dass er nichts anderes war als ein Faktotum auf dem Anwesen der Frau seines Onkels, Jean Cazenave.

Henris Mutter, Jeans Schwester, war vor ein paar Jahren an einer Hepatitis gestorben; sein Vater, Jacques Buades, hatte wieder geheiratet und die Gegend verlassen, um in Marseille ein neues Leben zu beginnen.

Sich selbst überlassen, hatte Henri ein paar kleinere Dinger gedreht, wodurch die Polizei auf ihn aufmerksam geworden war. Er kam in die Obhut seines Onkels, der es übernahm, ihn auf den rechten Weg zurückzubringen. Henris Vater war schwach und ängstlich gewesen, sein Onkel aber war ein angesehener Stadtrat und Geschäftsmann von tadellosem Ruf, der zugleich ein guter Vater und Ehemann war. Überdies war er bereit, Henri seine aus jugendlichem Leichtsinn begangenen Vergehen zu vergeben, sofern er sich änderte und seinen Platz nicht mehr bei Menschen suchte, die versuchten, mit der geringstmöglichen Anstrengung durchs Leben zu kommen. Jean hatte seinem Neffen versprochen, ihm mit seiner Erfahrung beizustehen – was nicht sehr klug gewesen war, hatte er doch falsche Hoffnungen bei Henri geweckt.

Die Zeit hatte die Versprechungen Jeans denn auch Lügen gestraft, und Henris Hoffnungen waren zerstoben. Vor allem Jeans Frau Ghislaine ließ keine Gelegenheit aus, ihm vor Augen zu halten, dass nichts aus ihm geworden war. Was hatte er nicht schon alles zu hören bekommen: *Faulenzer, Penner, Säufer, Duckmäuser, Schmarotzer* … es mangelte nicht an netten Bezeichnungen. Das war ihre Art, ihm zu zeigen, dass er zu nichts taugte – ein geduldeter Nichtsnutz; ein angeheirateter Neffe, der das schöne Leben nicht verdient hatte.

Doch nur weil er in einem beschissenen Elternhaus aufgewachsen war, sagte sich Henri, durfte man seinen wahren Wert nicht unterschätzen.

Manchmal fragte er sich, wie sein Onkel eine solche Frau hatte heiraten können, die so stolz auf ihr Erbe war, dass sie immer und überall eine herablassende Miene zur Schau trug und ihre Überlegenheit gnadenlos ausspielte, auch ihrem Mann gegenüber. Im Grunde war das die ganze Wahrheit über Jean Cazenave: Niemals wäre er der große, schöne »Jeannot« geworden, hätte er Ghislaine Forsans nicht geheiratet.

Am Wochenende hatte Henri nicht etwa frei, sondern diente als Chauffeur oder als Prügelknabe seiner Cousine Charlotte, einer geborenen Schauspielerin, die entschlossen schien, ihn für die Launen ihres eigenen kleinen Seelentheaters gründlich auszunutzen.

Er war unzufrieden mit seinem Schicksal, und die beruhigende Gewissheit einer besseren Zukunft war verflogen. Dabei hielt Henri sich für arbeitsam; er stand jeden Tag früh auf und leistete unbezahlte Überstunden. Er war sogar so weit gegangen, seiner Tante Ghislaine zu ihrem Geburtstag, zu Weihnachten und an Neujahr Geschenke zu machen; er hatte getan, was er konnte, um sich beliebt zu machen, ohne jemals den geringsten Lohn für seine Mühen erhalten zu haben. Sein Onkel hatte es sogar abgelehnt, ihm eine Bürgschaft für ein kleines Darlehen zu stellen, das es ihm ermöglicht hätte, eine Wohnung zu kaufen. So wohnte er immer noch in einem Flügel des Gutshofs, unweit der Ställe, in einer primitiven Zweizimmerwohnung mit unechten Eichenmöbeln. Sein Wagen war alt und klapprig und hätte als der eines Arbeitslosen oder eines bescheidenen Rentners durchgehen können.

Henri war nun fertig mit der Morgentoilette und trocknete sich das Gesicht ab. Seine Übelkeit war verflogen, sein Verstand wieder wach. Er stützte sich mit beiden Händen aufs Waschbecken und betrachtete sich im Spiegel. »Du siehst zum Kotzen aus«, murmelte er. Seine Augen waren blutunterlaufen, sein gedunsenes Gesicht ließ auf ein ausschweifendes Leben schließen, und in seinen Zügen lag etwas Gerissenes, Zynisches, das er immer dann zu verbergen suchte, wenn er nicht allein war.

Er ging in seine winzige Küche und warf zwei Aspirin-Brausetabletten in ein Glas Wasser. Sein Magen verlangte nach einer großen Tasse heißem Kaffee, aber er hatte nur noch Zeit, sich anzuziehen. Es war Ostersonntag, und er musste die Familie Cazenave zur Neun-Uhr-Messe fahren. Er leerte das Glas mit einem Zug, verzog das Gesicht und kehrte ins Schlafzimmer zurück.

Bevor er hinausging, warf er einen Blick durchs Fenster, begutachtete kurz den Himmel und beschloss, einen Mantel überzuziehen.

Er stieg ins Auto und fuhr los. Les Marroniers lag fünfhundert Meter vom Hauptgebäude des Landguts entfernt. Es war ein altes Kloster aus dem 15. Jahrhundert, dessen Kapelle während der Religionskriege von den Truppen Montgomerys niedergebrannt worden war, die Jeanne d'Albret – fanatische Hugenottin, Königin von Navarra und Mutter des späteren Heinrich IV. – hierherbefohlen hatte. Im 18. Jahrhundert war es restauriert worden und nach dem Zweiten Weltkrieg in den Besitz der Familie Forsans gelangt. Heute zählte Les Marroniers mit seiner französischen Gartenanlage, den uralten Kastanienbäumen mit ihren knotigen Stämmen, dem beheizbaren Schwimmbad und dem Obstgarten zu einem der elegantesten Landsitze im Departement. Ziegeldach, Fachwerk, bunte Fenster, mehrere Kamine – alles war vorhanden, es fehlte lediglich das Wappen. Ein Stück unterhalb floss in einer Talmulde die Canette, ein Flüsschen, in dem die Cazenaves im Sommer nach Krebsen suchten, bevor das Wasser zu warm wurde.

Die doppelte, mit dicken Eisennägeln beschlagene Eingangstür war verschlossen. Das war ein gutes Zeichen. Sie waren noch nicht fertig. Henri fuhr zwischen zwei Hecken weiter bis zur Garage, die versteckt hinter dem Haus lag. Ghislaines Range Rover stand neben der Garage; wie immer hatte sie sich nicht darum gekümmert, ob der Wagen Regen und Feuchtigkeit abbekam.

Henri seufzte behaglich, als er sich in den BMW seines Onkels setzte. Die Schlüssel steckten. Er ließ den Motor an und schaltete das Radio ein. Dann setzte er zurück, wendete und parkte den Wagen vor dem Eingang des Hauses. Ein Blick auf die Uhr: zehn vor neun. Nur fünf Minuten zu spät. Henri öffnete die Tür, bevor er den Zündschlüssel zurückdrehte. Er trauerte seinem Kaffee und seiner Morgenzigarette nach.

Dicke weiße Wolken zogen über den Himmel, und ein leichter Nordwind wehte, sodass Henri froh war, einen Mantel übergezogen zu haben. Verschiedene Geräusche des Landlebens drangen an seine Ohren, ohne dass er sie hätte benennen können. Der Gärtner war bereits auf und arbeitete in den Rosenbeeten. Henri erwiderte seinen Gruß mit einem leichten Kopfnicken.

Er ging an der Westseite des Hauses entlang, die bis hinauf zum Dach von einer üppigen Fuchsie bewachsen war, und näherte sich dem Dienstboteneingang in der Hoffnung, noch rasch eine Tasse Kaffee hinunterstürzen zu können. Er brauchte ein kleines Aufputschmittel. In einiger Entfernung sah er die Köchin mit ihrem Fahrrad durch den Garten kommen. Wie jeden Ostersonntag gab Ghislaine ein großes Mittagessen auf ihrem Landsitz; doch es war *ihr* Mittagessen, und die Freunde ihres Mannes waren nicht eingeladen. Ghislaines Gästeliste umfasste vielmehr die angesehenen Bürger der Gegend, den Pfarrer Prébindé aus der Gemeinde Garlin sowie die reichsten Nachbarn, um sie *ihre* Entenleber kosten zu lassen, und gute Tropfen aus *ihrem* Weinkeller und *ihr* Osterlamm sowie den nach *ihren* Vorstellungen abgefüllten Jurançon.

Henri stand mit dem Ostersonntag ein weiterer, mit ungedankten Diensten angefüllter Tag bevor.

Er wartete, bis die Köchin die Tür aufschloss, und trat in die riesige Küche. Auf alten Eichenbuffets stand eine Unmenge von Kupfertöpfen und Töpferware. Die Mitte der Küche nahm ein drei Meter langer Tisch aus dem 16. Jahrhundert ein. Ein ausladender Herd mit zwei Bratrosten, einem Wasserbad, Gasflammen, Grill und Suppentopf blitzte und funkelte, als wäre er gerade erst auf Hochglanz poliert worden.

Voller Bitterkeit dachte Henri an den Unterschied zwischen seinen zwei jämmerlichen Zimmern und den Ausmaßen dieser Küche. Allein der Hauklotz für das Fleisch auf der Anrichte hätte als Tisch für zwei Personen dienen können. Zwei milchweiße, riesige Kühlschränke surrten leise vor sich hin.

Im Augenblick war noch niemand hier. Es roch nach Kerzen und Wachs; weder der Duft von Kaffee noch der von geröstetem Brot lag in der Luft. Die Gouvernante hatte noch nichts für das Frühstück vorbereitet.

Henri verharrte ein paar Augenblicke und lauschte dem Ticken der alten Wanduhr; dann ging er durch den Raum. Er öffnete die Eichentür. Sein Blick fiel auf die geblümte Schürze, die noch am Haken hing. Rechts stand die Tür zur Waschküche offen, sodass man zwei Waschmaschinen und einen Trockner sehen konnte; auf dem Boden lag ein Paar Stiefel. Ein langer Flur mit gewölbter Decke führte zur gekachelten Eingangshalle. Zwei reich verzierte Morlaàs-Schränke aus dem 18. Jahrhundert, mit Malteser Kreuz und vierblättrigem Kleeblatt aus Goldmünzen, umrahmten eine wuchtige, gebohnerte Holztreppe, die in die erste Etage führte. Ein von Säulen eingefasster Kamin nahm eine vollständige Wandfläche ein.

Henri war auf der Schwelle stehen geblieben. Sein Magen krampfte sich zusammen, und ein scheußlicher Geschmack stieg ihm in den Mund. Eine seltsame Erregung überkam ihn. Heute Morgen war alles anders. Überraschend und erschreckend.

Ein übernatürliches Licht fiel durch die hohen, schmalen Fenster und beleuchtete das tiefe Orange, den Bernsteinton und den alten Goldschimmer eines antiken chinesischen Teppichs. Fasziniert folgte Henri mit den Blicken einer seltsamen Furche. Sie war granatrot und schien über die Einfassung hinaus gesprungen zu sein, bevor sie sich auf die Steinfliesen ergoss und dort zu einer Lache anwuchs.

4

Um drei Uhr in der Frühe schlug Eva die Augen auf. Zusammengekauert lauschte sie einen Augenblick. Schon vor einiger Zeit hatten Boden und Wände der Hütte ihr nächtliches Knarren eingestellt. Von draußen war nicht der leiseste Windhauch zu spüren. Dennoch glaubte Eva, unmittelbar vor dem Erwachen irgendetwas gehört zu haben. Sie zog die Beine aus dem Schlafsack und stand auf, ohne ein Geräusch zu verursachen.

Sie ging ins Erdgeschoss hinunter. Ein leichter Harzgeruch hielt sich immer noch in der Hütte, und das Feuer musste geschürt werden. Eva stocherte darin und fachte es an, indem sie kräftig hineinpustete. Eine Rauchwolke stieg auf; dann entzündete das Feuer sich wieder. Eva schob zwei trockene Holzscheite auf die Brennböcke, und die Flammen loderten in einer Stichflamme auf. Sie streifte ihren Anorak über, schlüpfte in ihre Schuhe und nahm die Taschenlampe, um draußen nachzusehen, ob sie etwas entdecken konnte. Sie nahm den Eispickel fort, der die Tür der Hütte sicherte – eine unerlässliche Vorsichtsmaßnahme für zwei Frauen, die allein in den Bergen übernachteten.

Es schneite. Die Schneeflocken fielen wie dicke Wattebäusche, ohne zu wirbeln und zu schweben. Die Nacht war erfüllt von weißen Schemen. Die Landschaft hatte sich verändert. Die Berge waren nicht mehr zu sehen; ihre Umrisse waren verschwunden, wie verschluckt. Alles löste sich in einer monochromen Farblosigkeit auf. Die Windstille und die trockene Luft schienen die Kälte zu mildern.

Ein kühler Luftzug wehte Eva ins Gesicht. Sie wusste, es würde sehr viel Schnee fallen; das war das Gefährliche und Unvorhersehbare in dieser Gegend. Doch seltsamerweise fühlte sie sich in dieser grandiosen, stillen, manchmal trügerischen Landschaft stets geborgen. Die Weite und die schier grenzenlose Einsamkeit hatten schon immer eine ungeheure Anziehungskraft auf sie ausgeübt. Die Mischung aus Erregung und Erschöpfung, die sie beim Aufstieg empfand, vertrieb die Ängste in ihrem Innern.

Einen Moment lang verweilte sie in den makellosen, sanft fallenden Schneeflocken und genoss die unmittelbare Nähe der Berge. Auf der einen Seite lag die Schlucht mit ihrem Tannenwald, auf der anderen der Felsenhang, der hinauf zu den bizarr geformten Massiven und den majestätischen Gipfeln führte.

Es schneite unablässig weiter. Eva lauschte, um auch das leiseste Geräusch wahrzunehmen. Doch nichts war zu hören, weder Gemurmel noch der Schrei eines Vogels.

Eva beschloss, einmal um die Hütte herumzugehen. Sie machte ihre Lampe an und nahm ihren Eispickel. In der schier undurchdringlichen Dunkelheit schimmerte der Lichtstrahl der Lampe wie ein schmaler Silberstreif. Eva ging langsam und leuchtete auf den Boden vor ihr, um die Oberfläche des weichen Schnees zu untersuchen. Er war von einer vollkommenen Gleichförmigkeit, einer makellosen Ebenmäßigkeit. Nur das Knirschen ihrer Schritte war in der Stille zu vernehmen.

Eva war bereits an der Nordseite, als sie bemerkte, dass ihr Gefühl sie nicht getäuscht hatte. Wie aus dem Nichts tauchten die noch gut erkennbaren Spuren von Stiefeln auf, die um die Hütte herumführten. Der Lichtkegel der Lampe erhellte die Abdrücke. Jemand war hier gewesen!

Eva verharrte angespannt und hielt den Atem an. Die Schneeflocken schmolzen auf ihrem Gesicht und lagen eisig auf ihrer Haut. Sie ließ den Lichtstrahl der Lampe umherwandern, um eine Gestalt oder einen Schatten auszumachen. Doch nichts war zu sehen, nicht die geringste verdächtige Bewegung. Überall fiel ihr Blick auf die weite weiße Leere. Es reizte Eva, der Fährte zu folgen, doch die Vorsicht war stärker. Sie kehrte in die Hütte zurück und versperrte die Tür hinter sich wieder.

Ein paar Augenblicke blieb sie stehen, drückte ein Ohr ans Türblatt und lauschte. Nichts war zu hören. Die Spuren, erinnerte sich Eva, schienen aus Richtung der Wiese zu kommen. Der Besucher war leise von hinten an die Hütte herangeschlichen, dann die Mauer entlang, und war schließlich wieder verschwunden. Vor der Eingangstür gab es keinerlei Spuren. Der oder die Unbekannte war vorsichtig gewesen. Offenbar wusste er, dass jemand in der Hütte war; der Geruch des Rauchs hatte es ihm verraten. Er hatte nicht geklopft, wie ein erschöpfter Bergsteiger oder ein verirrter Wanderer es getan hätten.

Wer war es dann? Man musste schon ziemlich verrückt sein, sich bei einem solchen Wetter draußen herumzutreiben, ohne nach einem Unterschlupf zu suchen. Die ganze Sache war seltsam; es passte alles nicht zusammen.

Eva zuckte die Schultern und ging wieder zum Feuer. Die Hütte war verriegelt und somit der einzige Zugang versperrt, denn von keiner anderen Seite führte ein Weg herein. Eva hielt es für überflüssig, Laurence zu wecken. Sie legte ihren Anorak weg, zog die Schuhe aus und trocknete sich das Gesicht ab. An Schlaf war jedoch nicht mehr zu denken. Sie zündete den Gaskocher an und setzte den Kessel auf die Flamme. Alles, was sie jetzt wollte, war eine Tasse heißen Tee. Um auf andere Gedanken zu kommen, packte sie ihre Ausrüstung aus, um alles noch einmal zu überprüfen. Während sie nach und nach Helm, Gurt, Steigeisen, Friends, Haken und Seile durchging, dachte sie an den Anblick des Mannes, der regungslos auf dem Felsvorsprung lag. Was war passiert? Der Weg, den der Mann gewählt hatte, war nicht der direkte und kürzeste zur Hütte, stellte für einen Einheimischen aber keinerlei Schwierigkeit dar. Vielleicht hatte der Mann diese Route genommen, um sicher zu sein, dass niemand ihm folgte.

Bei genauer Überlegung war klar, dass jemand den Mann in die Tiefe gestoßen hatte. Oder er war vorher schon tot gewesen; vielleicht hatte man seine Leiche beseitigen wollen, indem man sie auf den Felsvorsprung hinuntergeworfen hatte. Eva gelangte zu der Überzeugung, dass der Tod des Mannes und der nächtliche Besuch irgendwie miteinander zu tun hatten.

Plötzlich schreckte sie aus ihren Überlegungen und hob den Kopf. Hatte sie die Tür gut verriegelt? Sie musste sich vergewissern. Langsam ging sie noch einmal zum Eingang, um nachzusehen. Es war alles in Ordnung.

Der Wasserkessel pfiff. Eva hielt einen Teebeutel hinein, schenkte sich eine Tasse ein und setzte sich vor den Kamin.

Am Abend hatte ihre Mutter sie zumindest teilweise in die Angelegenheit eingeweiht, die sie hierher in die Berge geführt hatte, zu diesem seltsamen, geheimnisvollen Rendezvous auf zweitausend Metern Höhe.

Der Mann, den Laurence treffen sollte, war Carlos Uribe, der Bruder des ermordeten Juan Uribe aus Pamplona. Bevor Juan umgebracht worden war, hatte er den gleichen Beruf ausgeübt wie Laurence: Er war Untersuchungsrichter gewesen. Sein Bruder Carlos sollte Laurence ein vertrauliches Dokument übergeben, das Ermittlungen betraf, die sie gemeinsam mit Richter Uribe geführt hatte. Es waren so geheime Ermittlungen, dass Laurence beschlossen hatte, Carlos in dieser Hütte fernab neugieriger Ohren und Augen zu treffen.

Es hieß zwar, Laurence sei eine Untersuchungsrichterin mit bisweilen unorthodoxen Methoden, doch es war unumstritten, dass sie es ausgezeichnet verstand, Ermittlungen zu führen und Beweise zu beschaffen.

»Du kannst sicher sein, dass es nichts mit den neuesten Anschlägen der ETA zu tun hat. Terrorismus ist nicht mein Gebiet«, hatte sie Eva beteuert.

In der vergangenen Woche war, zwei Stunden bevor der baskische Präsident den Amtseid für weitere vier Jahre ablegen sollte, ein lokaler Abgeordneter, Gemeinderat der navarresischen Volkspartei, ums Leben gekommen, als drei Kilo Dynamit unter seinem Wagen explodiert waren. Der Sprengstoff war vermutlich aus einem Lager in der Bretagne gestohlen worden.

Am gleichen Abend hatte die separatistische Organisation noch einmal ihre Ablehnung der neuen Regierung bekräftigt. Ein hochrangiger Vertreter der autonomen baskischen Polizei war in der Ortschaft Leaburu niedergeschossen worden, als er in seinem Wagen mitten auf dem Dorfplatz stand. Von Kugeln durchsiebt, war er ins Krankenhaus von San Sebastian gebracht worden, wo er seinen Verletzungen erlag.

Der Tag dämmerte herauf, und Eva machte sich daran, ihre Ausrüstung wieder einzupacken. Sie kannte alle Wege, die infrage kamen, denn sie war sie mit ihrem Vater viele Male gegangen. Diese Berge bildeten den Rahmen ihrer Kindheit; hier fühlte sie sich zu Hause.

Sie dachte an den Schock und ihre Verzweiflung, als ihre Eltern sich hatten scheiden lassen. Eva war zwölf Jahre alt gewesen und hatte den Beruf ihrer Mutter als sehr unpassend empfunden. Die Vorstellung, dass Laurence bei der Ausübung ihres Richteramts den Anspruch erhob, gerecht zu sein, widerstrebte Eva zutiefst, denn sie empfand Laurence im Privatleben als ungerecht und unredlich.

Heute, fünf Jahre später, dachte Eva nicht mehr so streng darüber. Mit der Zeit hatten manche Dinge eine andere Bedeutung bekommen. Wie dem auch sei – ihr Vater war tot, und ihre Mutter war Teil ihrer Gegenwart und Zukunft.

Eva war entschlossen, zu dem Felsvorsprung hinunterzusteigen. Im Grunde ging es ihr nur um diesen Teil der Unternehmung. Und um ihr Vorhaben nicht zu gefährden, wollte sie ihrer Mutter nichts von dem geheimnisvollen nächtlichen Besucher sagen.

5

Jean Cazenave war überzeugt, an der Schwelle zum Tod zu stehen. Es war Nacht, und er fror; feuchte Kälte umhüllte ihn, als läge er unter einer Schneedecke begraben. Die Dunkelheit lastete schwer auf ihm wie ein Leichentuch. Er erinnerte sich, einmal aus den dunklen Schwaden aufgetaucht zu sein und dass er den Eindruck gehabt hatte, als huschte ein Schatten aus seinem Blickfeld. Augenblicke später war er wieder im Dunkel versunken.

Sollte er den Tod als Befreiung empfinden? Es gab keine Abwechslung in diesem Koma; er sah nichts, hörte nichts. Er war vollkommen regungslos, zu keiner Bewegung fähig. Wie lange befand er sich schon in diesem Zustand? Die Welt war so still … hatte man ihn bereits beerdigt?

Ganz langsam stieg aus den Tiefen seines betäubten Hirns ein dumpfer Schmerz auf und hämmerte in seinem Schädel. Phosphoreszierende Punkte bohrten sich in die Dunkelheit um ihn herum. Sein Hals war wie zugeschnürt, und seine Augen brannten. Hoffnung keimte in ihm auf: Wenn er in der Lage war, etwas zu empfinden, war er nicht tot.

Aber wo war er? Was war ihm zugestoßen?

Plötzlich hatte er das Gefühl, als hätte die schaurige Hand, die ihn im Dunkeln festhielt, ihn mit einem Mal losgelassen. Mit atemberaubender Geschwindigkeit stieg er aus der Tiefe empor. Schon sah er die Oberfläche. Sie war genau über ihm – ein helles, gleißendes Viereck, ein bläuliches Licht. Er öffnete den Mund, um seinen ersten Atemzug zu tun.

Zahlreiche Polizeifahrzeuge standen vor dem Landsitz Les Marroniers. Die Blaulichter zuckten, und im Park hoben sich die Blumenbeete wie ausgestanzte Formen von den ausgedehnten Rasenflächen ab.

Laurence Bonner hielt, stellte den Motor ab, lehnte den Nacken gegen die dafür vorgesehene Stütze und schloss die Augen. In ihrem chaotischen Leben brauchte sie hin und wieder ein paar Minuten, um sich zu sammeln.

Der Anruf hatte sie kurz vor zehn erreicht, als sie gerade ins Büro gekommen war. Sie hatte kaum die Zeit gehabt, sich zu setzen und eine erste Akte aufzuschlagen, als ihr Handy klingelte. Sie hatte mit den Schultern gezuckt: Was konnte Cazal, seines Zeichens Stellvertreter von Oberstaatsanwalt Delpy, an einem Ostersonntag schon von ihr wollen? Die meisten Leute waren in der Kirche oder unterwegs, um sich mit der Familie zu treffen. Auch Laurence hätte ihre Mutter in Bordeaux besuchen und sich mit Eva treffen sollen, doch wenn es darum ging, Prioritäten zu setzen, machte sie sich schon lange nichts mehr vor.

»Kennen Sie Jean und Ghislaine Cazenave?«, fragte Cazal nach ein paar knappen Höflichkeitsfloskeln.

»Dem Namen nach. Warum?«, hatte Laurence vorsichtig zurückgefragt.

Cazal stand in dem Ruf, alle dranzukriegen, die er zwischen die Finger bekam. Trotz seines scheinbar mürrischen Gebarens war er sehr darauf bedacht, einen guten Eindruck zu machen, denn er war karrieregeil und achtete auf jedes Wölkchen, das einen Schatten auf seinen Aufstieg werfen könnte. Cazal stammte aus Mont-de-Marsan und hatte die Angewohnheit, sich wie ein reicher Bauer zu kleiden, als wollte er seine massige Statur und die breiten, wuchtigen Schultern betonen. Sein Haar war dunkel und von grauen Strähnen durchzogen, und seine kleinen, misstrauischen Augen blickten stets wachsam.

»Ghislaine Cazenave ist tot. Die Polizei hat mich benachrichtigt. Sie wurde erstochen. Ich übertrage Ihnen die Untersuchung. Es ist in der Nähe von Ribarrouy passiert, auf ihrem

Landsitz. Delpy will, dass nichts über die Sache nach außen dringt. Informieren Sie ihn so schnell wie möglich.«

Laurence dachte einen Augenblick nach, bevor sie sagte:

»Ich bin mit Arbeit völlig überlastet. Es wäre mir sehr recht, wenn Sie einen anderen Richter mit der Sache beauftragen. Schließlich bin ich nicht die Einzige, die bei Gericht ist.«

»Wie wahr. Aber Delpy und Präsident Maurois wollen, dass Sie den Fall übernehmen«, sagte Cazal und knallte den Hörer auf die Gabel, um sich jede überflüssige Diskussion zu ersparen.

Ghislaine Cazenave! Wenn diese Neuigkeit erst bekannt war, würde die lokale Presse sich darauf stürzen. Es war ein heikler Fall, den Delpy der Untersuchungsrichterin Laurence Bonner ins Körbchen gelegt hatte. Laurence schätzte Delpy nicht sonderlich und war sicher, dass dies auf Gegenseitigkeit beruhte. Mit der Übernahme dieses heiklen Falles, der ebenso umsichtig angefasst werden musste wie eine scharf gemachte Bombe, war ihr das Mittagessen, das sie in einem kleinen italienischen Restaurant einnehmen wollte, gründlich verdorben.

Laurence seufzte, rief bei ihrer Mutter in Bordeaux an und hinterließ ihr eine Nachricht. Dann schaltete sie ihr Handy aus und stieg aus dem Wagen, um den Rest des Weges zu Fuß zurückzulegen. Sie ging am Schwimmbad entlang und bog auf die kiesbedeckte Allee ein, die zu dem ehemaligen Kloster führte. Reifenabdrücke würde man hier auf dem Kies schon mal nicht finden.

Vor dem Haus standen ein großer schwarzer BMW und das Laborfahrzeug. Ein Polizist mit angespannter Miene erwartete sie auf der Treppe.

»Ich bin Richterin Bonner«, stellte Laurence sich vor.

»Der Chef wartet drinnen auf Sie«, sagte der Polizeibeamte.

In der Eingangshalle sprach Forgues, der Hauptkommissar, leise mit einem anderen Polizisten. Laurence hatte sich nicht umgezogen. Sie trug immer noch ihre Jogging-Kleidung, die ihr am Wochenende am liebsten war: schwarze Kapuzenjacke, graue Hose, Adidas-Schuhe.

»Hat man Sie aus dem Bett geholt?«, fragte Forgues und reichte ihr die Hand.

Forgues, ein Mann um die fünfzig, hatte ein waches, intelligentes Gesicht, doch diesmal blickten seine Augen müde.

»Wie kommen Sie darauf?«, fragte Laurence.

»Bitte halten Sie mich nicht für respektlos, Madame Bonner.«

Sie beschloss, ihm zu glauben. »Ich war im Gericht, als Staatsanwalt Cazal mich unterrichtet hat«, sagte sie.

Forgues schwieg einen Augenblick; dann sagte er: »Man hat Ghislaine Cazenave oben auf der Treppe gefunden. Henri Buades, der Neffe von Jean, hat uns verständigt. Er arbeitet für die Familie und wohnt hier auf dem Hof. Er kam her, um die Cazenaves zur Messe zu fahren, und ging durch die Küche ins Haus. Weil alles noch still war, schaute er in der Eingangshalle nach.« Forgues wies auf die Blutlache auf dem Boden.

»Als er das hier gesehen hatte, ging er nach oben und fand Madame Cazenave. Die Köchin war gerade gekommen. Er rief sie hinzu. Sie stellten fest, dass die Eingangstür nicht abgeschlossen war. Henri ließ die Köchin bei der Leiche und suchte seinen Onkel und seine Cousine. Er fand Jean Cazenave mit blutigem Schädel und bewusstlos in seinem Schlafzimmer, auch er von mehreren Messerstichen getroffen. Er wurde bereits ins Krankenhaus nach Pau gebracht. Die kleine Charlotte und die Gouvernante sind verschwunden. Ich habe einen Wagen zur Wohnung der Frau geschickt. Charlotte hat die Nacht möglicherweise bei ihr verbracht. Die Köchin sagt, dass das hin und wieder vorkommt. Die Gouvernante hat eine Tochter in Charlottes Alter.«

»Wie alt ist sie?«

»Zwölf.«

Laurence erstarrte. Sie hatte eine böse Vorahnung und schluckte trocken.

»Mir wäre lieber, Sie durchsuchen die Umgebung«, sagte sie und bemerkte, dass ihre Stimme zitterte. Aber vielleicht hatte das Mädchen ja fliehen können …

Forgues gab unverzüglich die entsprechenden Anweisungen und veranlasste, dass Suchhunde gebracht wurden. Dann fragte er Laurence:

»Wollen Sie die Leiche sehen?«

Sie nickte.

»Auf den Treppenstufen sind Blutspuren. Wir wissen noch nicht, von wem sie stammen.«

Oben bedeckten Orientteppiche den Fußboden. Ein ausladender Lüster hing tief von der Decke. Alte Holzvertäfelungen und Wandtische mit kostbaren Spiegeln zierten die Räume.

Ein mit Fotoapparat und Videoausrüstung bewaffneter Polizist war bei der Arbeit.

Mitten im Treppenflur sah Laurence den über die Leiche gebeugten Gerichtsmediziner. Die Tote war eine ungefähr sechzigjährige Frau. Ihr Gesicht war geschwollen, die Haut wächsern und aschfahl, und die Lippen waren leicht geöffnet zu einem stummen Schrei des Schreckens oder Hasses.

Laurence trat näher. Der Arzt hob den Blick und nickte ihr zu.

»Auf den ersten Blick habe ich ungefähr zehn Verletzungen durch einen spitzen, scharfen Gegenstand gezählt, wahrscheinlich ein Messer«, sagte er. »Zwei Stiche befinden sich in der Herzgegend.«

Obwohl sie die Antwort bereits vorhersah, fragte Laurence den Hauptkommissar:

»Haben Sie die Mordwaffe gefunden?«

»Bisher noch nicht«, antwortete Forgues.

Ghislaine Cazenave lag auf dem Rücken. Zu Lebzeiten hatte sie vermutlich weder Anmut noch Charme besessen; der Tod nahm ihr nun auch noch den kläglichen Rest an Würde.

Ihre Beine waren in einem seltsamen Winkel verrenkt. Sie trug ein perlgraues Satinnachthemd. Dort, wo die Klinge eingedrungen war, sah man Risse im Stoff. Neben der Leiche lagen eine Goldkette, ein Jungfrau-Medaillon und ein Kreuz.

Überall war Blut. Hässliche dunkle Flecken waren in die rehbraune Wolle des Teppichs gesickert. Auf dem Boden war kein Blut zu sehen. Der oder die Mörder hatten es vermieden, in die Blutlachen zu treten. Um auch die Spuren zu sichern, die man mit bloßem Auge nicht sehen kann, benutzt man das so genannte Luminol, ein Reagens, das einen blauen Lichtschimmer erzeugt, wenn es auf das im Hämoglobin enthaltene Eisen reagiert.

»Die Hände und Unterarme weisen überhaupt keine Verletzungen auf«, stellte Laurence fest. »Anscheinend hat sie sich nicht verteidigt oder versucht, die Messerstiche abzuwehren.«

»Der erste Stich muss direkt in die Herzgegend erfolgt sein«, erklärte der Arzt. »Die Wunden sind ziemlich gleichförmig. Das lässt vermuten, dass sie sich nicht mehr gewehrt hat, als die Klinge aus ihrem Körper gezogen wurde. Da hatte sie schon keine Kraft mehr. Sie wurde überrascht. Oder *sie* hat jemanden überrascht. Man kann erkennen, dass die sekundären Verletzungen kaum noch geblutet haben. Das bedeutet, dass ihr Herz schon nicht mehr geschlagen hat.«

»Vielleicht hat sie keinen Verdacht geschöpft«, gab Laurence zu bedenken.

»Kann sein.«

Wenn sie in den Flur gelangt wäre, hätte sie eine winzige Chance gehabt. Sie hätte versuchen können, dem Angreifer zu entkommen oder sich zu wehren. Dann hätte es Spuren eines Kampfes gegeben.

Laurence bemerkte die Ringe an den Fingern des Opfers. Raub schien als Tatmotiv also auszuscheiden.

»Warum wurde weiterhin auf sie eingestochen, nachdem schon der erste Stich tödlich war?«, wollte Laurence wissen.

»Eine gute Frage, Madame Bonner. Der Einstichwinkel zeigt, dass die meisten Stiche von oben erfolgt sind. Demnach lag die Frau bereits auf dem Boden. Vermutlich haben wir es mit einem von Wut, Hass oder Angst getriebenen Täter zu tun. Oder alles drei auf einmal.«

Laurence schwieg und betrachtete das rätselhafte blutige Gemetzel. Aus irgendeinem Grund hatte Ghislaine Cazenave ihr Schlafzimmer verlassen. Sie war ungeschminkt und im Nachthemd. Was war hier geschehen?

Laurence wandte sich an Forgues.

»Wir werden die Badezimmer und die Waschküche untersuchen müssen. Der Mörder hat sich möglicherweise nach der Tat gewaschen. Bei dem vielen Blut, das hier umhergespritzt ist, hat er vermutlich auch etwas abbekommen.«

Forgues stimmte zu.

»Wurde sie vergewaltigt?«, fragte Laurence.

»Ich glaube nicht. Nach der Autopsie werde ich es genau wissen.«

»Haben Sie bereits eine Vorstellung, was den Zeitpunkt ihres Todes betrifft?«

»Zwischen elf Uhr gestern Abend und zwei Uhr heute früh.«

Der Gerichtsmediziner schob mit einem Stift den Stoff des Nachthemds beiseite und bat Laurence, genau hinzusehen.

»Sehen Sie diese Abdrücke? Ich bin fast sicher, dass sie post mortem entstanden sind.«

Er wies auf violette Marmorierungen auf der Brust von Ghislaine Cazenave. Laurence nickte. Sie wollte etwas fragen, brachte aber keinen Ton heraus.

»Das Blut hat sich nicht unter der Haut angesammelt wie bei einem klassischen Hämatom«, erklärte der Mediziner. »Das ist sehr interessant …«

Die Stimme des Gerichtsmediziners drang wie aus weiter Ferne zu Laurence. Die Szenerie hatte etwas Erstarrtes, Unwirkliches. Sie wandte sich ab.

»Kommen Sie«, sagte Forgues. »Schauen wir uns den Rest an.«

Sie folgte ihm durch den breiten, hohen Flur.

»Auch hier sind Blutspuren«, erklärte Forgues und wies mit dem Zeigefinger auf den Teppich.

Umgeben von geöffneten Instrumentenkoffern, waren zwei Labormitarbeiter dabei, aus mehreren Flecken Blutspuren zu entnehmen.

»Ich glaube nicht, dass es sich hier um das Blut von Ghislaine Cazenave handelt. So viel war es nicht«, gab Laurence gegenüber dem Hauptkommissar zu bedenken.

»Stimmt.«

Zwei Zimmer lagen einander genau gegenüber. Sie betraten eines – ein Mädchenzimmer voller Spielsachen und Plüschtiere: Bären, Hunde, eine Giraffe, ein Löwe. Pferdebilder waren mit Klebestreifen an den Wänden befestigt. Das Bett war gemacht; die Nachttischlampe brannte, die Vorhänge waren zugezogen. Eine kleine schwarze Umhängetasche lag auf dem Boden.

»Wie hieß sie noch mal?«, fragte Laurence.

»Charlotte«, antwortete Forgues.

Auf ihrem Schreibtisch entdeckte Laurence in einer Reihe von Fotos ein Bild von Jean Cazenave, wie er den Arm um seine Tochter legte. Das Mädchen trug Reitkleidung, lächelte überschwänglich und hielt einen Rotfuchs am Zügel. Laurence betrachtete diese Bilder aus einer Welt voller Erinnerungen und Hoffnungen. War das alles noch von Bedeutung? Es war zu früh, um auch nur den Ansatz einer Theorie aufzustellen über das, was sich hier ereignet hatte.

Niedergeschlagen fragte sich Laurence, was sie hier eigentlich tat. Sie hätte an diesem Ostersonntag in Bordeaux bei ihrer Tochter sein sollen. Hatten ihre Vorgesetzten überhaupt eine Vorstellung davon, wie viele Sonntage, Feiertage und Urlaubstage sie nicht bei ihrer Familie verbracht hatte? Gehörte sie denn nicht zur Elite, was Pflichtbewusstsein und persönlichen Einsatz betraf? Hatte sie für ihre Hingabe an die Sache der Gerechtigkeit nicht ein Anrecht auf Bewunderung durch die Öffentlichkeit? War Hochmut im Spiel, wenn sie einen Schuldigen verhaftete?

Nein, Hochmut hatte keinen Platz bei ihrer Arbeit. Es war ein beklemmender, abstumpfender Job; eine Arbeit, die zermürbte und entmutigte. Sie schlief schlecht, aß schlecht und hatte nie die Zeit gefunden, in die Berge zu reisen und dort in den Felsen zu klettern.

Sie verließ das Zimmer und ging ein paar Schritte über den Flur.

»Das Schlafzimmer des Ehepaares Cazenave ist dort«, sagte der Hauptkommissar, »ganz hinten.«

Laurence wandte sich Forgues zu, und ihre Blicke trafen sich für einen Augenblick.

»Rufen Sie Ihre Leute zusammen und finden Sie heraus, ob Charlotte wirklich bei der Gouvernante ist.«

»In Ordnung«, sagte er.

Eine Sicherheitsabsperrung sollte die Schaulustigen fernhalten. Mehr als fünfzig Polizisten durchsuchten das Tal, durch das die Canette floss. Die Beamten gingen an beiden Ufern des Flüsschens entlang und durchforschten das Gebüsch, suchten die Böschungen und das Flussbett ab. Laurence hielt sich abseits. Das Ganze war ihr auf den Magen geschlagen.

In einer Umzäunung ein Stück weiter südlich weideten Kühe mit prallen Eutern. Laurence erblickte Maisfelder und von Steinmauern umschlossene Gehöfte. Im Westen ballten sich in der Ferne graue Wolken zusammen.

Laurence wandte den Blick den Polizisten zu. Schweigend gingen sie Schritt für Schritt voran. Ganz auf ihre Arbeit konzentriert, ließen sie sich von nichts ablenken.

Soeben hatte ein Hund die Spur von Charlotte aufgenommen; sie führte zur Böschung. Das Mädchen hatte also nicht bei der Gouvernante geschlafen. Diese hatte Les Marroniers um neunzehn Uhr dreißig verlassen, nachdem sie dem Mädchen das Abendessen zubereitet hatte. Sie beteuerte, dass Madame Cazenave ihr den Samstagabend freigegeben hatte, da sie ihre Dienste am Ostersonntag fürs Mittagessen brauchte.

Laurence wurde von dunklen Vorahnungen gepackt, die so schauderhaft waren, dass es ihr kalt den Rücken hinunterlief. War Charlotte entführt worden? War sie tot? Sie hoffte, betete, dass beim Durchkämmen des Geländes nichts gefunden würde. Die Spur könnte schon mehrere Tage alt sein. Vielleicht war Charlotte ja bloß zum Fluss hinuntergelaufen, um am Wasser zu spielen. Wahrscheinlich hatte der Polizeihund eine alte Fährte aufgenommen.

Oder war Charlotte in der Nacht vor ihren Angreifern geflohen? Diese Möglichkeit konnte nicht ausgeschlossen werden; vielleicht war es sogar die plausibelste Erklärung. In diesem Fall versteckte das Mädchen sich jetzt völlig verängstigt in einer Scheune oder sonst wo …

Doch noch während Laurence diese Überlegungen anstellte, wusste sie, dass diese Theorien jeder Grundlage entbehrten. Ohnmächtig sah sie das tragische Ausmaß dieser Katastrophe vor sich.

Was war Charlotte widerfahren? Eva war in ihrem Alter gewesen, als Marc und sie sich hatten scheiden lassen, kam es Laurence in den Sinn. Diese Zeit schien zugleich fern und noch sehr nah zu sein. Eva hatte es vorgezogen, bei ihrem Vater zu leben, und Laurence hatte nicht um das Mädchen gekämpft, auch wenn sie in vieler Hinsicht der Meinung war, dass Marc bei ihrer Trennung zu Unrecht die Rolle des Opfers für sich in Anspruch genommen hatte. Sie hatte ihn geliebt, aber sie waren beide zu jung für eine Ehe gewesen.

Nach Evas Geburt war es mit Laurence' Karriere steil bergauf gegangen, doch in den letzten Jahren, nach Marcs Tod, schien sie den Ehrgeiz verloren zu haben. Jedenfalls konnte sie in Evas Augen nicht mit Marc mithalten; er war Bergführer gewesen und hatte seiner Tochter weitaus mehr zu bieten gehabt. Wenn Eva ihn auf seinen Klettertouren begleitet hatte, war er sanft und umsichtig gewesen und hatte die Ruhe eines Mannes verströmt, der es gewohnt ist, mit unausgeglichenen Menschen umzugehen. Laurence hingegen stand ständig unter Druck und übernahm sich mit den Fällen, mit denen sie zu tun hatte: Gewalt in der Familie, Misshandlungen von Kindern, Diebstähle, Betrügereien, Vergewaltigungen. Jede Akte erforderte ein zähes, geduldiges und methodisches Herangehen.

Im Lauf der Zeit war die Trennlinie verschwunden, die sie zwischen ihrem Berufsleben und ihrem Heim gezogen zu haben glaubte. Laurence wusste nicht genau, ab wann Marc sich auf Affären eingelassen hatte – sie selbst war viel zu beschäftigt gewesen, um sich verführen zu lassen.

Nach Marcs Tod schien Eva zu befürchten, dass niemand ihr ausreichend Liebe entgegenbringen könnte; sie verhielt sich extrovertiert und zurückhaltend zugleich. Laurence bemerkte ihre Feindseligkeit, ohne zu wissen, ob sie gegen sie als Mutter oder gegen die Ungerechtigkeit der Welt im Allgemeinen gerichtet war. Manchmal steigerte Evas Feindseligkeit sich so sehr, dass sie in grenzenloser Wut zu zittern begann. Laurence hatte sie zu einem Psychologen gezerrt, doch letztlich hatte Eva sich mit ihren eigenen Mitteln geheilt. Das Schicksal hatte ihr übel mitgespielt, doch sie musste weiterleben – wenn auch an einem Ort, an dem ihr das Vergessen leichter fiel. Deshalb war sie nach Bordeaux zu ihrer Großmutter gezogen.

Etwa einen Meter von der Böschung entfernt war unter Wasser die Hälfte eines Kindergesichts zu sehen; das halb geöffnete, glasige Auge schien auf einen von bräunlichem Moos bedeckten Stein zu starren. Eine braune Haarlocke wand sich wie ein Algenbüschel im fließenden Wasser.

Übelkeit und Schwindelgefühl erfassten Laurence. Die Stille wurde unerträglich. Man hörte nur den pfeifenden Atem und das saugende Geräusch der Gummistiefel auf dem weichen Boden, als der Gerichtsmediziner und die Polizisten näher kamen.

Der Gerichtsmediziner stellte seine Tasche ab, lieh sich ein

Paar hohe Stiefel aus und stieg ins Wasser, das ihm bis zu den Knien reichte.

»Es ist ein junges Mädchen«, verkündete er. »Der Körper ist zwischen zwei Steinen eingeklemmt.«

Schweigend untersuchte er den Leichnam.

»Sie ist nackt«, fuhr er fort. »Am Hals und in der Schamgegend sind deutliche Quetschungen zu sehen.«

»Dieses verdammte Schwein!«, stieß Forgues hervor.

»Achten Sie darauf, dass Sie die Zweige nicht berühren, wenn Sie das Mädchen herausheben«, mahnte der Arzt. »Vielleicht sind Fasern von Kleidungsstücken daran.«

Zwei Polizisten traten näher, schoben ihre Ärmel hoch, stiegen ins Wasser, hoben das tote Mädchen vorsichtig hoch und stiegen langsam, Schritt für Schritt, die Böschung hinauf.

»Es ist Charlotte Cazenave«, stellte Laurence fest, nachdem die Polizisten den Leichnam behutsam abgelegt hatten.

Der Gerichtsmediziner öffnete seine Tasche, zog ein Paar Latexhandschuhe an, kniete sich neben das Mädchen und drückte ihm auf die Brust.

»Kein Tod durch Ertrinken«, sagte er. »Sie wurde erwürgt.«

Er wies auf den blutunterlaufenen Ring, der sich um Charlottes Hals zog. Sorgfältig untersuchte er dann den Genitalbereich des Kindes.

»An der Vergewaltigung besteht kein Zweifel«, sagte er. »Es gibt zahlreiche Abrasionen, die durch die Defloration hervorgerufen wurden. Mit ein wenig Glück finden wir noch Sperma für eine DNA-Analyse. Ich werde die erforderlichen Untersuchungen so schnell wie möglich in die Wege leiten.«

Er stand auf, zog die Handschuhe aus und warf sie in eine Papiertüte. Ein Polizist legte einen Leichensack bereit, ein anderer eine Trage. Mehrere Blitzlichter zuckten auf, als Fotos gemacht wurden.

»Seltsam«, sagte Laurence. »Wenn Charlotte mitten in der Nacht geflohen ist, um dem Mörder ihrer Mutter zu entkommen, wie hat sie dann die Zeit gefunden, sich Schuhe anzuziehen?«

»Wie kommen Sie darauf, dass das Mädchen Schuhe getragen hat?«, fragte Forgues.

»Ihre Fußsohlen weisen keinerlei Kratzer auf. Glauben Sie, sie hätte barfuß durch die Nacht laufen können, ohne auf einen Stein zu treten?«

»Da haben Sie recht. Wie hat sich Ihrer Meinung nach alles abgespielt?«

»Ich weiß es nicht. Es ist ein Sexualverbrechen. Vielleicht hat der Täter ihr aufgelauert. Man müsste die Gegend absuchen, um herauszufinden, ob er die Kleider des Mädchens irgendwo versteckt hat.«

»Es wird bald dunkel«, gab Forgues mit einem Blick auf den Himmel zu bedenken. »Heute können wir nichts mehr tun. Aber ich lasse das ganze Gebiet sperren. Morgen früh wird es durchkämmt.«

Er legte eine Hand auf Laurence' Arm.

»Die Kriminaltechniker arbeiten im Haus. Ich bleibe bei ihnen. Sie können ruhig nach Pau zurückfahren. Ich werde Sie sofort informieren, wenn es etwas Neues gibt. Am Dienstag schicke ich Ihnen die Protokolle mit den ersten Zeugenaussagen.«

Laurence war einverstanden. Es brachte nichts, noch länger hier herumzusitzen. Sie bat Forgues, Vorkehrungen zu treffen, um zu verhindern, dass die Medien sich Zutritt zum Landsitz verschafften.

In ihrem Auto schaltete sie ihr Handy ein und hörte die Nachrichten ab. Delpy hatte zweimal angerufen. Sie wählte die Nummer, die er ihr hinterlassen hatte, und setzte ihn kurz ins Bild. Im Hintergrund hörte sie Lachen und das Klappern von Geschirr. Das österliche Mittagessen schien sich bei den Delpys sehr in die Länge zu ziehen.

»Ihnen ist doch klar, was das für die bevorstehenden Wahlen bedeuten kann?«, sagte Delpy, nachdem Laurence geendet hatte.

In Laurence stieg Zorn auf. Dieser Fall ging ihr an die Nieren, und Delpy kam mit so etwas!

»Hören Sie, bei jedem Fall, den man mir anvertraut, bemühe ich mich vor allem, den oder die Schuldigen zu finden. Dabei schere ich mich nicht um Politik, Herr Oberstaatsanwalt.«

Delpy lenkte ein. »Schon gut. Ich hoffe nur, Sie haben einen handfesten Anhaltspunkt.«

»Da liegt das Problem«, erwiderte Laurence, »ich habe nämlich keinen.«

»Außer den bisher ermittelten Tatsachen haben Sie noch nichts in Erfahrung gebracht?«

»Das trifft es in etwa. Nach der Lektüre des Autopsieberichts und nach der Befragung von Jean Cazenave werde ich mehr wissen …«

»Wie geht es ihm?«

»Er liegt im Krankenhaus und befindet sich in kritischem Zustand.«

»Sind Sie schon wieder in der Stadt?«

»Nein, ich bin noch in Ribarrouy.«

»Was haben Sie jetzt vor?«

Laurence war zu erschöpft, um sich auf eine Unterhaltung einzulassen. Am Dienstag würde sie sich mit so vielen bohrenden Fragen beschäftigen müssen, dass sie jetzt ihre Ruhe haben wollte.

»Ich fahre nach Hause«, sagte sie, um Delpy nicht das letzte Wort zu überlassen.

Die enge, kurvenreiche Straße zwang zu einer vorsichtigen Fahrweise. Die Scheinwerfer der entgegenkommenden Fahrzeuge blendeten Laurence. Sie hatte Kopfschmerzen, und das Blut pochte in ihren Schläfen. Seit dem morgendlichen Kaffee hatte sie den ganzen Tag nichts zu sich genommen. Das Bild von Charlottes nacktem, geschundenem Körper schlich sich beharrlich immer wieder in ihre Gedanken.

Meistens genoss es Laurence, nach einem langen Tag nach

Hause zurückzukehren, doch heute Abend war ihr die Vorstellung, allein in einem leeren Haus zu sein, unerträglich. Sie verspürte das heftige Verlangen, ihre Tochter zu sehen. Seit ihrer Scheidung hatte sie sich auf keine ernsthafte Beziehung mehr eingelassen. Hin und wieder ein Abenteuer – aber nie in Pau, der Stadt, in der sie arbeitete. Eher in Biarritz oder San Sebastian, wo sie drei-, viermal im Jahr ein verlängertes Wochenende in einem Luxushotel verbrachte. Dort begegnete sie einsamen Männern, die allesamt jedoch eine Rückfahrkarte in der Tasche hatten. Auf diese Weise blieben Richterin und Geliebte voneinander getrennt wie Wasser und Öl, ohne die Gefahr, sich jemals zu vermischen. Anschließend kehrte Laurence in ihren organisierten Alltag zurück, glücklich in ihrer Einsamkeit und in den Augenblicken, die sie ihrer Tochter widmen konnte oder durfte. Außerdem gehörte Laurence nicht zu den Frauen, die leicht Bekanntschaften schlossen. Marc war ebenfalls Einzelgänger gewesen; das hatte sie einander so nahe gebracht.

Vor zwei Jahren war Laurence in eine Zweizimmerwohnung in der Rue Bosquet gezogen, unweit vom Museum der Schönen Künste und dem Parc Beaumont. Dieser Park im Stil englischer Landschaftsgärten gehörte zu Laurence' Lieblingsplätzen in der Stadt – ein Ort, der Heiterkeit und Beschaulichkeit verströmte. Der malerische See, der Schwänen und Enten als Zufluchtsort diente, lag inmitten eines ehemaligen Sumpfgebiets und ausgedehnter Rasenflächen, auf denen einheimische Pflanzen, Sträucher und jahrhundertealte Bäume wuchsen. Die Gehwege waren nach Künstlern und Dichtern benannt.

Als Laurence ihre Wohnung betrat, sah sie das Lämpchen am Anrufbeantworter blinken. Eva hatte angerufen; sie war mit Freunden ausgegangen und würde erst spät am Abend zurückkommen, sodass sie erst morgen miteinander reden konnten. Eva war nicht einfach; sie gab erst nach, wenn ihre Mutter – nach ihren Maßstäben – genug gelitten hatte. Wenn Laurence an ihrer Tochter etwas bewunderte, dann die Entschlossenheit, ihre selbst gesteckten Ziele zu erreichen – eine begrüßenswerte und wichtige Eigenschaft, die für ihre Beziehung aber nicht sehr förderlich war.

Laurence wählte die Nummer des Krankenhauses und verlangte den Assistenzarzt der Notfallambulanz, der Jean Cazenave untersucht hatte. Man erklärte ihr, dass keine Lebensgefahr bestehe. Cazenave litt an einem Hirntrauma infolge eines heftigen Schlages auf den Kopf. Die Computertomografie hatte keinen Hinweis auf ein durales Hämatom oder diffuse Hirnverletzungen geliefert. Außerdem hatten die Stiche mit der blanken Waffe ihm schwere Schnittwunden an Händen und Unterarmen zugefügt. Die verbalen und motorischen Reaktionen Jean Cazenaves gaben allerdings Grund zur Hoffnung. Doch in Anbetracht seines Zustands waren Besuche bis zur Rückkehr von Professor Magne am Dienstagmorgen untersagt.

Nein, antwortete der Assistenzarzt auf Laurence' Frage; es sei nicht möglich, den Professor übers Osterwochenende zu erreichen.

Die Fernsehnachrichten interessierten Laurence nicht im Geringsten. Auch wenn der Fall bereits an die Öffentlichkeit gelangt sein sollte, würde sie aus den Medien bestimmt nichts Neues erfahren. Sie zog sich aus und stopfte ihre Kleider in die Waschmaschine.

Nachdem sie geduscht hatte, zog sie die Vorhänge auf und setzte sich aufs Sofa, um eine Gemüsesuppe zu essen.

An der Wand hing eine ganze Fotosammlung: Eva, wie sie in einer Grünanlage spielte; Laurence, blutjung und ernst und mit einem Baby im Arm. Jüngere Fotos zeigten Eva mit ihrem Vater, beide lächelnd vor der fernen Bergkette der Pyrenäen. Ein Foto zeigte alle drei auf der Mole von Socoa. Sie lächelten vor dem Hintergrund der Gischt, die von den Wellen hochspritzte, die sich an den Felsen brachen.

Laurence aß die Suppe auf und genehmigte sich ein Glas Jurançon, dazu ein Stück Pyrenäenkäse. Als sie die Fotos von Eva betrachtete, dachte sie wehmütig an all die Augenblicke in ihrem Leben, die in ihrer Erinnerung wie Bruchstücke im freien Raum umherschwebten – Bruchstücke, die sie nie wieder würde zusammensetzen können.

War die Last heute schwerer zu tragen als sonst? Vielleicht, vielleicht auch nicht. In ihrem Beruf war sie vielen kaputten, verdorbenen, wertlos gewordenen Existenzen begegnet. Der Himmel hatte ihr weitaus mehr zugestanden, als sie hoffen durfte.

Der Tag hatte Laurence erschöpft, doch sie musste noch einige Dinge zu Ende bringen. Sie machte sich eine Tasse Kaffee, setzte sich an ihren Schreibtisch und schaltete ihren Laptop ein. Sie musste ihren Arbeitsplan neu organisieren und die anstehenden Fälle nach ihrer Wichtigkeit ordnen. Was das betraf, brachten die beiden Morde alles durcheinander.

Es war ein schmutziger Fall, und Laurence dachte an die notwendigen Vorkehrungen: Die Akte Cazenave musste an einem sicheren Ort verwahrt werden. Man musste genau aufpassen, was man sagte, und Indiskretionen der Polizisten verhindern, denn die Presse würde sich voller Gier darauf stürzen. Alle würden sich einmischen – wie immer bei Fällen, die für die Medien von Interesse waren. Und dann war da Cazal, aber auch Maurois, der Präsident des Landgerichts von Pau, und Chantreux, der Präsident des Oberlandesgerichts, und schließlich der Chef von Cazal, Oberstaatsanwalt Delpy, ein Mann, dem der Ruf vorauseilte, machthungrig und selbstverliebt zu sein. Alle standen in der Hierarchie über der Untersuchungsrichterin Laurence Bonner, die darauf achten musste, Spannungen mit jedem dieser Männer zu vermeiden.

Die Stadt hingegen würde eine Zeit lang vom üblichen Geschwätz über den Fischfang, das Rugby, die Jagd, die Wahlen und das Stopfen der Enten und Gänse ablassen.

Nach zwei Stunden zäher und langweiliger Arbeit machte Laurence Schluss. Sie schaltete ihren Computer aus und öffnete das Fenster. Der Park lag im bleichen Mondlicht, von Schatten übersät. Einen Augenblick hielt Laurence inne, um die kühle, klare Nachtluft zu genießen, wobei sie sich zwang, an nichts zu denken. Dann machte sie sich einen Zitronentee und legte sich aufs Bett, um sich alles noch einmal durch den Kopf gehen zu lassen. Es war an der Zeit, die Erkenntnisse, die sie bisher gewonnen hatte, in Beziehung zueinander zu setzen und den Rahmen einer Theorie zu entwerfen.

Vor Evas Geburt hatte sie Marc hin und wieder auf seinen Klettertouren begleitet. Er hatte ihr einfache, aber unumgängliche Dinge beigebracht: »Es ist wichtig, dass man isst, bevor man hungrig wird, und trinkt, bevor man Durst bekommt«, hatte er gesagt, »denn der Körper reagiert auf Stress und Kälte meist dadurch, dass er diese Bedürfnisse unterdrückt, und zwar genau dann, wenn ein besonders hoher Bedarf an Wasser und Energie besteht. Es ist falsch, Handschuhe anzuziehen, wenn die Hände bereits eiskalt sind: Sie brauchen dann mehr Kalorien, um warm zu werden. Eine winzige Kleinigkeit zu vergessen oder eine scheinbar unwichtige Gegebenheit zu missachten kann verheerende Folgen haben.«

Dieser Prinzipien eingedenk versuchte Laurence, die Grundpfeiler einer Theorie aufzustellen. Sie besaß weder hellseherische noch magische Kräfte und verfügte auch sonst über keine außergewöhnlichen Gaben. Sie musste sich an Fakten halten und das Ergebnis der Autopsien, die Zeugenaussagen und den Fortgang der anderen Untersuchungen abwarten. Alles, was es konkret zu sehen gab, hatte sie bereits gesehen. So war es besser, sich jetzt schon für einen möglichen Tathergang und eine mögliche Spur zu entscheiden, auch wenn diese nachher im Sande verlief. Im weiteren Verlauf würde sie dann konkrete Ergebnisse erhalten, die ihr zeigen würden, welchen Weg sie einschlagen musste.

Die tote Ghislaine Cazenave hatte noch ihre Ringe getragen, doch selbst wenn der Täter die Edelsteine aus der Fassung gebrochen hätte, hätten sie ihm bei einem Hehler ein kleines Vermögen eingebracht. Also handelte es sich nicht um ein Verbrechen aus Habgier. Dem Mörder war es vielmehr um die Vernichtung der Familie Cazenave gegangen. Er hatte sich der Eltern entledigt, bevor er sich Charlotte vornahm. Er hatte das Mädchen verfolgt. Dennoch passten einige Details nicht zusammen. Charlottes Bett war unbenutzt. Schlief sie oft bei ihren Eltern im Bett? Hatte sie schlecht geträumt? Laurence würde die Befragung der Gouvernante abwarten müssen.

Ein Detail tauchte hartnäckig immer wieder auf: Charlotte hatte keine Kratzer an den Füßen gehabt. Warum nicht? Es war schwer vorstellbar, dass das Mädchen, schockiert vom Anblick des blutigen Gemetzels, sich die Zeit genommen hatte, sich Schuhe anzuziehen, bevor sie aus dem Haus geflohen war.

Während Laurence darüber nachdachte, fiel es ihr plötzlich wie Schuppen von den Augen. Wie sie bereits erwogen hatte, war der Polizeispürhund einer *alten* Spur gefolgt. Der Täter war also gar nicht hinter Charlotte hergerannt; er hatte sie bis zum Flüsschen *getragen*. Dort hatte er sie entkleidet, vergewaltigt und anschließend erwürgt. Also hatte er den Weg zur Canette nicht zufällig eingeschlagen. Er kannte sich in der Gegend aus und hatte diesen Ort aufgesucht, weil er sicher war, dass ihn dort niemand stören würde.

Aber es lagen ein paar Bauernhöfe in der Nähe. Vielleicht hatte jemand Schreie oder Hilferufe gehört …? Doch Laurence bezweifelte es: Die Polizei hatte die ganze Gegend in Aufruhr versetzt, ohne dass sich bisher jemand gemeldet hatte.

Da Raub als Motiv ausschied, schien es also mit großer Wahrscheinlichkeit auf ein Verbrechen aus Hass hinauszulaufen. Hass war der Grund für Bluttaten wie die Morde an Ghislaine und Charlotte. Durch den Mord an Frau und Tochter bereitete der Täter dem armen Jean Cazenave die Hölle auf Erden, indem er ihn am Leben ließ, statt auch ihn zu töten.

Jean Cazenave hatte aufgrund seiner sozialen Stellung und seiner Heirat mit Sicherheit Feinde. Kam es also in Betracht, dass mit der Vernichtung seiner Familie irgendein Streit ausgetragen wurde? Laurence schüttelte den Kopf. Diese Argumentation schien ihr zu einfach und nicht sehr plausibel. Man durfte sich die Dinge auf keinen Fall zurechtbiegen.

Wie aber erklärte sich der Blutdurst des Mörders – eine so grenzenlose Brutalität, wie sie Laurence bei ihrer Arbeit bisher noch nie begegnet war?

Der Zitronentee war kalt geworden, doch Laurence fühlte sich zu müde, um aufzustehen und die Tasse in der Mikrowelle aufzuwärmen.

Sie stellte den Wecker auf sechs Uhr dreißig. Morgen früh würde sie durch den Park joggen, um den Kopf frei zu bekommen und ruhiger zu werden, denn ab Dienstag wartete eine ganze Reihe von Aufgaben auf sie: Sie musste gründliche Befragungen durchführen, die Autopsieberichte durcharbeiten, allen möglichen Verdachtsmomenten nachgehen, methodisch jedes Alibi überprüfen – und sie musste ein Motiv finden.

Am nächsten Wochenende dann würde sie nach Bordeaux zu ihrer Tochter fahren. Viel zu lange schon schob sie diesen Besuch auf.

Sie knipste das Licht aus und drehte sich auf die Seite, um in den Schlaf zu finden.

6

Eva kam ohne Mühe voran; der Schnee trug. Ein gleichförmiger Hang zog sich vor ihr in die Höhe. Von Zeit zu Zeit blieb sie stehen, um ihren Rucksack zurechtzuziehen. Sie wollte nichts dem Zufall überlassen und hatte zusätzlich zu ihrer Ausrüstung eine Trockenfrüchtemischung, Powerriegel und zwei Trinkflaschen mit jeweils zwei Litern Flüssigkeit mitgenommen – die eine mit Isostar, die andere mit Wasser.

Um sieben Uhr waren sie und Laurence von der Hütte aufgebrochen. Es hatte aufgehört zu schneien. Der Himmel war zwar noch grau, doch die Wolkendecke riss auf. Das Wetter war besser geworden. Nachdem Eva den Weg mit dem Fernglas vorab erkundet und sich auf eine Route festgelegt hatte, betrachtete sie nun minutenlang die Felswand und suchte nach Stellen für Seilverankerungen.

»Bist du sicher, dass du dich nicht in Gefahr begibst? Du musst aufpassen, dass du nicht abstürzt!«, hatte Laurence sie voller Furcht beschworen.

»Red nicht so 'nen Quatsch!«, war Eva aufgefahren. Sie war weder leichtsinnig noch tollkühn, und sie war ausgeruht und in guter physischer und psychischer Verfassung.

Laurence hatte sie bis zur Felswand begleiten wollen, doch Eva hatte ihr geraten, an der Stelle zu bleiben, von der aus sie gestern die Leiche des Mannes entdeckt hatten. Wenn sich dort oben Schwierigkeiten ergäben, wäre ihre Mutter eher eine Last als eine Hilfe.

Nach einer genauen Beschreibung des Weges, den sie einschlagen wollte, hatte Eva ihre Mutter am Nordrand des Talkessels zurückgelassen. »Du kannst mich mit dem Fernglas beobachten. Meinen roten Anorak wirst du gut erkennen.«

Nachdem Eva einen eisigen Couloir durchquert hatte, ging sie nun einen Kamm entlang, der in eine grellweiße Schneefläche mündete, doch dieses Schneefeld führte in eine andere Richtung, und hier trug der Schnee nicht. Deshalb hatte Eva das Schneefeld umgangen und war über einen steil ansteigenden, aber technisch leichten Weg über die linke Seite auf den Kamm gelangt. Zwanzig Meter weiter war sie auf die schneefreie Stelle gestoßen, die sie aus der Ferne ausgemacht hatte. Hier kam sie schneller voran. Durch die Umgehung des Schneefeldes hatte Eva viel Zeit gewonnen; außerdem erkannte sie nun, dass sie den richtigen Weg gewählt hatte: Von dort, wo sie sich befand, bot die andere Route einen wenig einladenden Anblick. Durch die Schneeschmelze waren gewaltige Mengen Wasser in die Tiefe geflossen und hatten den Fels mit einem tückischen Eispanzer überzogen.

Plötzlich riss die Wolkendecke auf, und die Sonne zeigte sich. Eva blieb stehen, um Atem zu schöpfen. Ein leichter Schwindel machte ihr zu schaffen. Sie zog ihre Handschuhe aus und legte drei Finger an ihren Hals. »Hundertzehn in der Minute«, murmelte sie. Sie aß zwei Kraftriegel und trank dazu ein paar Schluck Isostar. Der Aufstieg und die Suche nach der richtigen Route hatten sie so sehr beansprucht, dass sie bisher keine Zeit gefunden hatte, die Aussicht zu bewundern. Sie hatte ganz vergessen, wie einsam und unberührt hier alles war. Unter seinem weißen Kleid bot der Talkessel einen wilden Anblick. Von den senkrechten, hell gesprenkelten Felswänden ging eine beinahe hypnotische Wirkung aus. Am Himmel zogen weiße Wolken vorüber und gaben hin und wieder den Blick auf das tiefblaue Firmament frei. Eine zerfurchte Eislandschaft lag vor ihr. An einem der Hänge ergossen sich Gletscherreste und Felsen weit in die Tiefe. Der ideale Rückzugsort für Pyrenäengemsen.

Von dem nächtlichen Besucher war keine Spur zu sehen. Wo war er geblieben? Doch solche Fragen wollte Eva sich lieber nicht stellen. Sie würden nur ihre Konzentration stören, und die meisten Kletterunfälle geschahen beim Abseilen.

Wieder schoben sich tief hängende Wolken vor die Sonne. Eva setzte ihren Weg fort. Es herrschte strenger Frost, doch in der Goretex-Jacke war Eva angenehm warm. Sie stieg weiter auf dem trockenen, vorspringenden Kamm hinauf, bis sie an eine kleine Schneezunge gelangte, die sie umgehen musste. Doch unter dem Schnee verbarg sich Blankeis, sodass Eva zweimal ausrutschte. Immer mehr kam ihr der Aufstieg wie ein Wettkampf vor, und sie blieb bei jedem Schritt vorsichtig.

Sie musste mindestens vier Abseilhaken anbringen, um die gesamte Wand hinunterzukommen. Mit dem ersten Haken würde sie es bis zum Felssims schaffen: Von dort aus hoffte sie mit drei weiteren Haken den Grund des Talkessels zu erreichen. Es blieb ihr auch kaum eine andere Möglichkeit; sie hatte weder einen weiteren Klemmkeil noch einen fünften Abseilhaken.

Eva fragte sich, wie der Mann nach dem Sturz wohl aussah. Es war die erste Leiche, die sie zu Gesicht bekam, und der Gedanke machte ihr zu schaffen, zumal sie mit dieser Erfahrung ganz allein fertig werden musste.

Den Leichnam wegzuschaffen kam nicht infrage. Laurence hatte es ihr verboten, und es wäre für Eva allein ohnehin unmöglich gewesen, die Leiche zu bergen. Sie sollte den Toten auf dem Felsvorsprung lassen, sollte lediglich seine Identität feststellen und versuchen, eine CD-ROM an sich zu nehmen, die der Mann bei sich tragen musste. Sorgen wegen der Polizei brauchte Eva sich nicht zu machen: Laurence würde den Beamten später melden, dass ihre Tochter zu dem Mann hinuntergestiegen sei, um festzustellen, ob er noch lebte.

Nur die Diskette durfte der Polizei nicht in die Hände fallen. Eva hatte keine Ahnung, warum ihre Mutter so großen Wert darauf legte, und auf ihre dahin gehende Frage hatte Laurence sie vertröstet: »Wir sprechen darüber, sobald wir wieder zu Hause sind.«

Der Felsvorsprung befand sich etwa fünfzig Meter unterhalb des Grates. Inmitten der Weite wirkte der auf dem Fels hingestreckte Körper winzig klein. Das Fernglas vor die Augen gepresst, hatte Laurence beobachtet, wie Eva die senkrecht abfallende Wand erreichte; dann hatte sie den Arm gehoben und gewinkt. Wenn Marc seine Tochter heute sehen könnte, wäre er sehr stolz auf sie, ging es Laurence durch den Kopf.

Eva stellte ihren Rucksack zu Boden, nahm ihre Schneebrille ab und sah sich nach Spuren eines Kampfes um, nach irgendeinem Hinweis, dass der Mann nicht durch einen Unfall in den Tod gestürzt war. Doch es war nichts zu entdecken.

Nach vorn gebeugt, prüfte Eva die Festigkeit des Felsens am Rand der Steilwand und versuchte, den Weg nachzuvollziehen, den der Mann genommen hatte. Da der Felsgrat an dieser Stelle ziemlich breit war, konnte Eva nicht begreifen, wie der Mann hatte abstürzen können. Und dennoch – hier hatte sich die Tragödie ereignet. Aufmerksam betrachtete Eva die Höhlungen und Nischen, in denen der Schnee geschmolzen war. Weiter unten befanden sich gezackte, geriefte Felsen, die davon zeugten, mit welcher Kraft der Gletscher vor Urzeiten das Gestein gleichsam abgehobelt hatte. Die Glimmersplitter ließen den Stein schwarz und glänzend aussehen.

Eva wollte gerade kehrtmachen, als sie unter einem Eisbrocken etwas hervorragen sah. Sie zog den rechten Handschuh aus, bückte sich und hob den Gegenstand auf. Ungläubig starrte sie auf ihren Fund. Wie sie es schon vermutet hatte, war der Mann auf dem Felsvorsprung nicht von allein in die Tiefe gestürzt; man hatte ihn ermordet. Den Beweis dafür hielt sie in den Händen.

Es herrschte völlige Stille. Außer ihrer Mutter, die sie mit dem Fernglas von der anderen Seite des Talkessels aus beobachtete, schien weit und breit kein Mensch zu sein. Es war ein Paradies für Kletterer, eine weite und einsame Hochgebirgsgegend; dennoch hatte Eva das Gefühl, beobachtet zu werden.

Sie beschloss, sich zu der Felskanzel abzuseilen. Sie hatte schon genug Zeit verloren.

Eva fand einen Felszacken, der als Fixpunkt dienen konnte,

und legte eine Seilschlinge darum. Dann setzte sie den Helm auf, legte Brust- und Hüftgurt an und befestigte fachgerecht eine Seilklemme mit Verschlusskarabiner im Anseilring des Hüftgurts, fädelte das Seil bis zur Mitte durch, machte an beiden Enden einen einfachen Knoten und ließ es dann hinab. Das leuchtend orangefarbene Seil war einhundert Meter lang; eine grüne Markierung bezeichnete die Mitte. Dann machte Eva sich an den Abstieg.

Nach den ersten dreißig Metern sah sie den Baum, der ihr zur Orientierung gedient hatte. Die Leiche befand sich nicht genau unter ihr; Eva würde den Felsvorsprung nur dann erreichen, wenn sie am Seil hin- und herpendelte, wobei sie darauf hoffen musste, dass es nicht an einer Felskante beschädigt wurde.

Ein Stück weiter unten erschien nun der blaue Fleck des Anoraks. Die Leiche lag auf dem Rücken. Es würde wohl ewig ein Geheimnis bleiben, wie der Mann auf dem Felsvorsprung liegen geblieben war, ohne bis auf den Grund des Talkessels zu stürzen.

Als Eva auf gleicher Höhe mit dem Felsvorsprung war, sah sie, dass der Mann einen Rucksack trug. Er hatte sich beim Aufprall geöffnet, und nun lag ein Teil des Inhalts auf dem Felsvorsprung verstreut: Strümpfe, ein Topf, ein Stück Seife.

Ein Anflug von Schwäche überkam Eva bei der Vorstellung, was sie nun erblicken würde. Um ihre Fantasie im Zaum zu halten, ging sie noch einmal alle Handgriffe durch, die nun folgen mussten; sie musste am Seil pendeln, um zu der Stelle zu gelangen, wo die Leiche lag. Der Vorsprung war nicht sehr breit, der Fels feucht und rutschig. Es war höchste Konzentration geboten.

Eva holte tief Luft und stieß sich mit kräftigem Schwung vom Felsen ab. Beim Zurückschwingen berührte sie ihn noch einmal, verstärkte mit einem erneuten Abstoßen die Pendelbewegung und winkelte die Knie an, um die Landung auf dem Felsvorsprung abzufedern. Sofort fand sie Halt und verharrte einige Augenblicke auf dem Vorsprung, das Gesicht zur Felswand.

Dann drehte sie sich langsam um. Und nun sah sie, was ihr aus der Entfernung bisher verborgen geblieben war. Auch wenn sie sich innerlich darauf vorbereitet hatte – mit einem solchen Anblick hatte sie nicht gerechnet. Sie schloss die Augen und atmete tief durch, um ihr Entsetzen niederzukämpfen. Sie durfte sich nicht von der Panik besiegen lassen; jetzt war nicht die Zeit, ohnmächtig zu werden.

Der Mann trug eine Hose mit aufgenähten Taschen und Trekkingschuhe. Er sah wie ein Spanier aus: dichte schwarze Locken, dunkle Haut und ein kleiner Kinnbart wie der eines Musketiers, auf dem sich Eiskristalle gebildet hatten. Auf der einen zerschmetterten Gesichtshälfte hingen noch ein paar Hautfetzen herunter; den Rest hatten die Vögel gefressen. Augen, Lippen und Wangen waren verschwunden. Auch die Ohren waren beinahe vollständig abgefressen. In den Wunden klebten schwarze Federn; das Blut war braun und geronnen. Auf der einen Seite des Schädels hatten die Vögel an einer runden Wunde im Schädelknochen gehackt. Eine schwammartige, gräuliche Substanz sickerte aus der Schädelöffnung. Die leeren Augenhöhlen des Toten schienen Eva anzustarren.

Es war ein Bild wie aus einem Albtraum. Nach mehreren vergeblichen Versuchen gelang es Eva schließlich, die Kapuze seines Anoraks hervorzuziehen und das zerstörte Gesicht zu verdecken.

Der erste Teil des Unternehmens war erfolgreich verlaufen. Eva hatte den Felsvorsprung erreicht. Laurence, die aus der Ferne beobachtet hatte, stieß einen Seufzer der Erleichterung aus. Zugleich stiegen Schuldgefühle in ihr auf. In gewisser Weise hatte sie ihre Tochter verraten, hatte sie dazu gebracht, sich in Lebensgefahr zu begeben und eine Aufgabe zu erledigen, mit der sie nichts zu tun hatte.

Laurence dachte an den Anruf von Carlos Uribe. Damals

hätte sie nie damit gerechnet, dass die Ereignisse eine so dramatische Wendung nehmen würden. Carlos' Bruder, ein Richter, war ermordet worden, und die spanische Presse machte die ETA für die Tat verantwortlich. Doch Richter Uribe beschäftigte sich ebenso wenig wie Laurence mit terroristischen Straftaten. Sie kannten sich von der Arbeit an gemeinsamen Fällen und schätzten die fachlichen Qualitäten des anderen.

Als Laurence im letzten Jahr mit den Untersuchungen im Fall Cazenave beschäftigt war, hatte sie Richter Uribe ihre Verwirrung und ihren Verdacht anvertraut. Daraufhin hatte Uribe ebenso diskrete wie heikle Nachforschungen angestellt. Ein paar Wochen später hatte er Laurence seine Befürchtungen mitgeteilt. Er misstraute der Polizei, seinen Kollegen und seinen Vorgesetzten. Ständig trug er eine Waffe bei sich und bewahrte Teile der Akte bei sich zu Hause in einem verschlossenen Sekretär auf. Nur noch seiner eigenen Familie schenkte er Vertrauen.

Unglücklicherweise hatte die spanische Polizei nach Uribes Ermordung sein Haus durchsucht und festgestellt, dass die Akte verschwunden war. Doch drei Tage vor seiner Ermordung hatte der Richter, wie aus einer Vorahnung heraus, seinem Bruder eine CD-ROM anvertraut mit der Bitte, sie Laurence zukommen zu lassen, falls ihm etwas zustieße.

Möglicherweise war nun auch Carlos ermordet worden. Wenn das tatsächlich der Fall war, und Eva hatte die CD bei ihm gefunden, würden die Mörder der Brüder Uribe nicht ruhen, bis sie die CD-ROM wieder in ihren Besitz gebracht hatten, auch um den Preis weiterer Morde.

Mit einem Mal kam es Laurence unwirklich und bedrohlich vor, dass sie und Eva sich in dieser abgeschiedenen Gebirgsgegend befanden. Mit dem Fernglas suchte sie die Landschaft ringsum ab. Nichts rührte sich. Nur ein paar Vögel kreisten am Himmel.

Die CD-ROM steckte sicher verwahrt in der Innentasche von Evas Anorak. Außerdem hatte der Tote jetzt einen Namen, denn in seiner Brieftasche hatten Kreditkarten und ein Ausweis gesteckt. Es handelte sich um Carlos Uribe, den Mann, den ihre Mutter treffen wollte.

Eva machte sich für den Abstieg bereit. Zentimeter für Zentimeter suchte sie die Felswand ab und entdeckte eine Spalte, die ihr geeignet schien, einen zweiten Abseilhaken anzubringen. Dieser Abstieg würde Laurence teuer zu stehen kommen, denn Eva war gezwungen, ihr gesamtes Material an Haken, Karabinern und Seilen zurückzulassen. Sie vergewisserte sich mit einer Leine, dass der Abseilhaken hielt. Jetzt brauchte sie nur noch das Seil herunterzuholen, um ihren Abstieg in den Talkessel fortzusetzen.

Genau in diesem Moment hob sie den Blick zur senkrechten Felswand und erstarrte vor Schreck.

7

In ihrem Traum kämpfte Laurence gegen eine Strömung an, die sie in die Tiefe zog. Doch durch das dunkle Wasser hindurch spürte sie, dass es weder eine Strömung noch Algen waren, die sie gepackt hielten. Es war eine Hand. Die Hand eines Kindes. Ein Stückchen tiefer, in der Verlängerung dieser Hand, befand sich etwas, das Laurence lieber nicht sehen wollte. Ein Gesicht. Nicht das von Charlotte Cazenave, sondern ein Gesicht, das sie kannte. Es schwebte inmitten schleimiger Algen und rief nach ihr …

Voller Panik schreckte sie hoch. Mit klopfendem Herzen stand sie auf, warf einen Morgenmantel über, öffnete das Fenster und atmete tief durch. Der Morgen graute bereits, was sie ein wenig beruhigte. Die ersten Vögel sangen ihr Morgenlied, und über dem Park lag ein Dunstschleier. Bei der Erinnerung an Evas Gesicht in ihrem Traum lief Laurence eine Gänsehaut über den Rücken. Sie zog den Morgenmantel auf der Brust enger zusammen und starrte minutenlang auf den sich weißlich verfärbenden Horizont. Dann setzte sie Kaffee auf, duschte ausgiebig und legte sich mit einer Tasse Kaffee noch einmal aufs Bett. Noch immer hatte sie das im dunklen Wasser schwebende Gesicht ihrer Tochter vor Augen.

Sie setzte die Tasse ab, beugte sich vor und griff nach der Akte Cazenave, die neben dem Bett auf dem Boden lag. Der Mord an Ghislaine rief irgendetwas in ihr wach, von dem sie nicht genau wusste, was es war. Ein finsterer Hauch ganz tief in einer dunklen Grotte – so ließ ihre Empfindung sich am besten umschreiben.

Sie hatte jede Einzelheit überprüft und den vorläufigen Bericht des Gerichtsmediziners aufmerksam gelesen in der Hoffnung, irgendetwas zu entdecken. Die Autopsie hatte ergeben, dass Ghislaine und Charlotte gegen zwanzig Uhr zu Abend gegessen hatten: Kalbsbraten mit Kartoffelbrei. Charlotte hatte zum Nachtisch noch Schokoladeneis gegessen. Bei ihr, so hatte der Gerichtsmediziner festgestellt, war die Verdauung weiter fortgeschritten als bei ihrer Mutter – ein weiterer Hinweis darauf, dass sie zu einem späteren Zeitpunkt als Ghislaine ermordet worden war. Der Täter hatte Charlotte erwürgt, wie der Bruch des Kehlkopfknorpels, des Zungenbeins und weitere traumatische Verletzungen zeigten. Danach hatte er Charlottes Leichnam in das Flüsschen geworfen.

Der Mörder war darauf bedacht gewesen, die physiologischen Spuren der Vergewaltigung sorgfältig zu entfernen. In Charlottes Vagina hatte man kein Sperma entdeckt, sondern einzellige Algen, Diatomeen. »Dieser Mistkerl hat seine Schweinereien im Fluss beseitigt«, hatte der Gerichtsmediziner wütend hervorgestoßen.

Es kam Laurence so vor, als würde sie selbst all den Schrecken des Mädchens durchleben – die Schreie Charlottes, ihr Schluchzen, ihre panische Angst, ihr Entsetzen. Die Schreie wollten nicht enden; sie erfüllten die gleichförmige Stille am Fluss.

Dann eine andere Stimme, ungeduldig, fast schon hysterisch, während Charlotte in den Tod hinüberglitt. Laurence konnte beinahe das träge Gewicht des kindlichen Körpers spüren und ihre geröteten, heißen Wangen berühren. Ein kleines blasses Phantom, das man dem dahinfließenden Wasser überlassen hatte. Was hatte ihr Bewusstsein als Letztes mit in den Tod genommen?

Laurence wandte sich den Fotos der toten Ghislaine zu. Ihr fiel auf, dass fast alle Wundmale die gleiche Form und Größe aufwiesen. Und was hatte es mit den Quetschungen am Oberkörper auf sich, die Ghislaine post mortem zugefügt worden waren? Wer hatte ihr das angetan? Woher kam diese irre Wut, einen bereits leblosen Körper dermaßen zu malträtieren? Der

Mörder hatte nicht einmal eines der Badezimmer im Anwesen benutzt, um sich von Ghislaines Blut zu säubern. Trotz seines unkontrollierten Gewaltausbruchs war er wachsam geblieben.

Bei den toxikologischen Analysen war in Charlottes Blut ein Schlafmittel aus der Familie der Benzodiazepine gefunden worden. Die Hausapotheke der Familie Cazenave enthielt eine ganze Sammlung verschreibungspflichtiger, nur für Erwachsene bestimmter Schlaftabletten. Wer hatte dem Mädchen ein Sedativum verabreicht? Und mit welcher Absicht?

Das Blut in der Eingangshalle, auf den Treppenstufen und im Flur stammte von Jean Cazenave. Hatte er seinem Angreifer die Tür geöffnet? Vielleicht. Wahrscheinlich sogar. Es gab keine Spur eines Einbruchs. Aber wenn Jean die Kraft gehabt hatte, die Treppenstufen hinaufzusteigen und bis in sein Schlafzimmer zu gelangen, warum hatte er dann nicht zum Telefon gegriffen, um Hilfe zu rufen? Fragen über Fragen.

Laurence schloss die Akte wieder, lag in der stillen Wohnung und blickte an die Decke.

Die einzelnen Versatzstücke gingen ihr durch den Kopf. Sie tat sich schwer, die Informationen in Beziehung zu setzen. Aus den Indizien ergaben sich nur unstimmige Geschichten, sodass sie am Ende mit mehr Theorien dastand statt mit weniger. Es *musste* eine Verkettung geben, die sie zum Mörder führte. Aber welche? Vergeblich durchleuchtete und prüfte sie alle Elemente, doch es gelang ihr nicht, eine Verbindung zu finden.

Sie war so tief in Gedanken versunken, dass das Klingeln des Telefons sie erschrocken auffahren ließ. Sie blickte auf die Uhr. Erstaunt stellte sie fest, dass es kurz vor acht war.

Am anderen Ende war Albert Maurois, der Präsident des Landgerichts von Pau. »Ich bin bis Donnerstagabend bei mir zu Hause«, sagte er nur zu kurzer Begrüßung. »Wenn Ihre Termine es erlauben, würde ich mich gern mit Ihnen über den Fall Cazenave unterhalten.«

* * *

Um siebzehn Uhr machte Laurence sich auf den Weg nach Hauts de Jurançon. Sie sah dem Besuch ohne große Erwartungen entgegen; er kam eher einer Pflicht gleich. Maurois war der erste ihrer Vorgesetzten, der sie zu sich bestellte. Der Himmel an diesem Nachmittag war freundlich, und obwohl die Frühlingsluft noch kühl war, wirkte die Sonne wie ein beruhigendes Symbol der Hoffnung.

Laurence entspannte sich und überließ sich diesem kurzen Augenblick der Ruhe.

Es war das erste Mal, dass sie zu Maurois fuhr, doch anhand der Wegbeschreibung, die der Richter ihr gegeben hatte, fand sie das Haus ohne Mühe.

Sie hielt vor dem Zaun und ließ ein paar Augenblicke verstreichen, bevor sie ausstieg.

Maurois war verheiratet, aber kinderlos. Seit vierzehn Jahren übte er sein Amt in Pau aus. Nach außen vermittelte er den Eindruck, als würde er seinem Beruf nur wenig Bedeutung beimessen und als wäre er ein nur mittelmäßiger Jurist, doch Laurence wusste, dass Maurois über einen viel schärferen Verstand verfügte, als es den Anschein hatte.

Beinahe gleichzeitig mit Laurence' Klingeln öffnete Maurois die Tür und begrüßte sie, offensichtlich froh darüber, dass sie gekommen war.

»Gehen wir in mein Arbeitszimmer«, sagte er. »Ich werde Ihre Zeit nicht lange in Anspruch nehmen.«

Das Zimmer war behaglich eingerichtet, und ein kleines Holzfeuer verströmte einen aromatischen Harzgeruch. Auf dem Boden stapelten sich Romane, Fachzeitschriften über Golf und juristische Fachbücher.

Tönerne Gefäße bargen eine ganze Sammlung von Pfeifen, doch es roch nicht nach Tabak.

Eine Fenstertür führte zu einem umzäunten Rasen hinaus, der von Blumenbeeten gesäumt war.

»Der einzige Ort, der dem Ordnungswahn meiner Frau nicht zum Opfer fällt«, merkte Maurois mit einem Lächeln an.

»Madeleine macht zurzeit eine Thalasso-Kur. Sie wollte auf andere Gedanken kommen.«

Er setzte sich an seinen Schreibtisch und schloss seine dicke Kladde, die geöffnet vor ihm lag.

»Ich hoffe, ich habe Sie nicht bei der Arbeit unterbrochen«, sagte Laurence, während sie in einem Sessel Maurois gegenüber Platz nahm. Sie schlug die Beine übereinander und zog den Rock über die Knie.

»Ganz und gar nicht«, erwiderte Maurois. »In dieser Kladde halte ich nur hin und wieder ein paar Gedanken fest, für mein Buch.«

Der mittelgroße, zierliche Maurois war ein äußerlich unscheinbarer Mann mit dicker Hornbrille und unsteten Augen. Laurence schätzte ihn auf Anfang sechzig. Sein gebräuntes Gesicht war von Falten durchzogen, und sein Haar lichtete sich bereits. Die Handrücken waren von braunen Flecken gesprenkelt.

»Mein Gott, ist das ein schrecklicher Fall«, sagte er. »Und wenn es dann noch Leute trifft, die man kennt, ist es umso schlimmer. Ghislaine Cazenave war eine Freundin meiner Frau, und …« Er brachte den Satz nicht zu Ende, sondern fuhr fort: »Ich habe großes Vertrauen in Sie, Laurence. Sie haben einen ausgezeichneten Ruf. Ich gehe davon aus, dass Sie hervorragende Arbeit leisten werden.«

»Ich werde mein Bestes tun«, erwiderte Laurence.

»Dieser Fall ist vollkommen anders als alles, was wir sonst zu Gesicht bekommen«, fuhr er in sachlichem Ton fort. »Die Familie Cazenave ist nicht irgendwer, und dieser abgrundtiefe Hass, der sich in den Morden widerspiegelt … Ihnen ist hoffentlich klar, dass wir uns nicht den geringsten Irrtum leisten dürfen.«

»Vollkommen klar, Herr Präsident.«

»Gut. Ich würde gern wissen, ob Sie bereits einen Verdacht haben.«

»Nein. Die Annahme eines Raubmordes habe ich verworfen, denn alles weist darauf hin, dass Ghislaine Cazenave selbst das

Ziel des Täters war. Sie trug noch ihre Ringe, und das Haus wurde nicht nach Wertgegenständen durchwühlt. Auch Monsieur Cazenave trug noch seine Armbanduhr, eine kostbare Piaget.«

»Glauben Sie, dass auch das Mädchen zum Plan gehörte?«

»Nein. Die Gouvernante hat bestätigt, dass Charlotte ab und zu im Bett ihrer Eltern schlief. Sie muss aufgewacht und auf den Flur gegangen sein. Vielleicht hat der Mörder die Gelegenheit genutzt.«

»Das wäre eine Erklärung. Haben Sie Jean Cazenave schon befragt? Wie Sie wissen, gilt in einem solchen Fall der Ehemann als Hauptverdächtiger. Möglicherweise muss man ihn unter die Lupe nehmen.«

»Leider …«

»Warten Sie!«, schnitt Maurois ihr das Wort ab und stützte die Ellbogen auf die Schreibtischplatte. »Ich habe immer geglaubt, dass man ein Verbrechen erklären kann, wenn man das Motiv findet. Wir wissen, dass Ghislaine Cazenave um einiges älter ist als ihr Ehemann und über ein großes Vermögen verfügt. Jean Cazenave ist nichts Besonderes, um es einmal so auszudrücken, aber seine Heirat hat es ihm erlaubt, über sehr viel Geld zu verfügen und sich bei den Banken beachtliche Summen zu leihen. Es besitzt Anteile an Luxushotels, Restaurants, Bars und Landsitzen am Meer. Er sieht gut aus und ist charmant. Sehr wahrscheinlich hat er seine Frau betrogen. Vielleicht war sogar von Scheidung die Rede.«

»Sie vergessen Charlotte, Herr Präsident. Das Mädchen ist …«

Maurois hob die Hand.

»Lassen Sie mich ausreden. Es ist zwar nur eine Theorie, aber sie ist zumindest stimmig. Jean Cazenave wäre nicht der erste Vater gewesen, der ein Auge auf seine Tochter geworfen hat. Denken Sie daran, dass nicht wenige Erwachsene sich sexuell zu Kindern hingezogen fühlen und zwanzig Prozent der Schwurgerichtsprozesse mit Inzest zu tun haben.«

»Haben Sie einen konkreten Grund, Cazenave zu verdächtigen?«, wollte Laurence wissen.

Maurois antwortete mit einer Gegenfrage: »Habe ich einen Grund, ihn nicht zu verdächtigen?«

»Ich verdächtige ihn weder der Vergewaltigung noch der Tötung seiner Tochter«, erwiderte Laurence. »Sämtliche Zeugen stimmen darin überein, dass er seine Tochter abgöttisch geliebt hat. Und vergessen Sie nicht, was mit ihm geschehen ist.«

»Was meinen Sie damit?« Maurois schien überrascht.

»Als er am Montagabend von Charlottes Tod erfuhr, hat er einen schweren Hirnschlag erlitten. Die Ärzte gehen davon aus, dass seine Schädelverletzung dies begünstigt hat, aber trotzdem …«

»Das ist nicht Ihr Ernst«, sagte Maurois.

»Mein völliger Ernst.«

»Warum hat man mich nicht darüber informiert?«

Laurence zog es vor, nicht zu antworten. Sie war die Untersuchungsrichterin, nicht Maurois.

»Wie hat er das mit seiner Tochter erfahren? Ich dachte, Besuche wären untersagt.«

»So ist es auch. Sein Neffe hat im Krankenhaus angerufen, um sich zu erkundigen, wie es ihm geht, und die Dame vom Telefondienst hat ihn unglücklicherweise direkt mit dem Zimmer verbunden.«

Laurence öffnete ihre Dokumententasche.

»Wollen Sie einen Blick auf den Bericht des Gerichtsmediziners werfen?«

»Um Himmels willen, ersparen Sie mir diesen Fachjargon. Wo ist er jetzt?«

»Er liegt im Koma. Seine Aussichten sind mäßig. Das Gerinnsel ist ziemlich groß.«

Maurois musste diesen zusätzlichen Schock erst einmal verdauen.

»Verdammt!«, fluchte er dann. »Das hat uns gerade noch gefehlt.« Nach kurzem Nachdenken fragte er: »Konnte er sprechen? Konnte er mitteilen, was geschehen ist?«

»Leider nein.«

»Dann sieht es ganz so aus, als wäre meine Theorie hinfällig«, gestand Maurois ein. Er wirkte enttäuscht. Müde erhob er sich, trat ans Fenster und blickte hinaus auf den Rasen.

»Ich werde den Oberstaatsanwalt bitten, Ihre anderen Fälle unter den übrigen Untersuchungsrichtern aufzuteilen«, sagte er schließlich. »Sie werden all Ihre Zeit für den vorliegenden Fall benötigen. Wenn Sie meine Hilfe brauchen, bin ich immer für Sie da. Zögern Sie nicht, mich aufzusuchen.«

8

Am Tag darauf begab Laurence sich zu einem Bauernhof unweit von Les Marroniers. Es erwies sich oft als nützlich, die Zeugen bei sich zu Hause aufzusuchen, um sie zu befragen. Die Leute fühlten sich in ihrem gewohnten Umfeld sicherer und ließen sich eher vertrauliche Aussagen entlocken; sie waren gesprächiger, und ihre Erinnerung funktionierte besser.

Im Nieselregen sah Laurence ein ziegelgedecktes Dach vor sich auftauchen, dann die verschwommenen Umrisse eines länglichen Gebäudes, das teilweise hinter einer kleinen Steinmauer versteckt lag.

Sie hielt und stieg aus. Eine Schubkarre mit Düngererde versperrte den Durchgang. In einem Gemüsegarten, in dem die Erde frisch umgegraben war, wuchsen Salat und Kohl.

Noch bevor Laurence den Hauseingang erreicht hatte, öffnete eine ältere Frau die Tür. Sie trug Hausschuhe, einen Pullover über einem langen Wollrock und ein Kopftuch. Laurence wischte die Wassertropfen ab, die ihr den Hals hinunterliefen, und stellte sich vor.

»Ist es wegen der Vorfälle in Les Marroniers?«, fragte die Frau.

»So ist es, Madame Couet«, antwortete Laurence.

»Die Polizisten haben mir gesagt, dass Sie vorbeikommen würden. Kommen Sie herein. Vergessen Sie nicht, die Schuhe abzutreten. Ich habe gerade den Boden gewischt.«

Sie setzten sich an einen schweren Eichentisch im Esszimmer. Das Zimmer war düster, das Feuer im Kamin erloschen.

»Möchten Sie einen Kaffee?«, fragte die Frau.

Sie hatte ein langes, knochiges Gesicht und schmale Lippen.

»Danke, gern«, sagte Laurence.

Die Frau stand auf, drehte die Lautstärke des Fernsehers herunter und ging aus dem Zimmer, um gleich darauf mit einer weißen Tasse und einer Zuckerdose auf einem kleinen runden Metalltablett zurückzukommen.

»Wohnen Sie schon lange hier, Madame Couet?«, begann Laurence und führte die Tasse zum Mund.

»Achtundzwanzig Jahre. Ich kann einfach nicht glauben, dass etwas so Grässliches hier bei uns geschehen konnte.«

Laurence nahm einen Schluck. Sie musste sich beherrschen, um nicht das Gesicht zu verziehen. Der Kaffee schmeckte abgestanden und bitter. Vermutlich hatte er den ganzen Vormittag vor sich hin geköchelt. Sie gab drei Stück Zucker hinein.

»Ich muss ein paar Fragen mit Ihnen abklären, Madame Couet«, sagte sie dann. »Sind Sie ganz sicher, dass es sich um letzten Samstag gehandelt hat?«

Madame Couet blickte leicht säuerlich drein.

»Vollkommen sicher. Das habe ich auch schon den Polizisten gesagt. Ich habe am Ostersonntag aus dem Fernsehen erfahren, was bei den Cazenaves geschehen ist. Das war am Abend zuvor, am Samstag.«

Laurence nickte. An einem Kleiderhaken hingen eine alte Lederjacke und ein Arbeitskittel.

»Ist Ihr Mann nicht da?«

»Er ist in die Genossenschaft gefahren.«

In den Zimmern roch es nach Benzin.

»Am Samstag sind Sie also mit Ihrem Hund spazieren gegangen …«

»Nein, ich habe nach den Kühen auf der Weide gesehen. Wenn ich dorthin gehe, begleitet Max mich normalerweise.«

Ein langhaariger grauer Hund, der auf einer Decke lag, spitzte kurz die Ohren, um dann weiterzudösen. Ein Lächeln huschte über Laurence' Gesicht! »Um welche Uhrzeit sind Sie hinausgegangen, Madame Couet?«, wollte sie wissen.

»Gegen vier.«

»Hat Ihr Mann Sie begleitet?«

»Nein. Am Samstagnachmittag spielt er immer Karten mit seinem Cousin.«

Der Zucker musste sich in der Zwischenzeit aufgelöst haben. Laurence wagte einen zweiten Schluck.

»Soll ich Ihnen erzählen, was geschehen ist, oder wollen Sie mir lieber Fragen stellen?«, wollte die Frau wissen.

»Erzählen Sie«, sagte Laurence.

»Gut. Ich gehe jeden Nachmittag hinaus, um nach den Kühen zu sehen, außer am Sonntag. An diesem Samstag war schönes Wetter …«

Madame Couet hielt inne; dann schüttelte sie den Kopf.

»Es wäre mir doch lieber, wenn Sie mir Fragen stellen«, sagte sie.

»Um welche Uhrzeit kommen Sie gewöhnlich zum Haus zurück?«, fragte Laurence.

»Ich bin immer vor fünf Uhr wieder da, um meine Fernsehsendungen nicht zu verpassen.«

»Dann haben Sie diese Leute also zwischen sechzehn und siebzehn Uhr am letzten Samstag getroffen?«

»Ja.«

»Wo genau?«

»Ich war gerade am Ende des Weges, auf dem auch Sie hierhergekommen sind, und schaute zu Les Marroniers hinüber, als ich ein Auto hörte. Es kam von dem kleinen Wäldchen da hinten.«

»Konnten Sie Les Marroniers denn sehen?«, fragte Laurence verwundert.

»Ja. Warum?«

»War Monsieur Cazenave zu Hause?«

»Ja. Sein BMW war da.«

»Und der Wagen seiner Frau?«

»Den habe ich nicht gesehen. Nur den Gärtner.«

»Wie spät war es da?«

»Ich weiß nicht genau. Halb fünf vielleicht.«

»Was ist dann geschehen?«

»Ich habe nachgesehen, wo Max war. Dann hielt das Auto neben mir, und der Fahrer kurbelte das Fenster herunter.«

»Was hat er Sie gefragt?«

»Er sagte, dass er den Hof von Jean Cazenave sucht.«

»Was haben Sie ihm geantwortet?«

»Dass der Hof auf der anderen Seite der Nationalstraße liegt und dass man ihn von hier aus sehen könne.«

»Ist der Mann ausgestiegen?«

»Nein. Er hat mich nur gebeten, ihm den Weg zu beschreiben.«

»Sie haben den Polizisten gesagt, dass er nicht allein im Auto war.«

»Das stimmt. Sie waren zu dritt.«

»Haben Sie etwas Besonderes an den Leuten bemerkt?«

Ein vielsagendes Lächeln legte sich auf das Gesicht der Frau.

»Sie waren nicht von hier. Sie sprachen mit Akzent.«

»Spanier?«

»Nein, Araber.«

»Alle drei?«

»Ja. Sie haben miteinander geredet, deshalb weiß ich, dass sie alle diesen Akzent hatten.«

»Sind Sie sicher, dass es Araber waren?«

»Ja. Darüber hört und sieht man doch jeden Tag etwas im Fernsehen.«

»Haben Sie kein anderes Fahrzeug auf dem Weg gesehen?«

»Danach?«

»Nachher und vorher.«

»Nein.«

»Was haben die Männer dann getan?«

»Sie sind weggefahren, und ich bin zur Weide gegangen.«

»Würden Sie die Männer wiedererkennen?«

»Den Fahrer ganz sicher. Ein arroganter junger Bursche mit dunkler Haut und kleinen, argwöhnischen Augen. Der Beifahrer hatte einen Schnurrbart. Den Mann auf dem Rücksitz habe ich nicht gut gesehen.«

»Als Sie von der Weide zurückkamen, haben Sie da noch einmal zu Les Marroniers hinübergeschaut?«

»Ja, aber ich habe den Wagen der Araber nicht gesehen. Nur den BMW von Jean.«

»Was hatten diese Araber für einen Wagen?«

»Einen alten schwarzen Peugeot, einen 206.«

»Mit ausländischem Kennzeichen?«

»Nein, von hier.«

»Erinnern Sie sich noch an die Farbe des Nummernschildes?«

»Schwarz. Ja, genau, schwarz … Und der Fahrer hatte ganz schwarze Fingernägel, daran erinnere ich mich auch. Sie waren voller Schmierfett.«

»Danke für Ihre Auskünfte«, sagte Laurence und erhob sich. Die Tasse Kaffee war beinahe leer.

»Was haben Sie jetzt vor?«, fragte die Frau.

»Ich warte ab, bis ich alle Berichte in der Hand habe«, antwortete Laurence.

Beim Abschied hatte sie Madame Couet noch geraten, mit niemandem über die Sache zu sprechen, ohne sich allerdings allzu großen Illusionen hinzugeben. Vermutlich würden die lokalen Blätter die ganze Geschichte bald auf der ersten Seite veröffentlichen.

Immerhin war Laurence' Besuch nicht umsonst gewesen. Das schwarze Nummernschild deutete darauf hin, dass der Wagen vor 1993 angemeldet worden war, und das Schmierfett an den Händen des Fahrers war ein möglicher Hinweis auf dessen Beruf. Diese beiden Punkte hatte Madame Couet bei ihrer Befragung durch die Polizei nicht erwähnt.

Laurence fragte sich allerdings, ob die Frau die Geschichte über das Auto und die drei Araber bloß erfunden hatte. Hatte Ghislaine Cazenave mit ihrem Reichtum und Machthunger den Hass der hier lebenden Bauern geweckt?

9

Die Aussicht, ein Wochenende in Saint-Jean-de-Luz zu verbringen, hatte Eva dazu bewogen, mit dem Zug nach Pau zu ihrer Mutter zu fahren.

Den ganzen Vormittag war der Himmel bedeckt gewesen, doch gegen Mittag hatten die Wolken sich verzogen, und die Sonne schien von einem blauen Himmel.

Am Strand zogen sie ihre Sportschuhe aus und gingen barfuß über den Sand. Möwen stürzten sich bei der Jagd nach Beute auf die Wellen hinunter, die sich an der Mole brachen. Eva und Laurence waren in Richtung des Zentrums für Thalassotherapie spaziert, das sich in einem Hotel direkt am Meer befand. Auch an dieser Einrichtung besaß Jean Cazenave Anteile.

Nachdem Laurence und Eva ihre mitgebrachten Brote gegessen hatten, legten sie sich in den Sand. Der Himmel leuchtete in einem Blau, wie man es sonst nur in Reiseprospekten zu sehen bekommt. Die Sonne hatte viele Spaziergänger und ein paar Maler ins Freie gelockt. Während Eva in der Sonne döste, gab Laurence sich ganz ihren Gedanken hin. Bald war ihr vierzigster Geburtstag. Sie wollte gar nicht wissen, wie viele Monate sie noch von diesem einschneidenden Ereignis trennten, zumal es mit ihrem Gefühlsleben nicht zum Besten stand.

Gegen vier Uhr kauften sie sich in einer Konditorei Makronen und suchten sich einen Platz in einem Café auf der Place Louis XIV. Laurence bestellte einen Espresso, Eva eine Schokolade. Mit Süßigkeiten hatte Laurence ein großes Problem. Sie hatte im vergangenen Jahr Diät gemacht und wollte nicht wieder zunehmen; andererseits waren die Makronen einfach unwiderstehlich. Sie entschied sich für einen Kompromiss: eine Makrone, dafür aber keinen Zucker in den Espresso.

»Hast du den Fall Cazenave übernommen?«, fragte Eva unvermittelt.

»Hmm«, antwortete Laurence, den Mund voll weichem Mandelteig.

»Glaubst du, dass er sie ermordet hat?«

Laurence schüttelte den Kopf.

»Das sind keine Geschichten für dich, mein Schatz.« Eva blickte mürrisch drein.

»Bist du jetzt sauer?«, fragte Laurence.

»Nie können wir über solche Dinge reden!«

»Wir können über alles reden, aber nicht über die Fälle, die ich übernommen habe.«

»Manchmal frage ich mich, was dich eigentlich interessiert.«

»Eine Menge.«

»Zum Beispiel?««

»Du, zum Beispiel. Über *dich* zu reden interessiert mich. Du machst dieses Jahr Abitur. Hast du schon darüber nachgedacht, was du danach anfangen willst?«

Eva zuckte bloß die Schultern.

Ein richtiger Trotzkopf, dachte Laurence.

Die Ellbogen auf die Tischplatte gestützt, legte Eva den Kopf in die Hände und schaute ihre Mutter nachdenklich an.

»Wusstest du, dass Papa und Jean Cazenave aneinandergeraten sind? Papa konnte ihn nicht ausstehen.«

Laurence setzte ihre Tasse Kaffee ab.

»Nein, das wusste ich nicht. Warum konnte er ihn nicht leiden?«

Eva grinste.

»Da siehst du's! Schon willst du etwas wissen und stellst selbst Fragen!«

Laurence musste lachen.

»Papa sagte«, fuhr Eva fort, »jedes Mal, wenn er darum gekämpft hat, ein Naturschutzgebiet zu erhalten, hat Cazenave auf der Gegenseite die Fäden gezogen.«

»Nun, sie standen eben nicht auf der gleichen Seite.«

Eva seufzte.

»Was ist?«, fragte Laurence.

»Ich weiß noch mehr über ihn.«

Laurence blickte ihre Tochter schelmisch an.

»Ich brenne vor Neugier.«

Eva zögerte; dann sagte sie: »Er hat seine Frau betrogen.«

Laurence richtete sich auf.

»Wer hat dir das erzählt?«

»Papa. Er hat gesagt, an dem Tag, an dem seine Frau es erfährt, käme die ganze Gegend endlich zur Ruhe.«

»Wann hat er dir das gesagt?«

»Vor drei oder vier Jahren. Er kam von irgendeiner Versammlung und war stocksauer. Ich erinnere mich noch sehr gut.«

»Wahrscheinlich war es bloß Tratsch, mein Schatz. Es gibt in der Stadt viele böse Zungen.«

»Das war kein Tratsch, sondern die Wahrheit!«

»Wie willst du da sicher sein? Ich glaube nicht, dass dein Vater seine Zeit damit vertrödelt hat herauszufinden, ob Jean Cazenave eine Geliebte hatte.«

Alles verändert sich, dachte Laurence. Nie hätte sie sich vorstellen können, mit ihrer Tochter über einen Fall zu sprechen.

»Also gut«, sagte sie. »Dann sag mir, warum du so sicher bist, dass es die Wahrheit ist.«

Eva schien sich unwohl zu fühlen.

»Nun ja … Papa ist nach eurer Scheidung mit einem Mädchen ausgegangen, und sie hat ihm gesagt, dass sie mit Cazenave geschlafen hat.«

Laurence hatte Mühe, sich ihre Verwirrung nicht anmerken zu lassen. In den letzten Jahren mit Marc war ein emotionaler Tiefschlag auf den anderen gefolgt. Ihre Ehe war nicht gerade vorbildlich gewesen. Sollte sie sich nun Vorwürfe machen?

»Ich glaube dir«, sagte sie voller Überzeugung.

Am Sonntagmorgen entdeckte Laurence eine Nachricht von ihrer Tochter auf dem Frisiertisch: Sie sei zur Kletterwand gegangen und würde zum Mittagessen wieder ins Hotel kommen.

Am Abend zuvor hatten sie Eva zuliebe bei Pablo zu Abend gegessen. »Hier war ich mit Papa«, hatte Eva ihrer Mutter gestanden, nachdem der Ober ihre Bestellung aufgenommen hatte. Die Fischsuppe war schmackhaft, die Tintenfische hervorragend; der Wein von der baskischen Küste jedoch war eher mit Vorsicht zu genießen.

Laurence öffnete die Fensterläden. Wind war aufgekommen; die Luft war klar, und die Sonne schien. Wie sollte sie diesen unverhofften freien Vormittag nutzen? Sie hatte es nicht gewagt, Eva nach dem Namen des Mädchens zu fragen, von dem Marc sein Wissen über Cazenaves sexuelle Eskapaden hatte. Jean Cazenave betrog seine Frau. Na und? Er war nicht der Erste, und es machte noch lange keinen Mörder aus ihm. Im Übrigen hatte Laurence am eigenen Leib erfahren, betrogen zu werden. Auch Marc war fremdgegangen, und mehr als einmal.

Als Laurence das Frühstück bestellen wollte, klingelte ihr Handy. Es war Oberkommissar Forgues. »Wir haben den Besitzer des Peugeot 206 ausfindig gemacht. Es handelt sich um Tarik Alaoui, einen Marokkaner, der sich illegal im Land aufhält. Alaoui besitzt eine kleine Autowerkstatt in Nay, aber ich habe das Gefühl, dass der Vogel ausgeflogen ist.«

10

Als Laurence am Montagmorgen ins Gericht kam, erfuhr sie, dass Generalstaatsanwalt Delpy sie sehen wollte.

Delpy kam ohne Umschweife zur Sache:

»Ich habe von Forgues erfahren, dass wir endlich etwas in der Hand haben. Es hat ja auch lange genug gedauert. Ich gebe nachher eine Pressekonferenz zum Fall Cazenave, deshalb muss ich *sehr* genau wissen, wo wir mit unseren Ermittlungen stehen.«

Wieder in ihrem Büro, hatte Laurence versucht, die Warnungen zu vergessen, mit denen Delpy seine Ratschläge versetzt hatte. Zum Beispiel, dass nur eine gute Zusammenarbeit Richterin Bonner einen aussichtsreichen Platz auf der Beförderungsliste verschaffen würde.

Doch die falsche Freundlichkeit in Delpys Stimme klang Laurence immer noch im Ohr. Delpy besaß die ausgeprägte Fähigkeit, seine Untergebenen zu taxieren und danach einzuschätzen, wie sie für ihn und seine Karriere förderlich sein konnten.

Der Fall Cazenave hatte dafür gesorgt, dass das Foyer des Landgerichts von Pau bis auf den letzten Platz mit Journalisten gefüllt war. Das Gerichtsgebäude mit seiner grauen Marmorfassade befand sich in den Gärten eines ehemaligen Franziskanerklosters. Ein Dutzend offizielle Vertreter hielten sich im Hintergrund, einige davon in Polizeiuniform. Alle warteten nur noch auf Oberstaatsanwalt Delpy.

Dieser fühlte sich nicht sonderlich wohl in seiner Rolle. Die Informationen, die er besaß, konnten den Hunger der Presse nicht lange stillen. Wenn irgendetwas mit den hiesigen Abgeordneten zu tun hatte, erwartete man konkrete Ergebnisse. Das

Ansehen der Stadt musste gewahrt werden, und Delpy war gezwungen, das Spiel der lokalen Politiker mitzuspielen. Glücklicherweise verfügte er zur Not über einen Prügelknaben: Untersuchungsrichterin Bonner. Doch sollten die politischen Verhältnisse sich ändern, könnte eine Schlappe im Fall Cazenave auch bei Delpy selbst einen bitteren Nachgeschmack hinterlassen, ob Prügelknabe oder nicht.

Delpy warf einen prüfenden Blick in den Spiegel. Er trug einen anthrazitfarbenen Anzug, ein weißes Hemd mit feinen Streifen und eine dunkel gemusterte Krawatte. Sein Haar harmonierte mit seinem Schnurrbart: Beides schimmerte in einem durch Spülungen sorgfältig gepflegten Aschblond. Er wirkte elegant, sein Blick war streng. Er vermittelte den Eindruck von Geradlinigkeit und Autorität.

Bevor er den Waschraum verließ, warf er einen letzten Blick auf seine Presseerklärung und ging noch einmal durch, was er den Journalisten sagen würde und was nicht.

Der Waffenstillstand zwischen der Justiz und den Medien währte niemals lange, doch Delpy brauchte die Medien. Er wusste, wie wichtig sie für seine Karriere waren, und um die Ämter jenseits der Grenzen der vorgegebenen Beamtenlaufbahn wurde erbittert gekämpft.

Delpy ging zum Pult in der Mitte des Podiums, zog seine Presseerklärung hervor und legte sie vor sich. Dann hob er die Hand, damit Stille einkehrte; währenddessen vergewisserte er sich, dass er sich den Fernsehkameras von seiner optisch besten Seite zeigte. Schließlich klopfte er mit dem Knöchel gegen die Mikrofone und räusperte sich.

»Meine Damen und Herren, seit heute liegt gegen Monsieur Tarik Alaoui ein Haftbefehl vor. Es besteht der dringende Verdacht, dass er an der Ermordung von Ghislaine Cazenave und deren Tochter Charlotte sowie an dem Angriff auf Jean Cazenave beteiligt war. Tarik Alaoui ist flüchtig und wird von der Polizei in ganz Europa gesucht.«

Die Morde hatten die Bürger in ihrem Gefühl der Sicherheit

aufgeschreckt; nun galt es, die Leute mit der Information zu beruhigen, dass man einem dringend Tatverdächtigen auf der Spur war.

»Weitere Fragen?«, warf Delpy in den Raum.

»Wie ist Charlotte Cazenave gestorben?«

»Zum gegenwärtigen Zeitpunkt kann ich noch nichts darüber sagen.«

»Was halten Sie von der Annahme, dass es sich um einen Terrorakt der ETA gehandelt habe?«

Die Presse hatte sich bereits zu den unterschiedlichsten Hypothesen über die Täter hinreißen lassen.

»Eine solche Annahme entbehrt jeder Grundlage.«

»Ist Alaoui Franzose?«

»Ja. Monsieur Alaoui ist französischer Staatsbürger marokkanischer Herkunft.«

»Seit wann ist er verschwunden?«

»Seit dem Tag nach den Morden. Er ist weder an seinem Wohnsitz noch an seinem Arbeitsplatz erschienen.«

»Was ist er von Beruf?«

»Er arbeitet in einer Autowerkstatt als Mechaniker.«

»Wann rechnen Sie damit, ihn verhaften zu können?«

»Ständig«, antwortete Delpy und blickte zum Chef der hiesigen Polizei hinüber, worauf der Mann zustimmend nickte.

Die Fragen kamen nun Schlag auf Schlag.

»Warum wird Alaoui verdächtigt?«

»Zu dieser Frage kann ich mich nicht äußern, solange die Ermittlungen noch laufen.«

»Wo befindet sich Jean Cazenave?«, wollte der Berichterstatter der Zeitung *La Nouvelle République des Pyrénées* wissen.

Delpy verzog das Gesicht auf eine Weise, dass man seine Miene für einen Ausdruck von Mitleid halten konnte.

»Jean Cazenave befindet sich derzeit in einem Krankenhaus, wo er unter ständiger ärztlicher Beobachtung steht.«

»In welchem Krankenhaus?«

»Darüber kann ich Ihnen keine Auskunft geben.«

»Gibt es Hinweise auf ein Motiv?«, rief ein anderer Journalist in den Raum.

»Im Augenblick nicht.«

»Und die Vergewaltigung am Donnerstag in Bayonne? War das auch Alaoui?«, ereiferte sich ein Reporter hinten im Saal. Man hatte in Bayonne eine junge Frau auf dem Parkplatz eines Supermarkts gefunden. Sie war überfallen und vergewaltigt worden.

»Das wird sich zeigen. Ich ziehe alle Möglichkeiten in Betracht.«

»Steht Alaoui mit einem arabischen Terrornetz in Verbindung?«

»Dafür gibt es keine Anhaltspunkte.«

»Hat die Polizei die Erlaubnis, von der Schusswaffe Gebrauch zu machen?«

»Gegen Tarik Alaoui ist ein Haftbefehl erlassen worden. Die Beamten werden so vorgehen, wie sie es in einer solchen Lage immer tun.«

»Ein zwölfjähriges Mädchen wurde vergewaltigt und erwürgt, und Sie unternehmen wieder einmal nichts!«, empörte sich eine Frau. »Sie geben sich damit zufrieden, die Vergewaltiger laufen zu lassen!«

Delpy sah sich nicht zu einer Antwort genötigt.

»Haben Sie andere Verdächtige?«, fragte jemand.

»Alles weist im Augenblick auf Tarik Alaoui.«

»War er Einzeltäter?«

»Auch das unterliegt der Schweigepflicht.«

»Jean Cazenave ist einer der wichtigsten Vertreter der Front National hier in Pau. Der Abgeordnete dieser Partei hat erst kürzlich die Möglichkeit eines rassistischen Angriffs beschworen. Wie denken Sie darüber?«

»Wir haben das Problem im Blick und sind bereit, Monsieur Alaoui in dieser Hinsicht zu befragen.«

»Wird es Repressalien gegen die arabischen Mitbürger geben?«, wollte ein Radioreporter wissen.

»Die Region kann keinen rassistischen Konflikt gebrauchen«, sagte Delpy.

Man hatte vielen Arabern zugestanden, sich in diesem Departement niederzulassen, obwohl es stark von der Arbeitslosigkeit betroffen war. Würde die neue Regierung die Einwanderungspolitik ändern? Bestimmte Zeitungen würden sich auf dieses Thema stürzen, zumal in Wahlkampfzeiten. Der Fall Cazenave lieferte Politikern einen Vorwand, untereinander alte Rechnungen zu begleichen.

»Nun, meine Damen und Herren, das wäre dann alles«, schloss Delpy mit einem Blick auf seine Armbanduhr.

Er grüßte, wandte sich ab und verließ den Saal. Waren Alaoui und seine Komplizen erst einmal verhaftet, brauchte Delpy nur noch eines: Geständnisse. Es ist allgemein bekannt, dass Geständnisse erzwungen und falsch sein können. Sie können auch – wie viele Zeugenaussagen – ein Ablenkungsmanöver darstellen. In diesem Fall aber würde jemand die Tat gestehen, den man eines zweifachen Mordes verdächtigte, und das allein würde für die Wahrheit des Geständnisses bürgen.

Der Fall Cazenave würde der Untersuchungsrichterin Bonner die Gelegenheit bieten, ihre Aufmüpfigkeit vergessen zu machen und Wiedergutmachung zu leisten. Delpy hatte ihr noch am Morgen klargemacht, dass ihre Karriere von ihm abhing.

11

Das Geräusch von oben kam so überraschend wie ein Faustschlag ins Gesicht. Eva hatte schon im ersten Augenblick gewusst, was es war. Ihr Magen krampfte sich zusammen. Eine Sekunde lang geschah nichts, dann erschienen sie in Evas Blickfeld.

Steine. Ein Steinschlag, genau über ihr.

Die Angst nahm ihr den Atem. Sie hätte nicht einmal schreien *können*. Mit Mühe schluckte sie. In einer Schreckensvision sah sie sich zerfleischt am Ende des Seils baumeln, mit zertrümmertem Schädel, nur noch eine Masse aus Blut und Knochen.

Für den Bruchteil einer Sekunde schien die Zeit stillzustehen; dann reagierte Eva instinktiv, drückte sich mit gestreckten Beinen und gekreuzten Armen an die Felswand und betete, dass ihr Rucksack nicht so weit von der Wand ragte, dass er von einem Stein getroffen wurde.

Die Welt schien innezuhalten. Sekundenlang herrschte tiefe Stille. Dann schlug der erste Stein gegen den Fels. Es knallte wie ein Gewehrschuss. Bei dem Gedanken, getroffen zu werden, presste Eva die Zähne so fest zusammen, dass ihre Kiefer schmerzten. Die Wand vor ihr schien sich aufzublähen, um sie von sich wegzudrücken, hinein in die Falllinie der Steine.

Dann bebte der Fels, als würde er in sich zusammenstürzen. Eva hörte die Steine knallen und krachen, bevor sie an ihr vorbei in die Tiefe schossen, begleitet von einem schrecklichen Pfeifen und einem spürbaren Luftzug, sodass Eva ihre Wange noch fester gegen die raue Felswand presste. Die Steine waren groß und kamen von so weit oben, dass sie mühelos Evas Knochen brechen oder ihren Helm zerschmettern konnten. Eva zog den Kopf ein, um ihr Gesicht besser zu schützen. Zwei Felsbrocken zerschellten auf dem Vorsprung. Ein Bruchstück prallte mit einem dumpfen Geräusch auf ihren Helm.

Dann kehrte wieder Stille ein. Regungslos verharrte Eva in Erwartung eines neuerlichen Steinregens. Sie rührte sich nicht, wartete atemlos und zitternd. Doch alles blieb ruhig. Als die Anspannung ein wenig von ihr abfiel, spürte sie, wie sehr die Angst sie erschöpft hatte – eine sehr gefährliche körperliche Verfassung für jemanden, der mitten in einer Felswand über einem Abgrund hängt.

Die Erleichterung ließ ihre Muskeln schlaff werden, und ihre Kehle brannte von der Magensäure, die ihr in den Schlund emporgeschossen war. Sie band ihre Trinkflasche los und spülte sich den Mund aus; dann zwang sie sich, zwei Kraftriegel zu essen, bevor sie einen großen Schluck Wasser nahm.

Ein seltsames Gefühl der Unsicherheit überkam sie. Es schien ihr, als habe sie jede Klettererfahrung verloren. Was tat sie hier überhaupt? Ihr Selbstvertrauen schmolz. Der Fels verwandelte sich in etwas Unerbittliches, Feindseliges. Alles, was Eva am Berg von ihrem Vater gelernt hatte, schien in diesem Augenblick der Anarchie ausgelöscht zu sein. Schon sah sie sich in die Tiefe stürzen …

Aber noch war sie nicht tot. Noch konnte sie kämpfen. An diesen Gedanken klammerte Eva sich wie an einen Rettungsring. Wenn sie überleben wollte, musste sie hellwach bleiben und sich ihre Geistesgegenwart bewahren. Bis jetzt hatte sie noch keinen subjektiven Fehler begangen. Den Steinschlag hatte ja nicht sie verschuldet. Aber sie hatte dabei großes Glück gehabt. Doch jetzt ging es darum, ihre Situation richtig einzuschätzen. Sie musste Ruhe bewahren, und wenn es ihr noch so schwerfiel. Gerade in den Bergen war es wichtig, kühl zu bleiben und nicht hitzig zu reagieren.

Hatten die Steine sich von selbst gelöst, oder hatte jemand den Steinschlag verursacht? Würde dieser Jemand als Nächstes das Seil abklemmen? Dann würde sie auf halber Höhe feststеcken, und der Unbekannte könnte sie erneut bombardieren. Und irgendwann würde ein Felsbrocken sie treffen.

Doch Eva blieb keine andere Wahl, als den Abstieg fortzusetzen. Der Felsvorsprung würde ihr bei einem erneuten Steinschlag als Schutz dienen.

Sie löste die Knoten an beiden Seilenden, führte ein Ende durch den Abseilring und zog das Seil durch. Als sie es ganz eingeholt hatte, ließ sie sich ein paar Augenblicke Zeit, um erneut ihre Situation abzuschätzen. Ihr wurde klar, dass der scharfkantige Felsvorsprung das Seil beschädigen konnte, und das durfte auf keinen Fall geschehen. Sie musste die Bandschlingen benutzen, die sich ganz unten in ihrem Rucksack befanden.

Ein beinahe unmerklicher eisiger Windhauch ließ Eva erzittern. Sie zog es vor, ihn nicht zu beachten und darauf zu hoffen, dass sich kein Wettersturz anbahnte. Sie streifte den linken Schulterriemen ab, zog den Rucksack vor sich und öffnete die Lasche. Dann streifte sie den rechten Handschuh ab und griff ins Innere.

Ein neuerlicher Windstoß glitt über die Felswand wie eine Woge über die Kiesel am Strand. Eva blickte die senkrechte Wand hinauf. Der Himmel hatte seine Farbe verändert. Die Temperatur fiel. Weit oben, beinahe unsichtbar, zog ein Flugzeug seine Bahn. In der Ferne fuhr ein gezackter Blitz aus einer dunklen Wolkendecke und traf auf einen Gipfel.

Eva zählte die Sekunden, bis sie das dumpfe Donnern hörte, und überschlug, wie weit das Gewitter noch entfernt war: ungefähr zwölf Kilometer in Luftlinie. Das Unwetter zog von Osten her das Tal hinauf. Wenn es seine Richtung nicht änderte, würde es in weniger als einer halben Stunde hier sein. Und so exponiert, wie Eva in der Wand hing, stellten die Blitze eine ungeheure Gefahr für sie dar. Ihr blieb nichts anderes übrig, als so schnell wie möglich weiter abzusteigen.

Ihre Finger ertasteten die Bandschlingen. Sie holte sie heraus, schloss den Rucksack wieder, zog ihn auf den Rücken und zurrte die Trageriemen fest.

Meter für Meter führte sie das Seil durch die Expressschlinge am Abseilhaken. Plötzlich blieb ihr Blick an etwas haften: Die orangefarbene Ummantelung des Seils wies kleine Dellen auf. Sie zog ihre Handschuhe aus und steckte sie in die Anoraktasche. Prüfend tastete sie die Fasern des Seils ab. Ihr Herz raste, als sie es weiter abrollte und dabei immer wieder mit den Fingerspitzen über die Ummantelung fuhr. Sie bemerkte einen weiteren feinen Einschnitt, der mit einer sehr scharfen Klinge gemacht worden sein musste, einem Rasiermesser vielleicht.

Es gab keinen Zweifel. Jemand hatte das Seil absichtlich beschädigt und versucht, die Einschnitte durch Zusammendrücken der Ummantelung zu verbergen. Also war tatsächlich ein Unbekannter dort oben und wollte verhindern, dass sie den Talgrund lebend erreichte. Der Unbekannte hatte sie in aller Ruhe zum Felsvorsprung absteigen lassen, während er seinen Plan ausgetüftelt hatte.

Mit einem Mal wusste Eva, dass der Steinschlag kein Zufall gewesen war. Der Unbekannte hatte ihn ausgelöst.

Evas Hände zitterten. Ihre Muskeln waren zum Zerreißen gespannt. Sie saß mit ihrem nutzlosen Seil auf diesem Vorsprung fest. Ihr wurde schwindlig, und sie schloss die Augen. Sie konnte nicht mehr klar denken, war unfähig, nach einer Lösung zu suchen, einem Ausweg, einer Rettung. Ihr Kopf schmerzte und hämmerte im gleichen schnellen Rhythmus wie ihr Puls. Sie atmete tief ein und ließ die Luft langsam wieder entweichen.

Sie dachte an ihre Mutter, die sie von der anderen Seite des Talkessels aus beobachtete. Wusste sie, dass ihre Tochter in Schwierigkeiten steckte? Hatte sie oben am Grat einen Schatten, eine Gestalt entdeckt?

Es wurde immer kälter. Das Donnergrollen hallte zwischen den Bergen wider und erfüllte das gesamte Tal. Bald würde der Wettersturz mit seiner ganzen schrecklichen Gewalt hereinbrechen.

Eva öffnete die Augen wieder. Der Anblick der Leiche von

Carlos Uribe, die links von ihr auf dem schmalen Vorsprung lag, holte sie in die Wirklichkeit zurück. Auch Uribe war überrascht worden. Er hatte keine Chance gehabt. Aber sie, Eva, war noch am Leben.

Jetzt erst entdeckte sie unter dem Rucksack des Toten das Ende eines Seils. Gedankenverloren betrachtete sie es, schloss dann noch einmal kurz die Augen. Sie fühlte sich erschöpft, aber sie würde es schaffen.

In aller Eile überdachte sie ihre Situation. Der Unbekannte war irgendwo über ihr am Grat und wartete auf eine erneute Chance, sie aus der Wand zu befördern, sodass sie in die Tiefe stürzte. Doch das nahende Gewitter würde Eva helfen: Der Unbekannte würde dann gezwungen, sich einen Unterschlupf zu suchen, bevor er sich an den Abstieg machte, um Evas Leiche zu suchen. Ihr blieben gut zwei Stunden.

Zeit genug.

Eva musste ihre Bewegungen nun genauestens aufeinander abstimmen. Die nervöse Anspannung war ihr ärgster Feind. Auf keinen Fall durfte sie an die drohenden Gefahren denken; dann hatte sie jetzt schon keine Chance mehr. Den Körper gegen die Wand gepresst, ließ sie den Blick über die unregelmäßige Felsoberfläche schweifen und suchte nach möglichen Griffen. Mit dem Stiefel trat sie einen überhängenden Stein los, der lautlos in die Tiefe stürzte. Sie schaute ihm nicht einmal hinterher; ihre ganze Aufmerksamkeit galt nun einem Felsspalt, den sie sich zunutze machen wollte. Vorsichtig streckte sie den linken Arm aus, um ihre Hand waagerecht in den Riss zu schieben. Mit den Fingerspitzen tastete sie weiter und spürte, dass der Spalt breiter wurde und im Innern des Felsens eine kleine Höhlung bildete. Eva stieß einen erleichterten Seufzer aus. Der Spalt war breit genug, dass sie ihre ganze Hand hineinschieben konnte.

Es wurde immer dunkler. Ein Blitz zuckte über den Himmel; ein Donnerschlag krachte in Evas unmittelbarer Nähe. Ein eisiger Windstoß trieb Graupel heran. Bald würde der erste Graupelschauer einsetzen.

Eva ballte die linke Hand zur Faust und spannte die Muskeln. Sie dachte weder an den gähnenden Abgrund unter ihr noch daran, dass sie jeden Augenblick von einem Blitz getroffen werden konnte. Nachdem sie tief Luft geholt hatte, löste sie sich vom Felsen und bewegte sich seitwärts. Jetzt hing sie über dem Abgrund. Der einzige Halt an der Felswand war ihre linke Hand, die in den Spalt gekrallt war. Eva wand sich um sich selbst, drehte sich um ihren Haltegriff, brachte sich wieder ins Gleichgewicht, streckte den rechten Arm aus und stieß sich mit aller Kraft ab. Jetzt musste ihre freie Hand blitzschnell einen neuen Halt an der Felswand finden. Ihr schweres Gepäck würde ihr keine zweite Chance lassen, einen Griff zu finden.

Ihre Finger griffen um eine Felskante – so fest, dass sie genau in dem Moment Halt fand, als ihre linke Hand durch die heftige Drehung aus der Felsspalte glitt. Ihre Finger krallten sich fest. Nur mit der Kraft ihres rechten Arms zog sie sich hinauf und setzte einen Fuß auf den Felssims. Dann tastete auch ihre linke Hand wieder nach einem Halt am Fels. Einen Augenblick später drückte sie sich wieder gegen die Wand. Die Leiche Uribes war ihr nun so nahe, dass sie den Arm danach hätte ausstrecken können.

Zögernd blickte Eva sich um. Die gezackten Spitzen der Felsgrate waren verschwunden, verschluckt von einem endlosen Wolkenmeer, das wie ein aufgewühlter Ozean heranrollte.

In dem dämmrigen Licht wirkten Schnee und Eis noch heller als sonst. Ein gläserner Mantel schien sich über die Felswand gelegt zu haben. Die beißende Kälte setzte Eva zu. Gedämpfte, beunruhigende Geräusche drangen durch das Schneegestöber zu ihr. Eva dachte an ihre Mutter auf der anderen Seite des Felsenkessels. Sie musste halb verrückt sein vor Angst.

Eva öffnete ihre Trinkflasche und nahm gierig ein paar lange Schlucke. Dann packte sie entschlossen Uribes Seil, doch es war unter dem Gewicht seines Körpers eingeklemmt, sodass es Eva nicht gelang, das Seil hervorzuziehen. Hektisch tastete sie den Leichnam ab, bis sie den Lederriemen entdeckte, mit dem das

Seil am Rucksack des Toten befestigt war. Sie zog ihr Taschenmesser hervor und schnitt es los. Es war kaum Platz für sie und den Toten, und die Angst, unter ihrem Gewicht könnten sich Steine lösen, ließ Eva zittern. Außerdem drängte die Zeit, denn die Gefahr eines Blitzschlags wurde immer größer.

Jetzt war nicht der Augenblick für Pietät. Eva setzte den Fuß auf eine Schlaufe des Seils und schubste die Leiche von Carlos Uribe über die Kante, sodass sie in gespenstischer Stille ins Leere stürzte.

In dem Sturm, der Eva umtoste, als sie sich abseilte, konnte sie kaum noch die Felswand ausmachen. Der Schnee wirbelte unaufhörlich. Der Donner schien vom Gipfel zu kommen; manchmal jedoch krachte er so unmittelbar in ihre Ohren, dass sie glaubte, der Bedrohung psychisch nicht mehr standhalten zu können.

Plötzlich erfüllte ein weißliches Licht die trügerische Dämmerung, und eine ohrenbetäubende Explosion schleuderte sie gegen die Wand. Bläulich-weiße Blitze jagten wie Schlangen die Felsspalten entlang. Eine weitere Explosion ließ den Fels erbeben, und der Geruch von verbranntem Stein senkte sich auf sie herab. Diesmal stürzten Gesteinssplitter aus allen Richtungen in die Tiefe.

Es kam Eva so vor, als würde die Welt untergehen und als hätte der Tod erneut seine Finger nach ihr ausgestreckt, doch ein eiserner Wille trieb sie dazu, weiter abzusteigen. Endlich konnte sie im flackernden Schein der Blitze den Talgrund erkennen.

Sie war ihrem Jäger entkommen! Als sie den Boden des Felsenkessels erreichte, fühlte sie sich dermaßen leer, als hätte mit einem Schlag alle Energie ihren Körper verlassen. Sie holte das Seil ein und trat ein paar Schritte von der Felswand zurück. Das Gewitter verzog sich. Der Donner grollte jetzt in einiger Entfernung, und der Himmel färbte sich grau, blieb aber verhangen. Kein Kamm, kein Gipfel war zu sehen. Ein paar Flocken schwebten auf den schneebedeckten Boden. Nach dem Chaos und dem Höllenlärm herrschte gespenstische Stille.

Eva hielt nach Uribes Leiche Ausschau, doch der Schnee bildete eine gleichförmige Decke, die keine Konturen erkennen ließ. Sie schnallte ihren Rucksack ab und trank einige Schluck Isostar. Die Anspannung und Angst, die sie bereits überwunden glaubte, kehrten zurück.

Die Sicht besserte sich, doch Eva wusste nicht, ob es gefährlicher wäre, hier noch länger zu warten oder jetzt den Gletscher zu überqueren.

Einerseits würde ihr Verfolger nach ihr suchen, andererseits hatte der Schnee die Gletscherspalten zugedeckt. Eva wusste, was es bedeutete, ihrem Verfolger als Freiwild zu dienen; im Vergleich dazu waren die Gletscherspalten gleichgültige Gebilde, die ihr nicht nach dem Leben trachteten, von der Natur erschaffen und ohne Boshaftigkeit.

Noch einmal wog Eva ihre Chancen ab, hier herauszukommen, denn sie hatte nicht die Absicht, darauf zu warten, dass ihr Jäger sie stellte.

Sie hatte den Gletscher bereits mehrere Male überquert, doch ein Gletscher verändert sich, bewegt sich, fließt wie ein Fluss, wenn auch sehr viel langsamer. Doch jede Änderung der Bodenbeschaffenheit oder der Hangneigung treibt Furchen ins Eis und bringt neue Gletscherspalten hervor, die von todbringender Tiefe sein können.

Eva betrachtete eingehend die vor ihr liegende Landschaft. Der günstigste Weg führte über die rechte Seite. Doch selbst unter erfahrenen Alpinisten galt es als wenig ratsam, einen Gletscher allein zu überqueren. Doch angesichts einer Gefahr, die sie auf ganz andere Weise bedrohte als die Berge, wollte Eva dieses Wagnis eingehen.

Sie blickte auf die Armbanduhr. Das Glas war zerbrochen, und die Zeiger waren um elf Uhr zwanzig stehen geblieben. Leise fluchend zog Eva ihre Steigeisen hervor und befestigte sie an den Bergschuhen.

Dann machte sie sich auf den Weg, wobei sie ihrem Instinkt vertraute. In Zickzackbewegungen gelangte sie von einer Spalte zur nächsten, tastete dabei mit ihrem Pickel vorsichtig den Schnee auf seine Tragfähigkeit ab.

Die meisten Spalten stellten keine Schwierigkeit dar; Eva sprang darüber hinweg oder umging sie.

Manche jedoch waren so breit, dass sie lange Umwege machen musste, um einen Steg aus Eis oder Schnee zu finden, der ihr Gewicht trug.

In dieser Höhe kam sie mit einem Atemzug auf zwei Schritten aus. In größerer Höhe hätte sie den Rhythmus ändern müssen; dann waren vier oder fünf Atemzüge für die gleiche Anstrengung erforderlich.

Die Zacken ihrer Steigeisen knirschten auf dem Eis. Bevor sie gestern die Leiche Uribes auf dem Felsvorsprung entdeckt hatte, hatte sie noch geglaubt, dass dieses Unternehmen in der Erinnerung ein bloßer Ausflug für sie bleiben würde.

Eva dachte daran, wie sich seit dem letzten Jahr alles verändert hatte, als ihre Mutter jedes Gespräch, das mit ihrem Beruf zu tun hatte, strikt ablehnte. Ausgerechnet sie, die so sehr darauf bedacht war, Eva von ihren Verbrechensfällen fernzuhalten, hatte sie nun gebeten, einen Felsen hinunterzuklettern, einen Toten zu durchsuchen und ein Beweisstück an sich zu bringen, das einen spanischen Beamten das Leben gekostet hatte. Nein, zwei Menschen waren bisher umgekommen: Auch Carlos Uribe war ermordet worden.

Warum hatte ihre Mutter nicht die Polizei verständigt? Die Gebirgsjäger, die eine perfekte Ausrüstung für solche Unternehmen besaßen?

Eva erinnerte sich auch an das Erstaunen ihrer Mutter, als sie am Abend auf die Familie Cazenave zu sprechen gekommen war.

Im Verlauf dieser Untersuchung war Laurence auf irgendetwas gestoßen, etwas so Weitreichendes, dass sie lieber nicht darüber sprechen wollte.

Eva war überzeugt, dass dieser Fall gerade erst richtig begonnen hatte. Die Mörder der Brüder Uribe würden alles daransetzen, die CD-ROM wieder in ihren Besitz zu bringen. Nun galt es, keine Zeit zu verlieren.

Eva musste schneller gehen, um hier so schnell wie möglich wegzukommen.

Genau in diesem Augenblick tat sich unter ihren Füßen ein eisiger Abgrund auf.

Jetzt ist es passiert, schoss es ihr durch den Kopf. Jetzt musst du sterben.

12

Als Laurence an jenem Morgen vor dem Krankenhaus parkte, galt ihre Hauptsorge dem Gesundheitszustand von Jean Cazenave, dem einzigen Zeugen des blutigen Dramas.

Das gerichtsmedizinische Gutachten über die Leichen von Ghislaine und Charlotte hatte sich als enttäuschend erwiesen. Man hatte nichts gefunden, das neue Perspektiven eröffnet hätte. Natürlich standen noch Untersuchungen aus, die von den überlasteten Labors so schnell wie möglich vorgenommen würden, doch das Fehlen jeglicher Indizien zum gegenwärtigen Zeitpunkt der Ermittlungen war nicht gerade ermutigend.

Ghislaine war zuerst von der Seite getroffen worden; dann war der tödliche Stich ins Herz erfolgt, der mit aller Kraft von einem Rechtshänder ausgeführt worden war – mit einer solchen Wucht, dass der Messerschaft einen großen purpurnen Fleck auf der Haut des Opfers hinterlassen hatte. Im Brustkasten befand sich eine große Menge Blut, fast anderthalb Liter; es stammte von einer Blutung der Aorta, die durchtrennt worden war. Der Winkel, in dem die schmale, scharfe Klinge in den Körper eingedrungen war, ließ darauf schließen, dass der Täter größer war als sein Opfer.

Insgesamt zeugte die Art der Verletzungen von einer ungeheuren Wut, einer haltlosen Brutalität, ja, einem Blutrausch. Es gab weitere Stiche in Bauch, Brust und Schultern, aber sie waren Ghislaine erst zugefügt worden, nachdem sie schon zusammengebrochen war und regungslos am Boden lag. In den Wunden hatten sich keinerlei Metallpartikel gefunden – ein Zeichen dafür, dass die Klinge aus einer besonders widerstandsfähigen Metalllegierung bestand. Kein Küchenmesser also; vermutlich ein Jagdmesser oder ein Dolch aus Armeebeständen. Das klassische Szenario sah anders aus: Ein Unbekannter dringt in ein Haus ein, wird überrascht und schnappt sich ein Küchenmesser. In diesem Fall aber hatten der oder die Mörder genau gewusst, was sie taten. Sie waren mit einer Waffe bei Cazenave eingedrungen, und der Mord war vorsätzlich begangen worden.

Das Fehlen jeglicher Kampfspuren ließ auf einen kurzen, blitzartigen Angriff schließen. Erstaunlicherweise wies das Gesicht Ghislaines keinerlei Schnittwunden auf; das konnte bedeuten, dass Opfer und Mörder möglicherweise keine Beziehung hatten. Denn wäre dies der Fall gewesen, hätte der Angreifer – wie in den meisten Fällen dieser Art – auch das Gesicht verstümmelt, da es die Person verkörperte. Andererseits musste man sich fragen, warum Ghislaine bei einem ihr unbekannten Täter nicht einmal die Arme gehoben hatte, um sich zu schützen.

Auf ihrem Nachthemd hatte man Haare entdeckt, die von ihrem Mann und ihrer Tochter stammten; die Blutspuren um ihren Körper herum jedoch stammten ausschließlich von ihr selbst. Und die Fingerabdrücke am Tatort hatten entweder die Familie Cazenave oder ihre Bediensteten hinterlassen.

Auf dem Teppichboden hatte man winzige Schmutzpartikel gefunden – Holz, Staub, Pflanzen und Gartenerde. Reifenspuren auf der Auffahrt gab es nicht; sie war mit Kies bedeckt.

Es war eine ruhige Gegend hier, wo die Leute in Frieden schlafen gingen und nicht daran dachten, dass man sie erdolchen könnte. Die Alarmanlage war nie eingeschaltet, wenn Familie Cazenave in Les Marroniers weilte. Falls nicht Jean Cazenave selbst dem Mörder die Tür geöffnet hatte, blieb es ein Rätsel, wie er ins Haus eingedrungen war. Auch eine akribisch genaue Untersuchung sämtlicher Fenster hatte keinerlei Einbruchsspuren ergeben. Auch den Inhalt der Schubladen und Garderoben hatten die zuständigen Beamten ohne Erfolg durchsucht. Nur der Tresor Jean Cazenaves in seinem Schlafzimmer war noch nicht geöffnet worden. Die Theorie eines Racheakts in Verbindung mit Cazenaves Geschäften konnte also durchaus noch zutreffen. Ein Team der Finanzabteilung durchkämmte – ausgestattet mit einem Ersuchen um Rechtshilfe – das gesamte Netz der Unternehmen, in denen Cazenave mitgemischt hatte.

Es war ein so komplexes Unterfangen, dass es einige Zeit in Anspruch nahm.

Der Notar der Familie hatte eine Liste ihrer auf mehrere Millionen Euro geschätzten Immobilien übermittelt: Mietshäuser, eine Residenz in der Avenue de Trespoey in Pau, den Landsitz Les Marroniers samt Bauernhof, eine dreistöckige Villa in Marbella, die jede Saison vermietet wurde, sowie eine Zweizimmerwohnung in Florida. Ghislaine Cazenave war in aller Munde.

Ihre Cousine Jacqueline Forsans hatte mehr als eine Stunde im Büro bei Laurence verbracht und über Ghislaine und ihren Mann gelästert; er war ein Emporkömmling und sie eine Schlange ohne jeglichen Familiensinn.

Trotz der Tragödie hatte es den Anschein, als wäre Ghislaine nicht sonderlich beliebt.

Allerdings erschien es den Polizisten, als wären die Nachbarn der Cazenaves eher verärgert über das ausgefallene Osteressen als über das Verhalten der Familie.

Einige behaupteten, das Ehepaar habe sich gut verstanden; in der Tat hatte sich nichts ergeben, das darauf schließen ließ, dass Jean Cazenave ein Verhältnis hatte. Im Großen und Ganzen galten die Cazenaves bei ihren Freunden und Bekannten als ein Paar ohne Affären.

Ghislaine hatte hin und wieder ihre Eifersuchtsanfälle, was allgemein mit dem Altersunterschied der beiden erklärt wurde – sie war fünfzehn Jahre älter als er –, aber nicht damit, dass Jean sie betrogen hätte.

Nach dem, was Laurence heute Morgen am Telefon gehört

hatte – und was Eva ihr erzählt hatte –, schien Cazenave sein Spiel gut zu verbergen.

Immer wieder kehrten Laurence' Gedanken zum schrecklichen Tod Charlottes zurück. Sie tat sich schwer damit, angesichts dieses abscheulichen Mordes eine ausgewogene Position zwischen professioneller Distanziertheit und blankem Entsetzen zu finden. Sie hätte sich eine größere Unempfindlichkeit gewünscht, doch Charlotte erinnerte sie sehr an Eva vor ein paar Jahren. Der Mörder hatte das Mädchen weggeworfen wie ein Stück Müll.

Und noch immer gab es keinerlei Indizien, was zur Niedergeschlagenheit Laurence' beitrug.

Charlottes Kleider blieben verschwunden; die Fußabdrücke auf der Böschung waren so undeutlich, dass man keinen Abguss nehmen konnte, und das Flüsschen hatte Fasern, Haare und sonstige Partikel fortgespült, die Aufschluss über den Mörder hätten liefern können.

Laurence schloss ihr Auto ab und betrat das Krankenhaus. An der Information erklärte ihr die Empfangsdame, Professor Lambert sei gerade im OP.

Laurence war hergekommen, da sie den Neurochirurgen am Telefon nicht hatte erreichen können. Man bat sie ins Wartezimmer, doch sie schlug eine andere Richtung ein und ging durch eine automatische Tür und über einen langen Flur, der zur Notaufnahme führte.

Sie beobachtete die Krankenpfleger, die an einer Bahre mit einem Verletzten standen, dessen Schädel mit Verband umwickelt war.

Als sie Lambert dort entdeckte, wartete sie, bis er sie sah, und bedeutete ihm, dass sie ihn sprechen wollte. Dann ging sie zum Empfang zurück, um auf ihn zu warten.

Kurz darauf erschien Lambert. Sein Kittel verströmte den Geruch von Antiseptika.

»Nun, wir warten noch auf die letzten Aufzeichnungen des EEG, aber Monsieur Cazenave befindet sich in recht guter Verfassung. Ich denke, dass die Thrombolytika das Gerinnsel beseitigen.«

Der Beeper an Lamberts Kittel meldete sich, doch der Arzt beachtete es nicht.

»Wir tun, was in unserer Macht steht, wie Sie wissen.«

Laurence nickte. »Das weiß ich.«

»Nun, ich muss jetzt los«, sagte der Arzt.

»Danke, dass Sie mir einen Augenblick zugehört haben, Doktor. Besteht denn eine Chance, dass er wieder zu sich kommt und uns sagen kann, was geschehen ist?«

Lambert fuhr sich mit einer Hand über seinen kahlen Schädel.

»Man kann nichts ausschließen. Die Wahrscheinlichkeit ist gering, aber es ist alles schon vorgekommen.«

13

Benommen vom Aufprall, aber bei Bewusstsein, versuchte Eva, sich Klarheit über ihre Verletzungen zu verschaffen. Ihre linke Schulter schmerzte, und sie konnte nur mit großer Mühe den Arm heben. Sie kämpfte gegen den Schmerz an und sah sich nach einer Möglichkeit um, wieder freizukommen. Sie stellte beide Füße auf eine Erhebung im Eis, löste die Träger ihres Rucksacks und klemmte ihn zwischen die beiden Wände der Gletscherspalte.

Alles, was sie unter sich sehen konnte, war ein mehrere Meter tiefer Hohlraum, der sich nach unten verjüngte. Die Wände waren so glatt und rutschig wie eine Eisbahn. Das von oben einfallende Licht schien weit entfernt zu sein. Eva befestigte ein Seilende an ihrem Rucksack und machte sich für den Aufstieg bereit.

Doch als sie die Frontalzacken ihrer Steigeisen ins Eis rammen wollte, prallten sie ab. Sie versuchte es mit dem Pickel, doch weil sie in der Enge kaum ausholen konnte, schrammte sie lediglich an der Eisfläche entlang.

Panik stieg in ihr auf. Du musst ruhig bleiben!, beschwor sie sich. Denk nach!

Sie machte sich daran, eine kleine, fingerbreite Einkerbung zu meißeln, sodass sie die Frontspitzen ihrer Steigeisen auf den winzigen Vorsprung setzen konnte. Dann drückte sie den Rücken gegen die Wand hinter sich, um Gegendruck zu schaffen, holte Schwung und stieß sich mit dem Bein nach oben. Die Stufe hielt ihr Gewicht.

Den Pickel unter den rechten Arm geklemmt, machte sie sich an den Aufstieg. Immer wieder musste sie Kerben ins Eis schneiden.

Trotz ihrer Ungeduld zwang Eva sich, einen Abstand von zehn Zentimetern zwischen den Einkerbungen beizubehalten. Sie hatte nur diese eine Chance. Wenn sie erneut hinunterfiel, würde sie vermutlich weitaus tiefer stürzen und einen Beinbruch oder Schlimmeres riskieren.

Fast schon oben angelangt, wo die Felsspalte breiter wurde, drehte Eva den Oberkörper zur Seite, hackte den Eispickel in den überhängenden Rand der Spalte, stützte sich noch einmal fest mit beiden Füßen an der gegenüberliegenden Wand ab und schwang sich über die Kante. Für eine Höhe von gerade acht Metern hatte der Aufstieg eine Ewigkeit gedauert.

Im Schnee hingestreckt wartete sie, bis ihr keuchender Atem ruhiger wurde. Dann zog sie das Seil herauf, an dessen Ende ihr Rucksack hing. Sie war ein weiteres Mal davongekommen. Doch ihr Glück würde nicht ewig währen; irgendwann würde das Pendel unweigerlich zur anderen Seite ausschlagen. Sie schauderte. Die Stille und die blendende Helligkeit des Gletschers übermannten sie. Gern hätte sie noch ein wenig ausgeruht, doch ein Gefühl der Unruhe zwang sie aufzustehen.

Sie musste weiter und den tückischen Weg bis zum Felsplateau hinter sich bringen. Mit großer Mühe streifte sie den Rucksack wieder über; ihre Schulter und der Arm schmerzten. Der Rückweg erschien ihr äußerst schwierig und duldete deshalb keinerlei Aufschub.

Zu ihrer Rechten sah sie in einiger Entfernung die letzten Ausläufer des Gletschers in einer breiten Spalte. Auf dem Felsen dahinter würde sie außer Gefahr sein.

Gleichmäßig atmend machte sie sich auf den Weg. Ihre Beine waren schwer wie Blei. Ab und zu geriet sie auf Steinen, die im Weg lagen, ins Straucheln.

Der graue Schleier hob sich allmählich, und die Gipfel und Grate kamen wieder zum Vorschein. Ein klares, eiskaltes Licht spiegelte sich auf den schattigen Berghängen. Die Stelle, an der Laurence auf sie wartete, war ungefähr noch eine Wegstunde entfernt.

Eva merkte, wie sie mit sich selber sprach. Doch es war nicht der geeignete Zeitpunkt für geistvolle Reden oder großartige Gesten. Sie durfte sich nicht ablenken lassen, musste sich ganz und gar auf den nächsten Schritt konzentrieren und mit aller Vorsicht den weichen Schnee vor ihr prüfen. Trotz der Eintönigkeit, ihrer Erschöpfung und dem Wunsch, so schnell wie möglich alles hinter sich zu bringen, durfte ihre Aufmerksamkeit nicht nachlassen. Sie musste der möglichen Fallen des Geländes stets gewärtig bleiben.

Je weiter sie vorankam, desto steiler ging es bergab. Schon konnte sie mehrere verkümmerte, schneebedeckte Bäume ausmachen. Noch immer bedrückt von der ungeheuren Einsamkeit, erreichte sie die ersten Steinblöcke des Geröllfeldes.

Sie legte sich ein paar Minuten hin, um ihre Schulter und den Arm zu entlasten.

Sie konnte kaum ausmachen, wo die Sonne stand; Mittag musste jedoch vorüber sein. Sie riss einen von der Kälte hart gefrorenen Kraftriegel auf und kaute ihn langsam.

Kaum hatte sie sich wieder auf den Weg gemacht, kam ihr die Bedrohung, der sie immer noch ausgesetzt war, wieder mit aller Macht in den Sinn. Die Erschöpfung, die Angst und der Gedanke, dem Tod mit knapper Not entgangen zu sein, wühlten sie auf und verwirrten sie.

»Du hast es geschafft, es ist alles in Ordnung«, sagte sie laut.

Beim Gehen blickte sie immer wieder über die Schulter – hastige, angespannte Blicke zur Felswand. Eva fürchtete, einen Verfolger zu entdecken. Die Gefahr lag noch immer in der Luft; sie konnte sie förmlich spüren wie einen feinen, unsichtbaren Staub. Je näher sie dem vereinbarten Treffpunkt kam, desto größer wurde ihre innere Unruhe. Böse Vorahnungen erfüllten sie. Was würde sie tun, wenn ihrer Mutter etwas zugestoßen war?

Tränen stiegen Eva in die Augen. Sie wischte sie wütend fort.

14

Nachdem sie das Krankenhauses verlassen hatte, blieb Laurence auf dem Gehweg stehen und dachte darüber nach, was die lakonische Auskunft Lamberts bedeutete: Sie durfte nicht von einer bevorstehenden Heilung Jean Cazenaves ausgehen.

Die Wolken waren von einem kräftigen Westwind fortgetrieben worden. Brände hatten mehrere Hundert Hektar Wald und Heideland am Fuß des Col d'Ibardin zwischen der Ortschaft Urrugne und Spanien zerstört; auch das Vallée d'Aspe südlich von Pau war betroffen. Und die bevorstehende Wahl hatte die ganze Gegend in Aufruhr versetzt.

Die Presse berichtete auf der ersten Seite vom Erfolg mehrerer Operationen, die Spezialeinheiten der Polizei und die Antiterror-Einheit aus Paris durchgeführt hatten: Zehn Mitglieder der ETA waren verhaftet worden; in einem Vorort von Pau hatte man ein Sprengstoff-Versteck entdeckt; wichtige Dokumente beim Kampf gegen die terroristische Vereinigung waren sichergestellt worden, und man hatte ein Netz von Pädophilen im Internet enttarnt. All diese Erfolge konnten schon ein paar Monate her sein, doch die Regierung hatte sie zurückgehalten, um sie zu einem geeigneten Zeitpunkt während des Wahlkampfs einzusetzen.

Gleichzeitig prangerte eine andere Presse die Vorgehensweise der Polizei an und beschuldigte sie und andere lokale Behörden zum wiederholten Mal der Schlamperei. Oberstaatsanwalt Delpy und der Präsident des Oberlandesgerichts, François Chantreux, kreisten über den Ermittlungen wie zwei hungrige schwarze Raubvögel und verlangten Ergebnisse, die man umgehend vorweisen konnte. Der stellvertretende Oberstaatsanwalt Cazal vermittelte Laurence eine Ungeduld, die weit mehr erkennen ließ als den bloßen Wunsch, die Schuldigen hinter Schloss und Riegel zu sehen.

Mangels neuer Fakten wurde die bereits getane Arbeit noch einmal getan. Die Bewohner der Bauernhöfe in der Gegend wurden erneut befragt. Die ermordete Charlotte war in der Nacht von Samstag auf Sonntag in den kleinen Fluss geworfen worden, zu einer Zeit also, als die Bauern der Gegend im Bett lagen und niemand etwas gesehen oder gehört hatte – ein Umstand, der die Arbeit der Ermittlungsbeamten nicht gerade leichter machte.

Laurence ging zum Parkplatz und stieg in ihren Wagen. Gerade als sie losfahren wollte, sah sie Henri Buades, den Neffen von Jean Cazenave. Mit gesenktem Kopf und hochgezogenen Schultern ging der junge Mann seines Weges, als wollte er sich in eine imaginäre Muschel zurückziehen. Auch er befand sich in einer nicht sehr rühmlichen Lage; es blieb ihm nicht mehr allzu viel, an das er sich klammern konnte.

Laurence sah, wie er durch die Eingangstür des Krankenhauses ging. Er wollte fragen, wie es um seinen Onkel stand; zweimal am Tag käme er deswegen hierher, hatte man Laurence gesagt.

Am Tag zuvor hatte sie Henri vorgeladen, um seine Zeugenaussage noch einmal zu überprüfen. Im Gerichtsgebäude teilte sie sich mit Protokollführer Molina ein blaugrün gestrichenes, spärlich möbliertes Büro auf dem Flur der Untersuchungsbeamten. Hier bearbeitete sie mit überholten Mitteln mehr als einhundertfünfzig Fälle im Jahr, und jeden Monat kamen neue hinzu. Auf ihrem Schreibtisch stand ein alter Computer ohne Internetanschluss, den die Verwaltung ihr besorgt hatte, und das einzige Faxgerät am Ende des Flurs nötigte sie mehrmals am Tag, sich auf den Weg dorthin zu machen, um die Eingänge zu prüfen und nachzusehen, ob die Polizei einen Verdächtigen in Untersuchungshaft genommen hatte. Für die Wege außerhalb benutzte sie ihr Privatauto und griff auch auf ihr eigenes Handy zurück, wenn sie unterwegs war.

»Also, Sie wollten die Cazenaves am Ostersonntag abholen und zur Messe fahren?«, hatte Laurence gefragt.

Der Gärtner hatte Henri Buades kurz vor neun Uhr, ein paar Minuten vor der Köchin, ankommen sehen.

»Genau.«

»Wollten Sie selbst auch dorthin?«

»Zur Messe?«

»Ja.«

»Ich gehe nicht in die Kirche«, sagte Buades.

»Was haben Sie getan, als Sie in Les Marroniers eingetroffen sind?«

»Ich dachte, sie wären schon vor der Tür. Da niemand zu sehen war, ging ich in die Küche, um nach einem Schluck Kaffee Ausschau zu halten. Die Tür war noch verschlossen. Die Köchin hat mich dann hereingelassen.«

»Hatten Sie keine Zeit, Ihren Kaffee zu Hause zu trinken?«

Mit dieser Frage hatte sie Henri überrascht.

»Äh … ich sagte Ihnen ja schon, dass ich einen Kater hatte und spät dran war. Ghislaine konnte es nicht ausstehen, wenn ich zu spät kam.«

»Was haben Sie am Samstagabend gemacht, Monsieur Buades?«

Vor ihr lag Buades' Aussage, die er am Tag der Morde gemacht hatte, sowie diejenige, die er eine Woche später geliefert hatte.

Aus Erfahrung wusste Laurence, dass die Widersprüche sich häuften, wenn die befragte Person log. Eine Lüge zog eine andere nach sich, bis ein ganzes Lügengebilde entstanden war. Der Zeuge durfte keinesfalls in unwichtigen Details Zuflucht suchen, die sich gegen ihn wenden könnten. Im Allgemeinen holte er jedoch aus Angst, nicht überzeugend zu wirken, immer weiter aus. Mit der Zeit wurden die Details zunehmend verschwommener. Neue mussten erfunden werden, bis der Zeuge sich schließlich in haltlose Widersprüche verstrickte.

Laurence hatte einige Fragen noch einmal gestellt, um größtmögliche Klarheit über den Ablauf des Samstagabends bei der Familie Cazenave zu gewinnen.

»Gegen sieben Uhr hatte ich alle Besorgungen in Pau erledigt. Ich brachte alles nach Les Marroniers und ging nach Hause.«

»Sie waren also gegen sechzehn Uhr dreißig nicht in Les Marroniers?«

Um diese Uhrzeit war Madame Couet auf Tarik Alaoui getroffen.

»Nein, da war ich in der Stadt.«

»Was haben Sie nach Ihrer Rückkehr gemacht?«

»Ich hatte mich um neun Uhr mit einem Freund verabredet. Ich habe mich ein wenig ausgeruht und bin dann gegangen. Wir haben in einer Pizzeria zu Abend gegessen und waren anschließend im Kino, in der Spätvorstellung um halb elf.«

»Und danach?«

»Danach haben wir noch etwas getrunken. Anschließend bin ich nach Hause gegangen.«

Alle diese Angaben waren bereits überprüft worden. Seit Beginn der Vernehmung klingelte unentwegt das Telefon. Molina nahm die Anrufe entgegen; meist waren es die Büros der lokalen Abgeordneten, die sich über das Tun und Lassen von Tarik Alaoui informieren wollten.

»Wie spät war es, als Sie zu Hause ankamen?«

»Kurz vor ein Uhr morgens.«

»Sind Sie sofort schlafen gegangen?«

»Nein. Ich war nicht müde. Ich habe noch etwas getrunken … nun ja, am Ende war es ganz schön viel. Sie wissen ja, wie das so ist.«

»Um wie viel Uhr sind Sie eingeschlafen?«

»Das weiß ich nicht. Am nächsten Morgen bin ich aus dem Schlaf hochgeschreckt. Ich erinnere mich nicht einmal mehr, mich ausgezogen zu haben.«

»Haben Sie denn nichts gehört?«, hatte Laurence Henri gefragt und mit sorgenvoller Miene auf einen Zettel gestarrt, den Molina ihr hingeschoben hatte.

Auf ihrem Schreibtisch lag unter anderem die Akte über eine junge Frau, die von ihrem Lebensgefährten geschlagen wurde, einem Star der Rugbymannschaft von Pau. Die Sache drängte. Doch mehrere ihrer Kollegen – allesamt Rugby-Fans, angeführt von Albert Maurois – hatten sie gebeten, mit ihrem Urteil bis zum Ende der Meisterschaft zu warten.

»Nein«, hatte Buades nach reiflichem Nachdenken geantwortet. »Ich glaube nicht.« Dann hatte er Laurence einen fragenden Blick zugeworfen und sich erkundigt: »Was hätte ich denn hören sollen?«

»Oh, das kann ich nicht sagen. Ein verdächtiges Geräusch vielleicht, einen Schrei oder ein vorbeifahrendes Auto.«

»Ich habe nichts gehört.«

»Ihr Fenster geht doch zu dem Weg hinaus, der zu Les Marroniers führt, nicht wahr?«

»Ja. Aber ich habe nichts Verdächtiges gehört.«

»Denken Sie noch einmal genau nach.«

»Nicht nötig. Sie können mir glauben, ich habe nichts gehört. Jedenfalls erinnere ich mich nicht mehr daran.«

»Trinken Sie zu Hause oft so viel, dass Sie sich an nichts mehr erinnern können?«

»Selten. In diesem Fall graute es mir vor dem nächsten Tag, dem Osteressen bei Ghislaine und dem ganzen Hin und Her, das mir bevorstand.«

»Haben Sie sich gut mit der Frau Ihres Onkels verstanden?«

Buades hatte den Kopf geschüttelt.

»Mit der hat sich niemand gut verstanden.«

»Gilt das auch für Ihren Onkel?«

»Das ist etwas anderes. Sie waren schließlich verheiratet.«

Laurence überflog ihre Aufzeichnungen.

»Welchen Eindruck hatten Sie von Henri Buades, als Sie ihn befragten?«, hatte sie von den Polizisten wissen wollen.

»Er schien unter Schock zu stehen.«

»Würden Sie sagen, dass sein Verhalten mit dem anderer Zeugen vergleichbar ist, die Sie unter ähnlichen Umständen vernommen haben?«

»Ja. Man konnte ihm ansehen, dass er furchtbare Augenblicke durchgemacht hatte. In seinem Verhalten lag nichts Verdächtiges.«

»Befriedigt Sie der Tod von Ghislaine?«, hatte Laurence als Nächstes gefragt.

»Was soll das heißen – befriedigt?«

»Sie haben keine Tränen vergossen, nehme ich an.«

»Das nicht gerade, aber das heißt noch lange nicht, dass ich mich darüber freue.«

»Und Charlotte? Was für eine Beziehung hatten Sie zu ihr?«

Ein trauriges Lächeln hatte sich auf Buades' Gesicht ausgebreitet.

»Es fällt mir schwer, darüber zu reden. Ich kann nicht glauben, dass sie ...« Er schwieg einen Augenblick. »Am Wochenende habe ich mich oft um sie gekümmert. Manchmal war sie wie eine Schwester für mich, und dann wieder ... sie hat einen ganz schönen Dickkopf, eine echte Cazenave eben.«

»Als man ihre Leiche entdeckt hatte, was haben Sie da empfunden?«

Buades wand sich.

»Ich weiß nicht ...«

»Und als Sie Ghislaine entdeckten, was dachten Sie da?«

»Im ersten Augenblick gar nichts. Dann sagte ich mir, dass jemand ins Haus eingedrungen sein und sie überrascht haben musste.«

Laurence hatte sich die Akte von Henri Buades kommen lassen. Bevor er den Job bei seinem Onkel angetreten hatte, war er keiner geregelten Arbeit nachgegangen. Er hatte hier und da krumme Dinger gedreht, um an Geld zu kommen, und war mit einer Bande Arbeitsloser herumgehangen. Doch seine schlimmsten Vergehen – jedenfalls die, bei denen er erwischt worden war – waren Ladendiebstahl, Vandalismus und Besitz von Marihuana. Eine Gefängnisstrafe hatte er nicht verbüßt.

Bei seinen Verhaftungen hatte man sofort seinen Vater hinzugerufen, später dann Jean Cazenave. Von da an war Henri Buades nicht mehr auffällig geworden.

»Haben Sie bei dem Eindringling an eine bestimmte Person gedacht, Monsieur Buades?«

»Nein.«

»Bitte wiederholen Sie noch einmal Ihr Gespräch mit Jean Cazenave. Was hat er Ihnen gesagt, bevor Sie ihm mitteilten, dass Charlotte tot ist?«

Buades war noch immer am Boden zerstört von den Folgen seines unglückseligen Anrufs. Laurence hatte im Grunde keine Bedenken, die Verwirrung eines Zeugen auszunutzen, um ihre Sache voranzutreiben; schließlich war Henri Buades der Einzige, der noch mit Cazenave gesprochen hatte, nachdem man ihn so schrecklich zugerichtet hatte.

»Am Anfang wusste ich nicht, dass ich mit seinem Zimmer verbunden war. Nach fünf oder sechs Sekunden nahm jemand ab. Er sagte nichts, aber ich hörte ein schweres Atmen. Ich habe mich vorgestellt und dann gefragt, ob es Neuigkeiten von Jean gäbe. Da sagte der Mann: ›Ich bin es doch selbst, ja, ich, Jean.‹ Er fuhr fort: ›Wie geht es Charlotte?‹ Jedenfalls lautete seine Frage so ähnlich; ich habe ihn nicht allzu gut verstanden. Das Sprechen fiel ihm schwer, wissen Sie. Er machte den Eindruck, als wäre er beinahe am Schlafen. Ich habe nicht geantwortet. Da sagte er: ›Ich will ihre Stimme hören. Wo ist sie?‹«

Buades hielt inne, als wartete er auf eine weitere Frage von Laurence. Doch sie sagte nichts. Buades senkte den Blick, bevor er murmelte:

»Ich weiß nicht, was mich in dem Moment gepackt hat, aber ich sagte ihm, dass …«

Er verstummte, und Panik erschien in seinem Blick, so, als jagte die Erinnerung an das Gespräch ihm noch immer Furcht und Schrecken ein.

* * *

Als Henri Buades gegangen war, blieb Laurence eine Zeit lang nachdenklich sitzen. Buades war klug genug, um zu begreifen, dass seine Zukunft unwiderruflich mit der von Jean Cazenave verknüpft war und dass er womöglich aus Dummheit ihrer beider Grab geschaufelt hatte.

Laurence war sich im Klaren darüber, dass der Fortgang ihrer Ermittlungen stockte. Und je mehr Zeit verstrich, desto undeutlicher wurden die Spuren. Die Chance, den Fall aufzuklären, wurde immer geringer. Tarik Alaoui, der Hauptverdächtige, blieb weiterhin unauffindbar. Und die Aussage der Gouvernante enthielt eine Angabe, die nicht mit den Ausführungen von Madame Couet übereinstimmte. Die Gouvernante behauptete nämlich, dass Jean Cazenave am Samstagnachmittag einen Anruf auf seinem Handy erhalten habe. Verstimmt war er für zwanzig Minuten verschwunden. Seinen Wagen hatte er nicht genommen. Die Gouvernante hatte ihn zu Fuß den Weg entlanggehen sehen, der zur Straße führte. Sämtliche Anrufe, die während der letzten achtundvierzig Stunden auf dem Handy von Cazenave eingegangen waren, hatten identifiziert werden können, bis auf einen Anruf am Freitag um 20.21 Uhr aus einer Telefonkabine sowie zwei weitere, einer am Freitag um 17.00 Uhr und einer am Samstag um 16.39 Uhr, die beide von einem gestohlenen Handy gekommen waren.

Vermutlich hatten Cazenave und Alaoui sich am Samstagnachmittag getroffen. War Alaoui noch einmal nach Les Marroniers zurückgekehrt? Besaß er einen Schlüssel, oder hatte Cazenave ihm die Tür geöffnet? Was war das Motiv für den Mord an Ghislaine? War es die Erledigung eines Mordauftrags? Oder ein Racheakt? Warum hatte man auch Charlotte umgebracht? Oder war der Mörder *wegen ihr* gekommen?

Nichts von alledem ließ sich begründen oder gar beweisen. Auch die Theorie von einem Streuner, der zufällig ins Haus eingedrungen war, konnte bei genauerem Hinsehen nicht standhalten.

Laurence' Nerven lagen blank. Vielleicht betrachtete sie die

Fakten bloß aus einem falschen Blickwinkel und sah deshalb die Lösung nicht. Tarik Alaoui gab den idealen Schuldigen ab. Aber war er es tatsächlich gewesen? Es war nur eine Frage der Zeit und der Umstände, bis man ihn schnappen würde. Bis dahin aber lag der einzige Mensch, der den Schlüssel zur Lösung des Rätsels in der Hand hielt, in kritischem Zustand im Krankenhaus.

Laurence wollte gerade ihr Büro verlassen, um dorthin zu fahren, als Eva anrief.

»Erinnerst du dich, was ich dir letzten Samstag in Saint-Jean erzählt habe?«, fragte sie.

»Worüber denn?«

»Über Jean Cazenave.«

Laurence hätte das Thema – zumindest vorübergehend – gern vermieden, doch Eva hatte sich offensichtlich entschlossen, ihr etwas anzuvertrauen, und damit war Laurence' Neugierde geweckt.

»Ich höre.«

»Das Mädchen, mit dem Jean Cazenave ausgegangen war, heißt Chantal Oles. Sie arbeitet bei der *Crédit agricole* in der Rue Carnot.«

15

Evas Herz pochte wild. Schweiß brannte in ihren Augenwinkeln. Ihre Arm- und Rückenmuskeln waren verhärtet. Ein Gefühl der Leere stieg aus ihrer Magengrube auf. Sie lehnte sich an einen Felsen, um ihre von den Trägern des Rucksacks schmerzenden Schultern zu entlasten.

Laurence war verschwunden. Beängstigende Stille herrschte. Auf der anderen Seite des Talkessels hing eine Nebelbank und verbarg einen Teil der Felswand. Der Fels, der über Jahrtausende hinweg allen Unbilden der Witterung ausgesetzt war, nahm eine feindselige Gestalt an. Etwas Primitives, Wildes schien im Hinterhalt zu lauern, und die Landschaft gewann ein unwirkliches Aussehen. Mit einem Mal war Eva tief bedrückt von der Einsamkeit.

Sie blieb stehen. Sie konnte keinen klaren Gedanken mehr fassen und war nicht in der Lage, die unglücklichen Ereignisse der heutigen Unternehmung in eine Ordnung zu bringen – gerade jetzt, wo sie scharf nachdenken musste. Sie besaß nicht mehr die Kraft, sich als Heldin zu sehen, sondern sehnte sich nach Hilfe. Sie hatte die unsichtbare Grenze zwischen der vertrauten Wirklichkeit und einer anderen, bedrohlichen Welt überschritten.

Doch nach einem Augenblick der Verzweiflung gelang es ihr, sich aus diesem Zustand völliger Erschöpfung herauszureißen. Der Optimismus, den sie von ihrem Vater geerbt hatte, kehrte allmählich zurück.

Der Schnee wies keinerlei Spuren auf, was Eva zeigte, dass Laurence den Treffpunkt verlassen hatte, bevor das Unwetter losgebrochen war. Es machte keinen Sinn, hier länger zu warten. Als Hinweis, dass sie hier gewesen war, errichtete Eva eine kleine Steinpyramide. Wenn ihre Mutter hier vorüberkäme, würde sie die Botschaft verstehen.

Dann wurde es höchste Zeit, sich auf den Weitermarsch zu machen. Eva schulterte den Rucksack, griff nach ihrem Pickel und beschloss, den gleichen Weg zurückzugehen, den sie gekommen war. Er führte zunächst zur Russel-Hütte.

Sie kam nur mühsam voran, da sie sich ihren Weg durch den weichen Schnee bahnen musste. Ihre Muskeln waren noch härter und verspannter als zuvor. Von Zeit zu Zeit hielt sie inne, um zu lauschen, doch die Stille um sie herum war vollkommen. Sorgen um ihre Mutter stiegen in ihr auf, denn sie fand keine überzeugende Erklärung für Laurence' Verschwinden.

Bald wurde die körperliche Anstrengung so groß, dass jeder Gedanke in den Hintergrund gedrängt wurde. Manchmal strauchelte Eva und stürzte, stand aber sofort wieder auf und setzte ihren Weg fort. In ihren Ohren dröhnte es; ihre Schläfen pochten wie die Trommel eines Marschregiments. Plötzlich erstarrte sie. Unmittelbar vor ihr waren im frisch gefallenen Schnee Abdrücke zu sehen. Mit einem Mal hellwach, beschleunigte Eva ihre Schritte. Sie erreichte eine kleine Anhöhe, die sie mühelos hinaufstieg. Vom höchsten Punkt aus erstreckte sich etwa dreißig Meter weit ein schneebedecktes, ebenes Geländestück vor ihr. Ringsum waren die Berge in milchiges Licht getaucht. Die Schluchten und Gletscherspalten sahen wie dunkle, tiefe Narben aus.

Rechts lag still und unbeweglich der Tannenwald. Wie bizarr geformte Kissen lastete der Schnee auf den Bäumen. Manchmal rutschte er hinunter und zerstob heim Aufprall zu feinem Staub.

Es gab keinen Zweifel. Der Schnee brachte es untrüglich an den Tag.

Eine zweite Spur, die aus dem Wald kam, traf hier auf die erste.

16

Obwohl die Sonne schien, war es noch zu frisch, um das Mittagessen im Garten einzunehmen. Die beiden Männer hatten sich in eine Ecke in Fensternähe gesetzt.

»Was empfehlen Sie uns, Bertrand?«, fragte Gerichtspräsident Chantreux.

Er war ein geistreicher, aber berechnender Mann, ein Beamter bar jeden Mitgefühls, der ohne das geringste Zögern jeden aus dem Weg räumen würde, der ihm in die Quere kam. Unterstützt durch Oberstaatsanwalt Delpy herrschte Chantreux über drei Departements: *Landes, Pyrénées-Atlantiques* und *Hautes-Pyrénées.* Hinzu kam die administrative Verantwortung über vierunddreißig Gerichtsstände und mehr als einhundertzwanzig Beamte.

Der Sommelier warf einen Blick auf die Bestellung: geschmorte Leber auf Stangenbohnen und Trockenfrüchten; magerer Braten mit Schinkenspeck.

»Zur Leber empfehle ich einen Château-Jolys, 1996, und zu dem Braten einen 97er Jurançon von Clos-Guirouilh«, sagte der Sommelier.

»Wunderbar.« Chantreux nickte.

Kaum hatte man ihnen den Wein gebracht, hob Chantreux sein Glas.

»Welch hübsche Bernsteinfärbung«, sagte er.

Er kostete und ließ den Schluck Wein im Mund kreisen, bevor er sich im Stuhl zurücklehnte und zufrieden nickte.

»Eine angenehme Honignote. Hervorragend ausgewählt, Bertrand.«

»Vielen Dank, Herr Präsident«, sagte der Sommelier und füllte die beiden Gläser.

Während des Essens drehte sich das Gespräch der beiden Männer um die bevorstehenden Wahlen und die Budgetanpassung einiger Gerichte, die dem Oberlandesgericht unterstellt waren.

Als das Dessert vor ihnen stand – ein dunkler, mit Creme gefüllter Schokoladenbiskuit – und der Sommelier noch einmal Wein nachgeschenkt hatte, wartete Chantreux, bis der Mann sich entfernt hatte, und fragte dann:

»Nun, Delpy, wie steht's denn mit dem Fall Cazenave?«

Der Oberstaatsanwalt tupfte sich mit seiner Serviette die Lippen ab und antwortete in dem gleichen verbindlichen Tonfall, mit dem er die gesamte Unterhaltung bestritten hatte: »Wir haben ihn aufgespürt.«

»Wen?«

»Alaoui.«

»Ist er im Ausland?«

»Nein, er ist hier. Wir haben ihn mittlerweile samt zweier Komplizen festgenommen.«

Chantreux nickte, als wolle er Delpy auffordern, mit seinem Bericht fortzufahren.

»Eine Eingreiftruppe ist in der Morgendämmerung bei Alaoui zu Hause eingedrungen. Ein Nachbar hatte Licht gesehen und die Polizei verständigt. Alaoui behauptete, dass er nichts von dem Haftbefehl wusste. Er sei geschäftlich in Holland gewesen.«

Delpy trank einen Schluck Wein und fuhr fort:

»Man hat fast ein Kilo Kokain bei ihm gefunden, dazu noch Haschisch.«

»Woher hatte er das Zeug?«

»Er behauptet, dass einer seiner Freunde in Amsterdam ihm ein Paket anvertraut habe. Er wusste angeblich nicht, was darin war.«

»Und dann ist er in aller Ruhe nach Frankreich zurückgekommen.«

»Ja.«

Chantreux lachte höhnisch. »Ich nehme an, dass man die Grenzpolizei oder den Zoll beglückwünschen darf.«

Einen Augenblick lang schwieg er.

»Weiß Untersuchungsrichterin Bonner Bescheid?«

»Nein. Ich habe Forgues gebeten, noch zu warten.«

Chantreux setzte eine nachdenkliche Miene auf, nahm einen Löffel vom Schokoladenbiskuit und ließ es langsam auf der Zunge zergehen.

»Was halten Sie von ihr?«, fragte er.

»Ich denke, dass sie uns diesmal keine Scherereien machen kann. Denn in diesem Fall gibt es keine Entlastungsmöglichkeiten. Die Schuld des Angeklagten steht außer Frage. Alaoui ist der Täter.«

»So ist es oft im Leben«, sagte Chantreux. »An einem bestimmten Punkt wird einem klar, dass es keinen Sinn mehr hat, starrköpfig an etwas festzuhalten ... Haben Sie bereits etwas Handfestes?«

Das war Chantreux' Art zu fragen, ob alles seinen rechten Gang nahm. Beide Männer wussten, dass sich bei der Auflösung eines solchen Falles die Sympathiebekundungen häufen würden. Es war eine weitaus dankbarere Aufgabe, Schuldige zu verurteilen, als von der Bevölkerung der Inkompetenz bezichtigt zu werden.

Delpy lächelte.

»Forgues hat eine Aussage vorliegen.«

»Von Alaoui?«

»Nein, von seinen Komplizen.«

»Und was musste er dafür bieten?«

»Wir vergessen diese Drogengeschichte, und das Innenministerium stellt uns einen Ausweisungsbescheid gegen sie aus. Damit haben wir sie in der Hand. Sie haben Alaoui belastet. Er hat in ihrer Anwesenheit Cazenave damit gedroht, abends noch einmal wiederzukommen und ihm eine Lektion zu erteilen.«

Chantreux leerte sein Glas. Er versuchte das Ausmaß der Konsequenzen abzuschätzen, wenn die Ereignisse einen anderen Verlauf nahmen. Konsequenzen hinsichtlich seiner Reputation, seiner Karriere und des öffentlichen Ansehens der Justiz.

»Welche Maßnahme schlagen Sie vor, falls Richterin Bonner sich tatsächlich sträubt?«

Delpy hatte bereits darüber nachgedacht.

»Nun, ihr Verhalten war ja immer schon – wie soll ich sagen? – eigenwillig. Eine Flucht wäre ein gravierender Fehler. Wenn der zuständige Beamte das durchsickern ließe …«

Die in diesen Worten verborgenen Verbindungen verhallten endgültig im nun einsetzenden Schweigen. Die beiden Männer hatten längst ihre Entscheidung zwischen Gewissen oder Karriere getroffen.

Chantreux sah Delpy aufmerksam an.

»Es ist immer nützlich, eine Ersatzlösung parat zu haben. Haben Sie jemanden, der Bonners Arbeit übernehmen könnte?«

»Das dürfte kein Problem sein.«

Viele Untersuchungsrichter blieben namenlos, da niemand auf ihre Arbeit aufmerksam wurde; andere wiederum waren versessen darauf, aus der Anonymität hervorzutreten und dafür an den richtigen Stellen eine Schleimspur zu hinterlassen.

»Wollen Sie ihre Urteilsfähigkeit oder ihre Beweggründe infrage stellen, Delpy?«

Chantreux' Ausdrucksweise unterstrich, dass er Vorsichtsmaßnahmen für angebracht hielt.

»Ihre Urteilsfähigkeit werde ich nicht in Abrede stellen, aber ihre Beweggründe könnten unbequem werden. Da werde ich lieber vorsichtig sein.«

Chantreux nickte zustimmend.

»Sie haben vollkommen recht. Das hier ist ein Fall, der nach einer schnellen Lösung verlangt. Man hat uns schon viel zu oft vorgeworfen, die Dinge zu verschleppen.«

Delpy musterte eingehend Chantreux' Gesicht. Er glaubte,

Ähnlichkeiten mit der Büste irgendeines römischen Kaisers zu erkennen; mit welchem, vermochte er nicht zu sagen.

»Ich möchte Sie um einen Gefallen bitten, verehrter Präsident.«

»Ja?«

»Ich würde mich freuen, wenn Sie alles in Ihrer Macht Stehende unternehmen und mich bei entsprechender Gelegenheit für das Amt im Rat der obersten Richter in Paris vorschlagen, von dem ich Ihnen erzählt habe.«

Chantreux, der selbst als Richter in verschiedenen hohen Gremien vertreten war, hob sein Glas, um einen Toast auszubringen.

17

Bevor sie Chantal Oles aufsuchte, hatte Laurence so gut wie nichts von Jean Cazenave gewusst. Nach ihrer Unterhaltung wusste sie alles – und das war mehr, als ihr lieb war, wenn sie ehrlich war. Laurence konnte gut zuhören, was manchmal ein Vorteil sein konnte, in manchen Fällen aber ein Fluch.

Chantal Oles hatte sich als äußerst aufschlussreiche Quelle für Informationen über das Sexualleben von Jean Cazenave entpuppt. Es traten Details zutage, die Laurence schwerlich an anderer Stelle hätte erfahren können. So wusste sie nun, dass Cazenave ausgesprochen sexhungrig war, auch wenn es nach außen hin nicht so erscheinen mochte. Sie wusste, dass er nicht viel Schlaf benötigte. Dass er es am liebsten ohne Präservativ machte. Dass er danach gern ausgiebig duschte. Dass er sich mit seinem Eau de Toilette einsprühte, bevor er seine Geliebten verließ, um jeden verdächtigen Geruch zu übertünchen.

Er war getrieben von einem physischen Verlangen, nicht von sentimentalen Bedürfnissen. Er war nicht der Typ, der sich lange beim Balzen oder Turteln aufhielt. Vor ihm kam man sich wie ein Leckerbissen vor, der ohne langes Zögern mit Haut und Haaren verschlungen wird, wie Chantal es ausdrückte – und wehe derjenigen, die sich nicht sofort in diese Rolle fügte. Sie wurde ein für alle Mal von der Liste gestrichen.

Von diesem zweiten Leben des Jean Cazenaves durfte niemand etwas wissen, und Cazenave traf gründliche Vorkehrungen, um nicht den geringsten Verdacht auf sich zu ziehen. Er belog seine Frau Ghislaine, seine Mitarbeiter und seine Geschäftspartner. Er hatte ein ganzes Universum um sich herum errichtet mit fiktiven Treffen, Versammlungen und Geschäftsreisen, damit er sein geheimes Leben führen konnte. Niemand hatte ihn jemals mit einer anderen Begleiterin gesehen, und die Stimmigkeit seiner Lügengeschichten belegte, dass er stets kühlen Kopf behielt. Hin und wieder gab er preis, dass seine Frau seit langer Zeit an Depressionen litt, doch sie lehne es ab, sich behandeln zu lassen. Seine Gefühle für Ghislaine waren konfus, aber trotz ihrer Rachsucht schien er noch immer an ihr zu hängen. Mehrmals hatte er sich dazu hinreißen lassen, von Tyrannei, Einschüchterung, Zwang, ja sogar von Erpressung zu sprechen.

Dauerhafte Beziehungen lagen ihm nicht. Seine Geliebten wechselten, denn sobald sich ein Hauch von Routine in die Beziehung schlich, beendete er sie. Frauen waren für ihn lediglich Instrumente zur Befriedigung seiner Lust und sollten ihm von Anfang an willfährig sein.

Sein Sitz im Stadtrat, sein Vermögen und sein Netz von Beziehungen erlaubten es ihm, großzügig zu sein. Aber er konnte durchaus auch drohen, wenn jemand sich nicht fügte, zu viel ausplauderte oder gar eifersüchtig war.

Chantal Oles hatte eine ganze Reihe von Frauen aufgezählt, die einen vorübergehenden Platz im erotischen Leben von Jean Cazenave eingenommen hatten. Es waren geschiedene Frauen darunter, unverheiratete Mütter, Ehefrauen und ganz junge, extrovertierte Frauen. Cazenave pickte sie sich heraus, wie er sich das Verlockendste aus einem Topf mit Leckereien herausgepickt hätte, um dann wieder auszuspucken, was ihm fade vorkam. Natürlich gab es Gerüchte; nichts hätte sie aufhalten können. Doch es waren verschwommene Gerüchte, die niemals konkrete Formen annahmen. Mit einem Anflug von Bitterkeit wunderten sich die Exgeliebten, wie leicht Cazenave eine Neue ins Netz ging.

Chantal Oles zufolge war die Letzte eine Blondine gewesen, die bei Béarn Immobilier arbeitete, einer Agentur, die auch mit der Vermietung der Villa Cazenaves in Marbella betraut war.

* * *

Laurence hatte einen Teil des Wochenendes damit verbracht, die Polizeiberichte über die Verhaftung von Tarik Alaoui und zwei Tunesiern zu lesen, die sich nun alle drei in Untersuchungshaft befanden.

Am Sonntagnachmittag hatte sie sich gezwungen, eine ausgedehnte Joggingrunde im Park zu machen. Dann hatte sie ein heißes Bad genommen und in einer Pizzeria zu Abend gegessen. Anschließend war sie ins Kino gegangen, um den Fall aus ihren Gedanken zu vertreiben und am Montagmorgen mit klarem Kopf weiterzumachen.

Nachts war Laurence dann aus dem Schlaf hochgeschreckt, gequält von einem Gedanken, der ihr kurz vor dem Einschlafen gekommen war und sie offenbar nicht mehr losgelassen hatte. Es schien ihr, als hätte es etwas mit Charlotte zu tun. Es war etwas sehr Wichtiges, doch es gelang ihr nicht, sich daran zu erinnern. Laurence hatte den Eindruck, den Finger auf einen wunden Punkt gelegt zu haben, doch jedes Mal, wenn sie ganz nahe daran war, entzog sich ihr alles wieder. Enttäuscht legte sie sich wieder hin, wälzte sich aber unruhig im Bett, ohne noch einmal einschlafen zu können. Vielleicht hatte sie einfach nur geträumt.

Um sieben Uhr morgens verließ Laurence ihre Wohnung. Sie kaufte die Morgenzeitungen und setzte sich in ein Café gegenüber dem Park.

Die Medien hatten Witterung aufgenommen und schrieben von nichts anderem als der Verhaftung Alaouis. Von ihrem Platz in der Nähe der Fensterfront überflog Laurence rasch die Artikel, um sich zu vergewissern, dass sie nichts Wichtiges enthielten. Bisher war noch nichts durchgesickert. Merkwürdigkeiten und Unstimmigkeiten wurden breitgetreten, um den Hunger der Leser zu stillen; Alaoui war zu einem Thema von regionalem, sogar nationalem Interesse geworden.

Während ihrer ganzen Karriere hatte man sie noch nicht mit einer so heiklen Mission betraut.

Auch wenn die Journalisten noch keinerlei ernst zu nehmende Information über den Hergang der Tat besaßen, war in den Augen der Öffentlichkeit das Urteil über Alaoui bereits gesprochen und die Strafe verhängt. Das war auch Delpy, der eine Presseerklärung abgegeben hatte, nicht verborgen geblieben.

Die zuständige Polizei und die übrigen Beamten unterstanden »im Prinzip« dem Untersuchungsrichter, doch in diesem so medienträchtigen Fall beließ Delpy es nicht bei einer bloßen Überwachung Laurence'. Mögliche »Verstöße« befürchtend, kam er ihr zuvor.

»Der Staat bezahlt mich dafür, sicherzustellen, dass die Leute für ihre Verbrechen bestraft werden«, konterte er und ließ damit keine weitere Diskussion zu.

Laurence wusste sehr genau, was er mit diesem autoritären Gebaren bezweckte. Delpy wollte eine Anklage – und er wollte sie schnell. Es war der sensationellste Fall seiner Karriere, und er wollte den größtmöglichen Gewinn daraus ziehen. Er träumte bereits von einem Sensationsprozess vor dem Schwurgericht. Nach seiner Anklagerede hätten die neun Geschworenen – oder vielmehr die drei Richter, denen die Leitung der Verhandlung oblag – darüber zu entscheiden, ob Alaoui schuldig war oder nicht. Bei der Beratung würden die Richter den Geschworenen die Angst einimpfen, einen Mörder freizusprechen. Es war schwer, den üblichen Verlauf eines Schwurgerichtsprozesses umzubiegen.

Für Laurence war Tarik Alaoui bisher nur ein Name und ein Gesicht. Sie hatte ihn und seine Komplizen noch nicht verhört. Aber die Beweislast in der Akte war so erdrückend, dass Alaoui mit dem Verbrechen in Verbindung gebracht werden *musste*.

Laurence schloss die Augen und genoss die wärmende Sonne auf ihrem Gesicht. Trieb ihre Antipathie gegenüber Delpy sie dazu, sich gegen diese Lösung aufzulehnen?

Die Antwort war einfach: Ein Untersuchungsrichter musste die belastenden und entlastenden Punkte gleichermaßen berücksichtigen. Die Pflicht, auch die entlastenden Beweise zu prüfen, wurde zu oft vernachlässigt. Deshalb, befand Laurence, blieb Alaouis Schuld problematisch.

Seine Komplizen, zwei mit Touristenvisa nach Frankreich eingereiste Tunesier, hatten ausgesagt, dass Alaoui sich eine beträchtliche Geldsumme besorgt hatte, um nach Holland zu fahren und dort ein Kilo Kokain sowie Marihuana zu kaufen. Dieses Geld hatte er den beiden Männern zufolge Cazenave abgenötigt. Alaoui hingegen behauptete, es beim Glücksspiel gewonnen zu haben.

Die Polizei hatte einen Teil der Summe bei ihm zu Hause gefunden – Fünfzig-Euro-Scheine mit Blutflecken darauf. Eine Genanalyse, ob es sich um menschliches Blut und vielleicht sogar um das Blut Jean Cazenaves handelte, war in Arbeit.

Tarik Alaoui war also von den beiden Tunesiern belastet worden. Sie behaupteten in ihrer Aussage, dass er Cazenave am Samstagnachmittag von seinem Auto aus angerufen hatte, bevor er ihn dann auf Höhe der Abzweigung zu seinem Landsitz an der Nationalstraße getroffen hatte. Dort hatte Cazenave ihm eine Geldsumme übergeben. Da sie aber nicht dem vereinbarten Betrag entsprach, hatte der wütende Alaoui Cazenave gedroht, am Abend noch einmal wiederzukommen und es dann nicht bei einer bloßen Drohung zu belassen. Die Tunesier bestätigten, dass Alaoui gewalttätig und streitsüchtig war und rasch ein Messer bei der Hand sei.

Für die Nacht von Samstag auf Sonntag besaß Alaoui kein Alibi. Er hatte die beiden Tunesier gegen achtzehn Uhr im Stadtzentrum von Pau abgesetzt und war dann nach Hause gefahren. Er hatte ferngesehen, ein Sandwich gegessen und war nach eigenen Angaben gegen zweiundzwanzig Uhr schlafen gegangen, da er am nächsten Morgen sehr früh nach Holland aufbrechen wollte.

Motiv, Gelegenheit, fehlendes Alibi, Drohungen, Strafregister: Alles sprach für die Schuld von Alaoui.

Ein Paar, das sich am Nachbartisch niederließ, empfand

Laurence als störend, und so schob sie die Fotos von Alaoui wieder in die Akte zurück.

Er war von kleiner, zerbrechlicher Statur. Seine Gesichtszüge waren wenig einnehmend und ohne jeden Charme; auch das machte ihn zum idealen Angeklagten. Seine arabische Herkunft, seine französische Staatsbürgerschaft, Cazenaves Sympathien für die Front National: All diese Punkte würden bei einem Prozess vor dem Schwurgericht die Grundlage für einen gründlichen Schlagabtausch über Rassismus liefern. Außerdem hatte Delpy nicht damit gerechnet, dass Laurence ein psychologisches Gutachten verlangen würde, wie es vom Gesetz vorgesehen war; er hatte Michel Girou, einen vereidigten Psychologen, damit beauftragt, Alaoui zu untersuchen und ein Gutachten zu erstellen, dessen Inhalt Laurence schon im Voraus erahnen konnte.

Mit seinem durchtriebenen Wesen, seiner durchschnittlichen Intelligenz, seiner ungebildeten, mangelhaft strukturierten, unreifen Persönlichkeit und seinem gehemmten, auf das narzisstische Stadium begrenzten Gefühlsleben weist Alaoui erhebliche Defizite in seiner Beziehungsfähigkeit auf, insbesondere gegenüber erwachsenen Frauen. Er ist labil und impulsiv, und seine Frustrationstoleranz ist äußerst niedrig; es besteht eine weitreichende Verdrängung in eine fantastische und triebhafte Welt, besonders im sexuellen Bereich.

Von Delpy manipuliert, würde der Psychologe mit einer Interpretation aufwarten, die die Vergewaltigung und den Mord an Charlotte von einer emotionalen Seite aus begründete; damit wäre man beim »Hauptgericht« des Falles angelangt.

Denn die von der Verteidigung bemühten Kriminalpsychologen würden diese Analyse widerlegen und einen Streit der Sachverständigen über den Charakter Alaouis herbeireden: Besaß Alaoui die notwendigen Anlagen, eine solche Tat zu begehen? Für Laurence machte aber gerade der Mord an Charlotte Alaouis Schuld zweifelhaft.

Sie führte sich die Tragödie noch einmal so vor Augen, wie ein Staatsanwalt vor Gericht es tun würde. Es ging um einen schäbigen Dealer, einen von Hass getriebenen Versager; einen gewalttätigen, bewaffneten Mann, der dringend an Geld kommen musste, um damit den Stoff zu besorgen, mit dem er dann vor den Schulen sein schmutziges Geschäft betreiben wollte.

Dieser Mann war mitten in der Nacht noch einmal zurückgekommen, um seine Drohung in die Tat umzusetzen!

Cazenave war hinuntergegangen, um ihm die Tür zu öffnen. Zweifellos war er verärgert gewesen. Vielleicht hatte er sich sogar zu einem Wutausbruch hinreißen lassen, und es war zum Streit gekommen. Dabei hatte Alaoui ihm den Schlag an den Kopf verpasst. Dieser Schlag sollte das Opfer wehrlos machen. Taumelnd, blutüberströmt und benommen hatte Cazenave eingewilligt, seinen Sold zu zahlen.

Daraufhin zwang Alaoui ihn mit der Waffe, in den ersten Stock hinaufzusteigen. Dort erschien die vom Lärm aufgeschreckte Ghislaine. Ohne auch nur eine Sekunde zu zögern, rammte Alaoui ihr sein Messer ins Herz – ein tödlicher Stoß. Ghislaine brach zusammen. Der überrumpelte Cazenave versuchte, wieder zur Besinnung zu kommen. Er war wild entschlossen, Alaoui keinen Schritt weitergehen zu lassen, denn er fürchtete, der Mörder könne Charlotte entdecken.

In rasender Wut hatte Alaoui sich wieder zu Cazenave umgedreht. Dieser hatte versucht, sich zu schützen; davon zeugten die Schnittverletzungen auf seinen Unterarmen. Und als wäre das nicht genug, hatte Alaoui in mörderischer Wut immer wieder auf die sterbende Ghislaine eingestochen. In diesem Augenblick war Cazenave geflohen.

Wollte er sich in seinem Schlafzimmer einschließen, um seine Tochter zu schützen? Wollte er das Gewehr holen, das oben auf der Kleiderablage lag? Wahrscheinlich beides. Aber seine Kräfte hatten ihn verlassen. Er hatte das Bewusstsein verloren und war an der Tür zu seinem Zimmer zusammengebrochen.

Als Alaoui die im elterlichen Bett schlafende Charlotte entdeckte, richtete sein Interesse sich auf sie. Ihr Anblick weckte andere Triebe als die Geldgier. Er ließ den scheinbar toten Cazenave liegen und schnappte sich das Mädchen. Als er wieder an Ghislaine vorbeikam, stieß er sie mit den Füßen, um sich abzureagieren.

Er flüchtete mit seiner Beute zum Fluss. An der Böschung hatte er Charlotte vergewaltigt und anschließend erdrosselt. Er hatte ihren Leichnam sorgfältig von allen Spuren gesäubert, nachdem er sie entkleidet hatte. Vielleicht hatte er dabei auch Blutflecken abgewaschen, die er abbekommen hatte. Er hatte den Körper des Mädchens dem Fluss überlassen, war zu seinem Wagen zurückgekehrt und hatte sich aus dem Staub gemacht.

Das klang sehr überzeugend. Eine ganze Reihe scheinbar eindeutiger Beweise sprach gegen Alaoui. Zwar gab es einige Lücken in der Beweisführung, doch darüber würde Delpy großzügig hinweggehen.

Die Verteidigung würde sie natürlich geltend machen, allerdings ohne große Erfolgsaussichten. Die Fotos der Leichen von Ghislaine und Charlotte würden die Richter und Geschworenen unwiderruflich gegen ihn einnehmen.

Wenn Laurence Alaoui da herausbekommen wollte, musste sie einen anderen Verdächtigen finden.

Ein paar Minuten später fuhr sie in Richtung Les Marroniers. Ihr Verstand arbeitete auf Hochtouren. Sie wollte sich selbst beweisen, dass ihre Zweifel begründet waren.

Sie nahm den Weg, der zum Hof der Familie Couet führte, und fuhr an der Kreuzung vorbei, an der Alaoui gehalten hatte, um sich nach dem Weg zu erkundigen. Steinmauern säumten den Weg, der sich zu einem Wäldchen schlängelte – das Waldstück, aus dem der Wagen Alaouis zum Vorschein gekommen war.

Dort wendete Laurence und fuhr den gleichen Weg zurück. Sie fuhr im Schritttempo und ließ den Blick aufmerksam über die Landschaft schweifen: über die Maisfelder und Bauernhöfe, die Scheunen und die friedlichen Kühe auf den eingezäunten Weideparzellen.

Wieder auf der Nationalstraße, bog sie nach rechts ab und gelangte nach ein paar Hundert Metern an die Abzweigung zu Les Marroniers.

Alaoui hatte Cazenave mit einem in Narbonne gestohlenen Handy angerufen. Es war in seiner Wohnung gefunden worden.

Laurence stellte sich Cazenave vor, wie er zu Fuß über die Zufahrt zu seinem Haus ging; eine breite, mit Kies aufgeschüttete Allee, die zu beiden Seiten von Pappeln gesäumt war. Die Gouvernante hatte ihn in Richtung der Straße davongehen sehen. Er hatte sie überquert, denn der Wagen von Alaoui hatte auf der anderen Seite gehalten. Alaoui hatte hinter dem Steuer gesessen.

Die Begegnung dauerte nur wenige Minuten. Cazenave hatte Alaoui ein Päckchen übergeben. Ein Teil des Geldes fehlte, und Alaoui war sehr wütend darüber. Er hatte Cazenave gedroht und ihn beschimpft, bevor er den Wagen anließ und in Richtung Pau davonfuhr.

Laurence wollte der Sache auf den Grund gehen. Sie würde heute Nacht wiederkommen, genau wie Alaoui es getan hatte.

Die Nacht war sternenklar, als Laurence ihren Wagen vor Les Marroniers anhielt. Sie sah auf die Uhr des Armaturenbrettes. Es war Mitternacht. Sie stieg aus und ging ein paar Schritte auf dem Kies. Es war kühl, und sie zog den Kragen ihrer Jacke hoch.

Wachsam spähte sie in die Dunkelheit. Der Mond war im ersten Viertel, sodass man kaum etwas sehen konnte. Die Zufahrt, die zur Nationalstraße führte, zeichnete sich ab; darüber hinaus aber schien die Finsternis undurchdringlich zu sein.

Laurence ging in nördliche Richtung. Nach etwa hundert Metern sah sie im Schein ihrer Taschenlampe die Stämme der Kastanienbäume.

Sie löschte das Licht und ging vorsichtig weiter. Ein kurvenreicher Weg schlängelte sich zwischen den Bäumen hindurch, deren Kronen den Himmel vollständig verdeckten. Sehr bald bemerkte Laurence, dass sie vom Weg abgekommen war. In der nahezu undurchdringlichen Schwärze tauchten die Bäume immer erst auf, wenn Laurence sie bereits mit der Hand hätte berühren können. Sie knipste die Taschenlampe an, fand zum Weg zurück und drang tiefer in den Wald ein. Sie suchte nicht nach Beweisstücken; sie wollte vielmehr überprüfen, ob die Umgebung und die nächtliche Stimmung mit ihrer Theorie in Einklang zu bringen waren.

Das Geräusch der Lastwagen auf der Nationalstraße war nur noch ein fernes Rauschen. Das Heulen eines Hundes drang durch die Stille. Als Laurence sich gerade fragte, ob sie sich nicht doch verlaufen hatte, gelangte sie ins Freie. Sie löschte das Licht und wartete ab, bis ihre Augen sich an die Dunkelheit gewöhnt hatten. Der Boden war von dichtem Gras bewachsen und sanft geneigt. »Hier hört man den Lärm von der Straße nicht mehr«, murmelte sie vor sich hin.

Von der Landschaft ging ein beinahe übernatürlicher Reiz aus. Die tiefschwarzen Konturen eines Tals hoben sich vor dem Nachthimmel ab; an einem der Hänge leuchteten vereinzelte Lichter. Laurence machte ihre Taschenlampe an und blickte aufmerksam in die Runde. Trotz des starken Lichtstrahls und des Blicks von oben konnte man nicht einmal erahnen, dass in der Senke die Canette floss.

Das waren Punkte, die *für* Alaoui sprechen konnten, doch Delpy würde sie nicht beachten; das wusste Laurence.

Bis jetzt hatte sie den Anweisungen des Generalstaatsanwalts nicht wirklich zuwidergehandelt; doch bei einem Szenario, in dem Alaoui keine Rolle spielte, begab sie sich nun auf gefährliches Terrain.

Alaoui kannte sich in der Gegend nicht aus. Das hatte er erkennen lassen, als er Madame Couet gefragt hatte, wo sich Les Marroniers befände. Nun war weder das Kastanienwäldchen noch der Bach von dem Weg aus zu sehen, den Alaoui genommen hatte; ebenso wenig von der Nationalstraße aus.

Da Alaoui im Haus keinerlei Spuren oder Fingerabdrücke hinterlassen hatte, musste man davon ausgehen, dass er äußerst vorsichtig zu Werke gegangen war. Warum sollte er bei solchen Gegebenheiten hinaus ins Dunkel der Nacht stürzen, in eine ihm unbekannte Gegend, anstatt mit Charlotte in sein Auto zu steigen und so schnell wie möglich den Ort des Verbrechens zu verlassen?

Hielt man Alaoui für den Schuldigen, konnte man annehmen, dass er nach dem Mord an Ghislaine das Haus mit Charlotte auf dem Arm verlassen hatte. Er wäre im Schutz der Dunkelheit zu einem Wäldchen geflohen, von dem er nicht einmal wusste, dass es existierte. Dort wäre er dann einem Weg gefolgt, ohne zu wissen, wohin dieser führte. Nach zehnminütigem Fußmarsch hätte er das Wäldchen wieder verlassen und wäre ins Freie gelangt. Schließlich wäre er zu einem Flüsschen hinuntergestiegen, von dem er ebenfalls nicht wusste, dass es so nahe war.

Was sollte sie aus diesen Feststellungen schließen?

Dass Alaoui nicht schuldig war? Sie war fest davon überzeugt. Aber Delpy war dermaßen selbstgefällig, dass er sich weigern würde, sich diese Hypothesen auch nur anzuhören. Er war so selbstsicher, dass er an nichts anderes glauben wollte.

Laurence verfluchte sich dafür, dass sie den Fall unter einem Blickwinkel sah, den andere gar nicht erst in Betracht zogen. Erstaunlicherweise war sie aber auch nicht sonderlich erleichtert über die Stichhaltigkeit ihrer Vermutung. Ihre Entdeckungen waren wichtig, doch tief im Innern spürte sie, dass ihr immer noch etwas Wesentliches entglitt. Etwas, das mit dem Mord an Charlotte zu tun hatte.

18

Vor der Russel-Hütte endete die Spur. Eva hatte eine Zeit lang beobachtet, wie spärlicher Rauch aus dem Kamin aufstieg und sich im Wind kräuselte. Der Schweiß auf ihrer Brust und dem Hals trocknete allmählich. Angespannt lauschte sie auf jedes noch so leise Geräusch; das Knacken eines Zweiges, das Herabrieseln von Schnee, das Säuseln des Windes.

Sie zögerte. Von außen war nichts Ungewöhnliches zu entdecken. Was sollte sie tun? Die Hütte betreten? Noch abwarten? Ins Tal hinabsteigen und Hilfe holen?

Ihr Herz schlug heftig; sie atmete schwer und stoßweise. Sie fühlte sich wie in einer Falle. Schaudernd dachte sie noch einmal an den gewaltsamen Tod von Carlos Uribe und daran, was sie beim Abstieg von der Felswand durchgemacht hatte.

Uribe lag jetzt nicht mehr auf dem Felsvorsprung; wenn man eine Zeugenaussage von ihr verlangte, konnte sie immer noch erklären, sie habe seine Leiche auf dem Gletscher gesehen. Niemand würde darauf kommen, was wirklich geschehen war.

Zum ersten Mal seit langer Zeit sehnte Eva sich nach ihrer Mutter, die so klug war, so tüchtig und verlässlich war …

Plötzlich verschwand Evas Angst, und sie war nur noch neugierig. Es kam ihr so vor, als wäre sie eine Zuschauerin ihres eigenen Tuns. Sie musste herausfinden, wer sich in der Hütte aufhielt; sie musste einen Plan entwerfen. Sie war ruhig, es stellte sich beinahe so etwas wie ein innerer Friede ein. Es war ein starkes, ein heilendes Gefühl, das bisher wie von einem Vorhang verdeckt gewesen war, der sich nun hob.

Zunächst lief nur vor Evas geistigem Auge ab, was sie nun unternehmen wollte. Eine halbe Stunde später erreichte sie geräuschlos die Tür der Hütte.

19

Am nächsten Morgen bekam Laurence eine schlechte Nachricht, als man ihr die Ergebnisse der genetischen Untersuchung der Blutflecken auf den bei Alaoui sichergestellten Euroscheinen übermittelte. Angesichts der Überlastung des gerichtsmedizinischen Instituts musste Delpy höchstpersönlich interveniert haben, dass diese Untersuchung Priorität bekommen hatte.

Das Dokument umfasste sechs Seiten, doch Laurence konzentrierte sich auf die letzte Seite mit den Schlussfolgerungen. Das Blut stammte von Jean Cazenave; die Möglichkeit eines Irrtums lag den Labortechnikern zufolge bei eins zu zehn Millionen.

Das würde Delpy in seinen Annahmen bestärken; dennoch war Laurence sicher, dass sie sich nicht irrte, was Alaoui betraf. Der gestern nachgestellte Verlauf des entscheidenden Abends war eindeutig. Nur ein Einheimischer hätte sich ohne Zögern auf den Weg zu dem Flüsschen machen können. Außerdem war es eine sehr dunkle Nacht gewesen; den Meteorologen zufolge hatte man kaum die Hand vor Augen sehen können.

Ein Ende ihrer Sorgen war also nicht abzusehen. Laurence' Lösung musste schon einen Schuldigen, ein Motiv und handfeste Beweise enthalten, sonst sah sie keine Möglichkeit, Delpy zu bewegen, die Untersuchung neu auszurichten. Waren ihre Ermittlungen nicht erfolgreich, wäre sie gezwungen, um Freistellung von diesem Fall zu bitten. Die Aussicht, Alaoui für Verbrechen vors Schwurgericht zu schicken, die er nicht begangen hatte, war Laurence unerträglich.

Sie las die Schlussfolgerungen der Laboruntersuchung mehrmals durch; dann betrachtete sie die Abzüge der bei Alaoui sichergestellten Fünfzig-Euro-Scheine eingehend unter der Lupe.

Irgendetwas störte sie. Sie nahm noch einmal das Begleitschreiben des Labors zur Hand: Die Geldscheine wurden darin gar nicht erwähnt. Das gerichtsmedizinische Institut, das auf das Studium und die Deutung von Blutflecken spezialisiert war, hatte man erstaunlicherweise nicht dazu befragt.

In Gedanken versunken, faltete Laurence das Schriftstück zusammen. Aus einer Schublade ihres Schreibtisches nahm sie einen Briefumschlag ohne Aufdruck und schob das Päckchen mit den Fotos hinein. Dann versah sie den Umschlag mit Namen und Adresse des Empfängers, schob ihn sich in die Tasche und verließ das Gerichtsgebäude in der Hoffnung, nicht Cazal in die Arme zu laufen. Mit gesenktem Blick und raschen Schritten ging sie davon.

Um schneller voranzukommen, musste sie das Labyrinth der Verwaltung umgehen und ihre Beziehungen spielen lassen. Die Vorstellung, lügen zu müssen, wenn man sie nach ihren Ermittlungen fragte, missfiel ihr allerdings sehr.

Es konnte gefährlich werden, sich über die Grenzen des bürokratischen Ablaufs hinauszuwagen. Wenn Delpy bemerkte, dass sie ganz andere Interessen vertrat, als er ihr aufgetragen hatte, war klar, was passieren würde: Man würde sie strengstens überwachen oder gleich hinauswerfen. Es war klar, dass der Generalstaatsanwalt nur auf das kleinste Vergehen wartete, um ihren Untergang zu besiegeln. Laurence hörte schon seine Worte: »Sie konnten bisher auf eine makellose Karriere zurückblicken und genießen einen ausgezeichneten Ruf bei Ihren Kollegen in der Richterschaft und bei den Ordnungskräften. In diesem Fall aber scheinen Sie eine seltsame Blindheit an den Tag zu legen. Sie nehmen die Ihnen übertragenen Aufgaben ganz und gar nicht vorbildlich wahr.« Der Generalstaatsanwalt stand weder in dem Ruf, objektiv noch unparteiisch zu sein.

Laurence bog in die Rue Bernadotte ein und betrat dort eine

Buchhandlung mit angeschlossenem Café. Sie bestellte einen Espresso und wählte auf ihrem Handy die Nummer des Labors.

Laurence erklärte Martine Perret, einer Biologin, die in der gerichtsmedizinischen Abteilung von Rosny-sous-Bois arbeitete, was sie von ihr wollte.

»Ich schick dir gleich ein paar Abzüge mit dem Kurier.«

Martine lachte.

»Das scheint ja ebenso dringend wie vertraulich zu sein.«

»Ja.«

»Ich werde mich nach Dienstschluss darum kümmern. Suchst du nach etwas Bestimmtem?«, wollte Martine wissen.

Laurence dachte kurz nach. Im Hintergrund waren die Stimmen und das Lachen der Gäste zu hören.

»Ich will wissen, wie die Blutflecken auf die Geldscheine gekommen sind.«

»Ist es das Blut des Opfers?«

»Ja.«

»Wie sehen die Flecken denn aus? Wie Fingerabdrücke?«

»Nein. Es sind bloß Flecken. Ich sag ja, dass es seltsam ist.«

»Wie sahen die Verletzungen des Opfers aus?«

»Er hatte Schnitte an den Unterarmen, die von einem Messer stammen, und einen Schlag auf den Kopf bekommen, was eine stark blutende Prellung zur Folge hatte.«

»Gut. Ich werde Aufnahmen von seinen Verletzungen benötigen. Kannst du sie mir mit den anderen zusammen schicken?«

»Ich muss nur noch mal kurz zurück ins Büro, dann gehe ich sofort zur Post«, sagte Laurence.

Martine hatte versprochen, sie anzurufen, sobald es etwas Neues gab.

Blut unterliegt wie alle Flüssigkeiten den Gesetzen der Kinetik und der Schwerkraft. Die mathematischen Modelle, die genaue Untersuchung der Form und Verteilung der Blutflecken sowie die Beschaffenheit des Untergrunds machen es möglich, die Lage eines Opfers und die Beschaffenheit der Waffe im Augenblick der Verletzung zu bestimmen. Durch die Ermittlung der Flugbahn und des Aufpralls der Bluttropfen kann man bestimmte Bewegungsabläufe ausschließen, und damit kann dann bewiesen werden, dass bestimmte Handlungsabläufe nicht stattgefunden haben. So sammelt sich beispielsweise das Blut einer Schnittwunde an der Hand an einer Fingerkuppe, bis das Gewicht des Tropfens die Kraft der Oberflächenspannung übersteigt. Solche Tröpfchen haben allesamt ein beinahe gleiches Volumen von 0,05 Millilitern und eine Aufprallgeschwindigkeit von acht Metern pro Sekunde. Je nach Schnittgröße der Wunde können zwar dickere Tropfen entstehen, keinesfalls aber kleinere. Nur wenn die Quelle in Bewegung ist, können die Tropfen kleiner sein. Auf einer glatten Oberfläche kann der Aufprallwinkel des Tropfens durch das Vermessen der Abweichungen von der Kreisform berechnet werden, denn die Form der Flecken verändert sich je nach Aufprallwinkel. Je spitzer der Winkel, desto weniger kreisförmig der Fleck.

In Laurence' Gedanken zeichnete sich eine Theorie ab. Noch beruhte sie auf nichts Greifbarem; noch handelte es sich nur um eine Idee. Sie beschloss, das Verhör von Alaoui auf später zu verschieben. Er würde ihr eine Reihe haarsträubender Lügen auftischen, um seinen Kopf aus der Schlinge zu ziehen. Es war sinnvoller, sich auf die unsichtbaren Punkte in diesem Fall zu konzentrieren, die bisher im Schatten geblieben waren und nicht in das glänzende Schema des Oberstaatsanwalts passten.

Laurence seufzte und leerte ihre Tasse Kaffee.

20

Er stellte sich als Javier Vasquez vor. Als Eva in die Hütte trat, kam er als Erster mit einem herzlichen Lächeln auf sie zu. Seine Züge waren scharf und sanft zugleich. Er war um die dreißig und wirkte wie ein sportlicher Student fortgeschrittenen Alters.

»Eva?«

In dem Blick, mit dem er sie unverhohlen musterte, lag eine Mischung aus Gleichgültigkeit und Interesse. Laurence saß auf einer Bank und zwinkerte ihrer Tochter zu. Eva fragte sich, ob sie ihr ein Zeichen geben wollte und was es zu bedeuten habe.

Vasquez hatte sich zu Laurence umgedreht.

»Sehen Sie? Ich hatte recht, als ich Ihnen sagte, Sie sollten sich keine Sorgen machen!«

Er half Eva, ihren Rucksack abzunehmen.

»Wir wollten schon aufbrechen und nach Ihnen suchen. Ihre Mutter hat sich große Sorgen um Sie gemacht. Sie war sicher, dass Ihnen etwas zugestoßen sei.«

Seine Stimme, die einen ausgeprägten spanischen Akzent besaß, klang weder feindselig noch freundlich.

Eva setzte sich neben Laurence und lächelte ihr zu.

»Ich habe mich im Sturm verlaufen«, sagte sie.

Laurence biss sich auf die Lippen. »Ich wäre fast gestorben vor Angst«, sagte sie und beherrschte sich, obwohl sie sichtlich bewegt war.

Eine reichlich seltsame Situation, dachte Eva. Sie fühlte, dass etwas in der Luft lag, dass irgendetwas nicht stimmte, wusste aber nicht, was es war. Vasquez hatte sich auf den Stuhl ihr gegenüber gesetzt. Seine Blicke glitten suchend über Evas Züge. Sie glaubte einen Hauch von Misstrauen zu erkennen.

»Möchten Sie eine Tasse Tee?«, fragte er schließlich. »Ich habe gerade Wasser aufgesetzt.«

»Ja, gerne«, antwortete sie.

Vasquez nahm den Kessel, füllte einen Metallbecher und hängte einen Teebeutel hinein.

Es war angenehm warm in der Hütte. Eva zog ihren Anorak aus. Das Blut pochte in ihren Schläfen.

»Monsieur Vasquez kam kurz nach mir in die Hütte. Er kennt sich hier in der Gegend aus.«

»Das stimmt«, sagte Vasquez. »Ich lebe in Bilbao und liebe diese Ecke der Pyrenäen sehr.«

Es kostete Eva große Mühe, nicht das Gesicht zu verziehen; ihre Schulter und ihr Arm begannen erneut zu schmerzen.

»Stimmt was nicht?«, wollte Laurence wissen.

Eva stellte sich vor, was für ein bemitleidenswertes Bild sie abgeben musste.

»Doch, doch. Ich bin nur ziemlich kaputt. Hast du Aspirin dabei?«

Laurence stand auf, suchte in ihrem Rucksack und legte zwei Tabletten Aspro auf den Tisch. Vasquez stand derweil mit gekreuzten Armen daneben.

»Was Sie da gemacht haben, war alles andere als vorsichtig«, merkte er an.

Eva nahm die zwei Tabletten mit einem Schluck Tee.

Laurence sah sie an.

»Geht es besser?«

»Ja.«

»Bist du sicher?«

»Ja. Es ist schon viel besser.«

»Also, was ist geschehen?«

Es war Vasquez, der diese Frage gestellt hatte. Er schien auf Einzelheiten zu warten. Ihren mühsamen Abstieg und den toten Carlos Uribe erwähnte Eva nicht; stattdessen erzählte sie von ihrem Alleingang über den Gletscher und dem Sturm, der sie dabei überrascht hatte. Ausführlich schilderte sie, wie sie in die Gletscherspalte gefallen war und welche Anstrengungen es gekostet hatte, wieder herauszukommen. Mehrmals fragte Vasquez wie ein erfahrener Bergsteiger nach. Er hörte genau zu und brachte sein Erstaunen und seine Bewunderung zum Ausdruck, ohne die Wahrheit dessen, was Eva erzählte, an irgendeiner Stelle in Zweifel zu ziehen.

»Ich hätte nicht gern in Ihrer Haut gesteckt«, gestand er, nachdem sie geendet hatte. »Sie haben gehandelt wie eine professionelle Bergsteigerin.«

Eva leerte ihren Teebecher.

»Haben Sie schon bekannte Berge bestiegen?«, fragte sie plötzlich.

»Ein paar schon«, sagte Vasquez.

»Und welche?«

»Den höchsten, zum Beispiel.«

»Den *Everest?«*

»Ja.«

»He! Das ist ja ein Ding!«

Laurence schwieg. Sie wirkte erleichtert, dass die Unterhaltung nun eine andere Wendung nahm. Eva hatte gesehen, wie ihre Mutter nervös die Hände rang, als sie mit ihrem Bericht über ihre unglückliche Unternehmung begonnen hatte.

Vasquez lächelte. »Rein technisch ist der Everest keine große Herausforderung«, sagte er. »Wenn das Wetter nicht allzu schlecht ist, macht einem nur die extreme Höhe zu schaffen.«

»Sind Sie auf dem Gipfel gewesen?«

Vasquez hatte die Augen halb geschlossen. Er schien diese Augenblicke nochmals zu durchleben.

»Ja.«

»Wie war es?«

»Beschissen, im wahrsten Sinne des Wortes. Eine wahre Müllkippe.«

Eva lachte, und Laurence fiel ein.

»Jetzt sollten wir allmählich den Abstieg in Angriff nehmen, Eva«, gab sie dann zu bedenken.

Vasquez schlug die Augen wieder auf. Eva zwang sich, seinem Blick standzuhalten.

»Sie werden doch jetzt nicht aufbrechen«, sagte er. »Ich wollte Sie zum Mittagessen einladen.«

Laurence blickte auf ihre Armbanduhr.

»Das ist sehr freundlich von Ihnen, aber es ist schon fast zwei, und der Weg bis Cauterets ist weit.«

Sie stand auf, und Vasquez tat es ihr gleich. Er stellte seinen Rucksack auf den Tisch und öffnete ihn.

»Ich habe gute Sachen dabei«, sagte er. »In unserer Familie macht man sich niemals auf den Weg, ohne ausreichend Lebensmittel dabeizuhaben.«

»Das ist sehr freundlich von Ihnen, aber wir sollten jetzt aufbrechen, Monsieur … Vasquez.«

»Javier.«

Laurence warf Eva einen kurzen Blick zu.

»Mach schon, mein Schatz!«

Vasquez hatte eine Flasche hervorgeholt und lächelte.

»Das ist ein Pingus«, sagte er, »ein Ribera del Duero, 1995. Einer der besten Rotweine Spaniens. Kennen Sie ihn?«

Er kramte weitere Dosen aus seinem Rucksack.

»Das alles kann ich doch nicht alleine essen. Wir können uns doch zusammensetzen. Ich muss dann auch wieder los.«

Eva war aufgestanden. Ihr wurde schwindlig, und ihre Beine gaben nach. Sie musste sich an Laurence festhalten.

»Sehen Sie?«, sagte Javier zu Laurence. »Sie braucht eine Stärkung und sollte etwas essen.«

Er beugte sich vor, öffnete die Deckel der Dosen und nahm ein in Alufolie eingewickeltes Päckchen heraus.

»Das ist Serranoschinken. Angeblich noch besser als der Schinken aus Bayonne, weil er von sehr fetten Schweinen stammt, die bis zu zweihundertfünfzig Kilo wiegen. Ich habe auch Ziegenkäse, Fenchel und schwarze Oliven aus Andalusien. Sie stammen aus dem Dorf meiner Mutter.«

Er hob den Blick zu Laurence.

»Warum sind Sie so angespannt? Ich lade Sie doch bloß zum Mittagessen ein. Bei uns ist es üblich, mit Freunden zu teilen.«

Er nickte Eva zu.

»Außerdem müssen wir auf den Mut der jungen Dame trinken, nicht wahr?«

Er hatte die Weinflasche genommen und las leise, was auf dem Etikett stand.

Laurence versagte es sich, Eva ihre Befürchtungen mitzuteilen. Sie spürte, dass ihre Tochter körperlich am Ende war; Eva hatte nur von einem Teil ihrer Abenteuer berichtet. Wer wusste, was sie außerdem noch durchgestanden hatte.

Sie fühlte sich unwohl. Vasquez hatte sie mit einem durchdringenden, hintergründigen Blick angestarrt, den sie nicht zu deuten vermochte. Hinter der Freundlichkeit und Fürsorge des Spaniers verbarg sich etwas anderes als die unter Bergsteigern übliche Kameradschaft.

Während sie nach einer vernünftigen, beruhigenden Erklärung suchte, hatte Vasquez die Weinflasche auf den Tisch gestellt. Mit einem Taschenmesser schnitt er die Aluminiumhülse auf, die den Flaschenhals verschloss; dann drehte er langsam den Korkenzieher hinein.

Laurence machte sich an Evas Rucksack zu schaffen. Ihre Hände zitterten nicht.

»Wir können wirklich nicht länger bleiben«, sagte sie. »Vielleicht ein anderes Mal.«

Vasquez hörte sie anscheinend gar nicht; er schien ganz versunken in das, was er tat. Mit einem Seufzer der Erleichterung zog er den Korken aus der Flasche, als hätte er ein besonders heikles Unternehmen zu einem glücklichen Abschluss gebracht.

»Entschuldigen Sie bitte«, sagte er dann zu Laurence, »ich habe nicht zugehört.«

Eva hatte ihren Anorak angezogen. Die Leckereien auf dem Tisch ließen ihr das Wasser im Munde zusammenlaufen.

Laurence räusperte sich, bevor sie antwortete.

»Ich sagte, dass es sehr freundlich von Ihnen ist, uns einzuladen, aber wir müssen leider los.«

Auf Vasquez' Stirn bildete sich eine steile Falte. Die Ablehnung schien ihm übel aufzustoßen, und seine Begeisterung verflog.

»Tatsächlich?«

Laurence half Eva, ihren Rucksack aufzuziehen.

»Ja«, sagte sie.

Sie atmete tief ein und griff nach ihrer Ausrüstung. Eva ging zur Tür.

»Also gut. Kosten Sie aber bitte noch von dem Wein, bevor Sie losgehen, ja?«

Eva hatte sich auf der Schwelle umgedreht und wartete. Vasquez kam mit einem halb gefüllten Becher um den Tisch herum. Er trank einen Schluck und sagte mit breitem Lächeln: »Er hat eine Farbe wie bläulicher Granat, fast schwarz. Ein sehr voller Wein, süß und schwer, aber perfekt ausgewogen. Einfach wundervoll.«

Laurence zögerte noch. Plötzlich fühlte sie einen heftigen Schlag an der Schläfe. Der Schmerz fuhr ihr die Wirbelsäule hinunter. Ihre Beine gaben nach, und sie fiel zu Boden. Sie hörte, wie der Becher aufschlug und davonrollte.

Dann vernahm sie einen Aufschrei, konnte aber nicht sagen, ob er von ihr selbst oder von Eva kam.

Als Laurence die Augen aufschlug, hatte sie den Eindruck, aus einem schwarzen Loch aufzutauchen. Ein Gefühl der Panik überfiel sie. Sie saß neben dem Kamin, den Rücken an der Wand, die Hände gefesselt.

Sie sah um sich. Als sie Eva entdeckte, überkam sie eine so große Erleichterung, dass sie beinahe in Tränen ausgebrochen wäre. Sie nickte dem Mädchen aufmunternd zu und bemühte sich, ihre Angst nicht zu zeigen. Eva verzog das Gesicht zu einer Grimasse, die zu besagen schien: »Tut mir leid, ich hätte wohl besser draußen gewartet.«

Ihre Rucksäcke waren leer. Der Inhalt lag auf dem Boden verstreut; offensichtlich war er von Vasquez durchwühlt worden.

Mit Schaudern dachte Laurence daran, wie leicht sie ihm in die Falle gegangen war. Kurz bevor das Gewitter losgebrochen war, hatte sie einen Mann auf dem Kamm entdeckt. Er war plötzlich da gewesen, musste sich aber schon länger dort aufgehalten haben, denn sie hatte ihn nicht hinaufsteigen sehen.

Das Ganze war von einer erschreckenden Einfachheit: Es war tatsächlich Carlos Uribe, der dort auf dem Felsvorsprung gelegen hatte – und wie sein Bruder war auch er ermordet worden.

Sie musste diesen Mann von Eva ablenken, denn auf sie richtete sich im Augenblick sein Interesse. Also hatte Laurence sich auf den Weg gemacht, um zu dem Bergkamm hinaufzusteigen. Doch das Unwetter zwang sie zur Umkehr. Gott sei Dank hatte auch der Mann Schutz vor dem Gewitter gesucht. Im flackernden Licht eines Blitzes hatte Laurence ihn absteigen sehen.

Vasquez erschien in ihrem Blickfeld.

»Sie sind in einer ungünstigen Lage, aber Sie können das ändern, wenn Sie mir die Diskette aushändigen.«

Sie wusste, was er wollte. Es gab keinen Zweifel. Zumindest war jetzt alles klar. Vasquez verlor keine überflüssigen Worte. Er wollte die Sache so schnell wie möglich zu Ende bringen, um vor Einbruch der Nacht aufbrechen zu können.

Er kam auf sie zu, hockte sich vor sie und legte ihr die Hände um den Hals. Sein Gesicht war vollkommen ausdruckslos. Laurence hatte das Gefühl, über einem Abgrund zu baumeln.

»Ihre Mutter ist eine sehr verführerische Frau«, sagte er und blickte zu Eva hinüber.

Dann drückte er zu. Anfangs war es kaum zu spüren; dann wurde es heftiger, schmerzhafter, beängstigender, bis der Schmerz und die Atemnot Laurence die Sinne raubten. Sie fühlte, wie ihr Herz immer heftiger pochte. Der Lichtschein der Flammen im Kamin schien zu verlöschen.

»Hören Sie auf!«, rief Eva in Panik. »Ich gebe Ihnen die Diskette!«

Vasquez löste seinen Griff.

»Gut so«, sagte er und stand auf.

Er lehnte sich mit dem Rücken an den Kamin und fixierte Eva.

»Also? Wo ist die Diskette?«, fragte er.

»Ich habe sie versteckt, als ich Ihre Spuren im Schnee entdeckte.«

Vasquez lachte laut auf. Er schenkte sich einen Becher Wein ein und trank ihn in einem Zug leer. »Möchten Sie auch?«

Laurence antwortete nicht. Sie fühlte sich geschunden, krank und unfähig, auch nur ein Wort über die Lippen zu bringen, so schrecklich schmerzte ihr Hals. Vasquez packte Evas Handgelenk und zwang sie aufzustehen.

»Gehen wir!«

Als sie die Hütte verließen, wurde Laurence klar, dass es ihr nicht gelungen war, auch nur einen einzigen Blick mit ihrer Tochter zu wechseln.

»Es ist nicht mehr weit«, sagte Eva.

Sie kämpfte darum, wieder zu Atem zu kommen, und stieß die Worte abgehackt hervor. War Vasquez erst im Besitz der Diskette, würde er sie töten, und anschließend Laurence. Er ging hinter ihr; sie sah, wie sein Atem zu grauen Wölkchen kondensierte. Sein Rucksack war in der Hütte geblieben, doch bevor sie hinausgegangen waren, hatte Eva gesehen, wie er einen Gegenstand, der in ein Tuch gewickelt war, in seinen Parka gesteckt hatte.

Sie gingen durch den Kiefernwald. Die Luft war klar und kalt. Eva blieb vor einem braunen, mit einem Kreuz markierten Stamm stehen.

»Hier ist es«, sagte sie und wies auf einen felsigen Überhang inmitten der Bäume.

Vasquez nahm es mit einem Kopfnicken zur Kenntnis. Seine Augen waren hinter einer schwarzen Gletscherbrille versteckt.

»Los! Beeil dich!« Vasquez hatte Eva vor sich hergestoßen, denn sie kletterte ihm den Abhang zu langsam hinauf.

»Ich … kann nicht«, keuchte sie. »Ich habe Seitenstechen …«

Sie erreichten den Überhang und umrundeten die Felsen. Eva blieb stehen und beobachtete die Umgebung; die Landschaft war einsam und verlassen, weit und breit war kein Wanderer zu sehen.

Niemand konnte ihr zu Hilfe kommen.

Vasquez wurde wütend.

»Wo ist die verfluchte Diskette?«, tobte er.

»Dort«, sagte Eva und wies auf eine Aushöhlung im Geröll.

Schneemassen rutschten von den Bäumen und prallten mit dumpfem Geräusch auf.

»In einem Täschchen hinter dem Seil«, stieß Eva hervor und fiel auf die Knie.

Vornübergebeugt, die Hände im Schnee, rang sie nach Luft. Ihr Mund war trocken, und sie hatte einen metallischen Geschmack auf der Zunge. Ihre rechte Hand hatte sich um den Griff des im Schnee verborgenen Eispickels geschlossen. Vor Betreten der Hütte hatte sie nach einem Gegenstand gesucht, mit dem sie sich notfalls verteidigen konnte. Der Pickel war ihre einzige Waffe. Der Plan, den sie sich zuvor zurechtgelegt hatte, kam ihr nun gar nicht mehr lächerlich vor.

Vasquez nahm die Brille ab und warf ihr einen unbarmherzigen Blick zu; dann hob er den Kopf und blickte zu der Aushöhlung. Das Ende eines Seils schaute heraus. Er streckte den Arm danach aus.

Jetzt! Eva riss den Eispickel aus dem Schnee, führte ihn hinter die Schulter und beugte das Handgelenk so, dass zwischen dem Griff des Eispickels und ihrem Unterarm ein Winkel von etwa neunzig Grad entstand. Dann schlug sie mit aller Kraft – als gälte es, eine Eiswand zu erklimmen – die geschmiedete Stahlklinge in den rechten Schenkel von Javier Vasquez. Im Augenblick des Zuschlagens lockerte sie ihren Griff, um die Wucht zu verstärken.

Sie fühlte, wie die handbreite Klinge knirschend auf Vasquez' Oberschenkelknochen traf. Für den Bruchteil einer Sekunde begriff Javier Vasquez nicht, was ihm geschah. Dann drehte er sich langsam zu Eva um, senkte den Blick und entdeckte dic in seinen Oberschenkel gerammte Klinge des Eispickels. Er schrie vor Schmerz auf.

Als ihr klar wurde, was sie getan hatte, begann Eva am ganzen Leib zu zittern. Mit einem Ruck zog sie die Klinge heraus, zerschnitt dabei Venen und Muskelfasern und machte die Wunde noch größer. Vasquez' bleiches Gesicht verzerrte sich zu einer Fratze. Blut spritzte aus der Wunde, färbte den Schnee ringsum rot und ließ ihn schmelzen. Eva war aufgestanden. Sie hielt noch immer den Eispickel in der Hand, jederzeit bereit, noch einmal zuzuschlagen. Als sie sah, dass Vasquez Anstalten machte, etwas aus der Tasche seines Anoraks zu ziehen, rannte sie davon.

Sie glaubte, Schritte hinter sich zu hören, doch sie hatte sich getäuscht – sie war allein. So, wie das Blut hervorgespritzt war, musste sie eine Hauptarterie getroffen haben, vielleicht sogar die Schlagader im Oberschenkel. Vasquez würde verbluten.

Eva fand den mit dem Kreuz markierten Baum wieder. Am Fuß des Baumstammes hatte sie die Diskette und die oben auf dem Felsen gefundene Patronenhülse versteckt.

Sie ging sofort weiter, beschleunigte ihren Schritt sogar noch, denn je schneller sie sich entfernte, desto weniger lastete die beinahe unerträgliche Szene auf ihr.

Seit dem Augenblick, in dem Eva mit dem immer noch blutverschmierten Eispickel in der Hand über die Schwelle der Hütte gestolpert war, bis zu dem Zeitpunkt, als sie nach einer überstürzten Reinigung die Hütte verließen, hatte Laurence bemerkt, dass ihre Tochter immer wieder von so heftigem Schüttelfrost heimgesucht wurde, dass ihre Zähne klapperten. Erst auf dem Rückweg durch den Kiefernwald hörte sie zu zittern auf.

Niemals hätte Laurence gedacht, dass die Dinge eine derartige Wendung nehmen könnten und dass die Begegnung so enden würde. Als Richterin war sie es gewohnt, Entscheidungen zu treffen und in Krisensituationen zu handeln; hier aber hatten sich die Ereignisse verselbstständigt, sodass sie kaum noch Einfluss darauf nehmen konnte.

Obwohl auch einem Killer wie Vasquez Hilfe zustand, hatte Laurence den Argumenten ihrer Tochter nachgegeben: Die beiden Frauen hatten Vasquez seinem Schicksal überlassen. Doch Laurence fühlte sich in der Rolle des Scharfrichters äußerst unwohl, zumal man nicht vorhersehen konnte, wie Vasquez jetzt handeln würde, falls er noch handlungsfähig war. Eva zufolge stellte er auch schwer verletzt noch eine Gefahr dar. Der Mann hatte eine Pistole bei sich.

Die Dämmerung nahm dem Schnee seine Leuchtkraft; nur von den Wolken ging noch ein Lichtschimmer aus. Als sie Cauterets erreichten, war der Himmel auch im Westen grau, und im Tal hing Nebel. Zwei Stunden später parkte Laurence vor ihrer Wohnung in der Rue Bosquet.

Trotz aller Fehler hatte dieser tragische Tag sie und ihre Tochter endlich wieder zueinanderfinden lassen.

Der Parc Beaumont glitzerte in einem kalten Licht. Morgen früh würde alles von Raureif überzogen sein. Es war still in der Wohnung. Sie hatten zu Abend gegessen, und Eva hatte darauf bestanden, den Tisch abzuräumen und das Geschirr ins Spülbecken zu stellen. Laurence war dermaßen bewegt, dass ihr Hals wie zugeschnürt war. Nur mit Mühe gelang es ihr, die Tränen zurückzuhalten. Bei dem Gedanken daran, was Eva ihres Fehlers wegen durchgemacht hatte, übermannte sie das Gefühl, die eigene Tochter verraten zu haben. Es gab kein Mittel gegen diesen Schmerz, und wie nach einer geheimen Abmachung hatten beide vermieden, darüber zu sprechen.

Laurence hoffte nur, dass Javier Vasquez seiner Verletzung

nicht erlegen war. Diese zusätzliche Last konnte Eva wahrlich nicht gebrauchen.

Sie kochte Kaffee und setzte sich gemeinsam mit Eva vor den Laptop. Es war nicht schwer für Eva gewesen, ihre Mutter davon zu überzeugen, dass der Inhalt der CD-ROM außerordentlich interessant sein musste. Eva trug einen Morgenmantel und hatte die Haare nach hinten gebürstet. Ihr Gesicht war immer noch von der Anstrengung gezeichnet; ihre Züge waren angespannt, und sie wirkte erschöpft.

Im hellen Licht ihrer Schreibtischlampe begutachtete Laurence die Diskette, als könnte deren Inhalt ihre Fragen in wenigen Minuten beantworten: Zwei Männer waren tot, vielleicht sogar drei. Regungslos starrte sie einen Augenblick darauf; dann schob sie die CD-ROM ins Laufwerk und betätigte die Maus, um die Dateien zu öffnen.

Beide Frauen wagten kaum zu atmen und blickten gespannt auf den Monitor. Nach und nach tauchten verschiedene Gebilde auf und nahmen Gestalt an. Ein seltsames Geräusch drang aus den Lautsprechern. Es klang wie ein Atmen aus dem Dunkel. Auf dem schwarzen Hintergrund, der von leuchtenden Linien durchzogen war, fügten sich wirre Buchstaben zu einer erkennbaren Ordnung.

»Scharfer Gegenstand gesucht«, las Eva.

Was bedeutete das?

»Das ist ein Spiel«, murmelte Laurence.

21

Véronique Boulin, eine hübsche dreiundzwanzigjährige Blondine, saß in Laurence' Büro, die Arme vor der Brust gekreuzt. Immer wieder blickte sie auf ihre Gucci-Slipper hinunter. Ihre ein wenig wulstigen Lippen waren zur Andeutung eines Lächelns verzogen. Gewöhnlich maß Laurence anonymen Briefen, Klatsch und Tratsch keine Bedeutung bei, doch sie hatte beschlossen, diesmal eine Ausnahme zu machen. Der Fall Cazenave verlangte nach besonderen Aufklärungsmethoden.

»Welcher Art war Ihre Beziehung zu Jean Cazenave?«, fragte Laurence.

Der Zustand des Kranken war der Presse in einem Bulletin von Professor Lambert mitgeteilt worden. Die Prognosen hinsichtlich der Wiedererlangung verschiedener Fähigkeiten waren weiterhin zurückhaltend: Cazenave litt an einer schweren linksseitigen Lähmung, von der auch das Sprachzentrum betroffen war.

»Jean Cazenave und ich hatten eine geschäftliche Beziehung«, antwortete Véronique und strich sich die Haare glatt. »Die Agentur, in der ich arbeite, kümmert sich um die Vermietung seiner Immobilien, auch um die des Hauses auf Ibiza. Ich verwalte die Akten.«

»Was heißt das?«

»Ich vermiete die Wohnungen, ziehe die Miete ein und kümmere mich um die Aufteilung der Betriebskosten. Außerdem achte ich auf die allgemeine Instandhaltung der Immobilien. Im Juli und August ist die Villa für den Eigentümer reserviert. Für den Rest des Jahres wähle ich die Mieter aus.«

»Ist das schwierig?«

»Nicht bei solchen Luxusvillen.«

»Hatten Sie auch mit Ghislaine Cazenave zu tun?« Laurence spürte, dass Véronique Boulin sie ängstlich musterte.

»Nein.«

»Wie war das möglich?«

»Ich nehme an, sie hat sich nicht um solche Dinge gekümmert«, antwortete Véronique nach kurzem Zögern.

»Seit wann arbeiten Sie für Béarn Immobilier?«

»Seit fast zwei Jahren.«

»Und vorher?«

»War ich arbeitslos.«

»Kennen Sie das Haus auf Ibiza?«

»Ja, ich bin dort gewesen.«

»Mehrmals?«

»Ja.«

»Mit Monsieur Cazenave?«

Véronique Boulin rieb sich die Wange.

»Ja.«

Schon während des ganzen Gesprächs hatte Laurence das Verhalten Véroniques beobachtet. Die Grundregel, um herauszufinden, ob ein Zeuge die Wahrheit sagte, bestand darin, seine Worte mit seinen Gesten zu vergleichen. Standen sie im Widerspruch zueinander, verrieten die Gesten mit großer Wahrscheinlichkeit die Wahrheit. Es konnte auch sein, dass der Zeuge sich verstellte wie ein Pokerspieler, um den Fragenden irrezuführen. Die direkten Fragen über ihre Beziehung zu Jean Cazenave machten Véronique Boulin nervös. Es hatte ganz den Anschein, als hätte Chantal Oles die Wahrheit gesagt.

»Erzählen Sie mir von den Mietern der Villa auf Ibiza. Bestanden seitens der Eigentümer strenge Auflagen?«

»Im Allgemeinen nicht. Sobald die Cazenaves den geforderten Preis erhielten, nahmen sie es nicht mehr allzu genau.«

»Ist das Haus im Augenblick vermietet?«

»Ja.«

»An wen?«

»An Argentinier.«

»Ich dachte, die meisten Argentinier wären derzeit in einer schwierigen wirtschaftlichen Lage.«

»Diese nicht. Sie haben das Haus schon zum zweiten Mal gemietet.«

Laurence kehrte zum eigentlichen Thema zurück.

»Ist Monsieur Cazenave Aktionär bei Béarn Immobilier?«

Abwehrend verschränkte Véronique Boulin die Arme vor der Brust und zuckte die Schultern, ohne auf die Frage einzugehen.

»Wie heißt der Direktor Ihrer Agentur?«

»Monsieur Vidal«, sagte sie und fragte verunsichert: »Warum?««

»Er kennt mit Sicherheit den Namen seiner Aktionäre, glauben Sie nicht?«

»Ja, gewiss.«

»Béarn Immobilier gehört Monsieur Cazenave. Wussten Sie das nicht?«

Sie schüttelte den Kopf.

»Hat Monsieur Cazenave Ihnen diese Stelle verschafft?«

Laurence hatte ihre Frage ganz sanft gestellt. Véronique Boulin wurde rot, nickte bejahend und beeilte sich dann hinzuzufügen: »Ich hatte bereits bei einem anderen Immobilienmakler gearbeitet und habe eine Ausbildung als Rechtsanwaltsgehilfin.«

»Wo wohnen Sie, Mademoiselle?«

»In der Rue de Laurets.«

Laurence verbarg ihre Überraschung.

»Das ist im Stadtviertel Trespoey, nicht wahr?«

»Ja, in der Résidence des Pyrénées.«

»Haben Sie dort ein Apartment?«

»Eine Dreizimmerwohnung.«

»Gehört Ihnen die Wohnung, oder ist sie gemietet?«

»Sie gehört mir«, sagte sie und sah Laurence verunsichert an. »Ich habe einen Kredit von der Bank erhalten.«

Die Gegend um die Avenue de Trespoey war das ultraschicke, ultrateure Viertel von Pau; ein alter, gutbürgerlicher Bezirk mit Grünflächen, kleinen Läden und guten Schulen. Cazenave hatte sich vermutlich bei der Bank eingeschaltet, damit Véronique ihren Kredit bekäme, ohne allerdings mit seinem Namen zu bürgen. Er war schließlich vorsichtig.

Am Abend vor dem Mord hatte Cazenave einen Anruf aus einer Telefonzelle in der Nähe des Schwimmbads Nitot in Trespoey erhalten.

»Gehen Sie ab und zu schwimmen, Mademoiselle Boulin?«, fragte Laurence einer Eingebung folgend und lächelte Véronique aufmunternd an.

»Ja, ein-, zweimal die Woche.«

»Wo?«

»Im Schwimmbad.«

»Im Nitot?«

»Ja, es ist ganz bei mir in der Nähe.«

Laurence sah sie einen Augenblick an.

»Haben Sie die Angewohnheit, Ihre Verabredungen zu notieren?«

»Ja. Ich schreibe sie in meinen Palm Pilot. Der ist praktischer und handlicher als ein Filofax.«

»Wann haben Sie Jean Cazenave zum letzten Mal gesehen?«

Véronique Boulin dachte kurz nach.

»Ich erinnere mich nicht mehr …«

»Nicht, dass es von großer Bedeutung ist, aber ich versuche, die Ereignisse Schritt für Schritt zu rekonstruieren. Wie lange vor dem Angriff auf seine Person? Am Abend zuvor? Eine Woche vorher? Denken Sie noch einmal genau nach.«

Véronique Boulin strich sich eine nicht vorhandene Locke aus der Stirn.

»Es ist schon so lange her …«

Laurence glaubte ihr nicht.

»Wir könnten mit Freitag, dem 29. März, beginnen. Erinnern Sie sich an diesen Tag, Mademoiselle Boulin?«

»Äh … nein.«

»Ich werde Ihnen helfen. Am Samstag, dem 30., wurden Ghislaine und ihre Tochter Charlotte ermordet. Es geht um Freitag, den 29., den Tag vor der Tat. Schauen Sie in Ihrem Palm Pilot nach«, forderte Laurence sie auf.

Véronique nestelte fieberhaft an der Tasche. Ihr Gesicht war bleich geworden.

»Hier ist es«, sagte sie, nachdem sie umständlich den Verschluss geöffnet hatte. »Morgens habe ich die Agentur nicht verlassen, denn ich hatte Termine. Am Nachmittag bin ich nach Biarritz gefahren, um Häuser zu besichtigen.«

»Und danach?«

»Danach?«

»Als Sie von Biarritz zurückkamen, sind Sie da direkt nach Hause gefahren?«

»Ja. Gegen halb acht bin ich dann ins Schwimmbad gegangen.«

»Also ist an diesem Freitag nichts Außergewöhnliches vorgefallen. Sie hatten keinerlei Kontakt zu Jean Cazenave, nicht einmal per Telefon.«

Véronique Boulin schüttelte den Kopf. Laurence beschloss, sie ein wenig in die Enge zu treiben.

»Wenn ich einen Beweis dafür habe, dass Sie mich angelogen haben, sehe ich mich gezwungen, Sie in Untersuchungshaft zu nehmen, Mademoiselle. Das ist Ihnen hoffentlich klar! Also, haben Sie an jenem Freitag Jean Cazenave gesehen oder nicht?«

Der besorgte Gesichtsausdruck Véroniques wurde zunehmend verzweifelt. Sie schien den Tränen nahe zu sein.

»Ich muss mit Ihnen reden«, sagte sie mit zitternder Stimme.

»Stimmt etwas nicht?«, fragte Laurence.

Sie stand auf und ging um den Schreibtisch herum.

»Ja«, sagte Véronique Boulin und begann zu schluchzen. »Alles.«

22

Madame Bonner!«, rief Maurois in der Eingangshalle des Gerichts. »Hatten Sie Gelegenheit, über die Akte unseres ungestümen Rugbyspielers nachzudenken?«

»Noch nicht, Herr Präsident, aber ich würde Sie gern unter vier Augen sprechen. Könnten wir in Ihr Büro gehen?«

»Wie geht es Ihrer Tochter?«

»Gut«, sagte Laurence. »Sie ist zurück nach Bordeaux gefahren.«

»Sie lebt bei Ihrer Mutter, nicht wahr? Wird sie da nicht allzu sehr verwöhnt?«

»Meine Mutter ist weitaus strenger als ich. Die beiden streiten sich ziemlich oft.«

Nach einem Anruf von Martine Perret, der Biologin aus dem gerichtsmedizinischen Zentrum, und den von der Spurensicherung aufgedeckten Einzelheiten über das Vorhandensein unsichtbarer Blutflecken, gewann die Theorie von Laurence allmählich Konturen.

Bisher umfasste das Szenario lediglich einen Teil der Tragödie. Die Ereignisse der Nacht, in der Ghislaine und Charlotte ermordet worden waren, konnten nicht weiter rekonstruiert werden.

Aufgrund dieser Lücken sah Laurence sich in ihren Kompetenzen von Delpy bedroht.

Maurois hatte ihr seine Hilfe angeboten, als sie ihn in Jurançon besucht hatte, und beim derzeitigen Stand der Ermittlungen schien ihr die Meinung des Landgerichtspräsidenten von nicht unerheblicher Bedeutung zu sein.

Maurois hatte offen mit ihr geredet, hatte ihr seine Hypothesen über die Morde dargelegt. Für Laurence stand fest, dass

Tarik Alaoui inzwischen nicht mehr als der Hauptverdächtige betrachtet werden konnte.

Sobald sie Platz genommen hatten, fragte Laurence:

»Was halten Sie von Staatsanwalt Delpy?«

Maurois fragte nicht, warum sie diese Frage stellte. Er beschränkte sich darauf, Laurence zu beobachten. Der Blick, den er ihr zuwarf, verriet ihr, dass Maurois von widersprüchlichen Gefühlen bewegt war.

»Er ist ein brillanter Jurist, gewissenhaft und effizient, aber ... woher rührt dieses plötzliche Interesse?«

Laurence senkte den Blick und schien sich zu konzentrieren.

»Es geht um den Fall Cazenave. Der Staatsanwalt macht ihn so sehr zu einer persönlichen Angelegenheit, dass er die Ermittlungen behindert.«

Maurois richtete sich in seinem Sessel auf.

»Wie meinen Sie denn das?«

»Als ich ihm gestern mitteilte, dass ich Tarik Alaoui nicht für schuldig halte, wurde er sehr wütend. Seiner Meinung nach versuche ich, gegen ihn zu arbeiten. Ich bin hier, weil ich Sie um Rat fragen wollte.«

»Das schmeichelt mir, aber ich sehe keine Möglichkeit einzugreifen, da der Fall in Ihrem Verantwortungsbereich liegt.«

»Nicht mehr lange. Delpy hat gedroht, mir den Fall zu entziehen und mich zu suspendieren, wenn ich auf meinen Hirngespinsten beharre und mich nicht seinem Urteil füge. Das waren seine Worte.«

»Das ist absurd. Er hat damit gedroht, Sie zu suspendieren?«

»Ja, und er wird mir Steine in den Weg legen, wo es nur geht. Er wird sich all meinen Entscheidungen widersetzen.«

»Theoretisch bin ich zwar Ihr Vorgesetzter, aber Sie wissen sehr gut, dass ich nicht auf Entscheidungen des Generalstaatsanwalts einwirken kann.«

Laurence nickte.

»Delpy betrachtet diesen Fall als Gelegenheit, mir eins auszuwischen und sich selbst ins rechte Licht zu rücken. Sie haben ja gelesen, wie die Zeitungen auf seine Pressekonferenz nach der Festnahme von Alaoui reagiert haben.«

Maurois schwieg kurz, bevor er antwortete.

»Es spielt keine allzu große Rolle, was die Zeitungen sagen oder die Leute denken, solange Sie fest von Ihrer Sache überzeugt sind.«

»Delpy wird keinen Gesichtsverlust hinnehmen, Herr Präsident.«

Maurois sah ihr in die Augen.

»Sind Sie von der Unschuld Alaouis überzeugt?«

»Vollkommen«, sagte Laurence mit fester Stimme.

»Haben Sie einen anderen Verdächtigen?«

»Ja.«

Maurois beobachtete sie einen Augenblick. »Ich achte Ihre Intelligenz und Ihre Fähigkeiten als Juristin«, sagte er dann, »deshalb bin ich bereit, Ihnen zuzuhören. Selbstverständlich bleibt alles vertraulich, was Sie mir sagen, aber Sie müssen dann auch auf mich hören. Werden Sie dazu in der Lage sein?«

»Ich weiß nicht. Es fällt mir nicht leicht, mich passiv zu verhalten«, sagte Laurence nach einigem Nachdenken.

»Ich verlange nicht von Ihnen, dass Sie passiv sind, ich verlange, dass Sie mir vertrauen. Einverstanden?«

Der Zweifel verschwand aus Laurence' Blick. Sie fühlte sich ruhiger. Gelang es ihr nicht, Maurois zu überzeugen, würde sie weitersehen. Das war das Beste, was sie im Augenblick tun konnte.

»Einverstanden.«

»Gut. Was macht Sie so sicher, dass Delpy sich täuscht, wenn er behauptet, Alaoui habe diese Morde begangen?«

»Der Mord an Charlotte passt nicht zu seiner Hypothese«, sagte Laurence.

»Warum nicht?«

»Jean Cazenave liegt bewusstlos auf dem Boden, Ghislaine ist tot, und der Mörder hat die kleine Charlotte gepackt. Anstatt sein Auto aufzusuchen und so schnell wie möglich den

Tatort zu verlassen, beschließt er, in die Nacht hinauszulaufen. Mitten im Wald vergewaltigt er das Mädchen, erwürgt es und trägt die Leiche dann bis zu dem Flüsschen, wo er sämtliche Spuren beseitigt. Dann kehrt er zu Les Marroniers zurück, steigt in seinen Wagen und fährt in aller Ruhe nach Hause. Wenn Sie nun bedenken, dass das Flüsschen nur dreihundert Meter vom Haus entfernt ist, wie lautet dann Ihre Schlussfolgerung über die Vorgehensweise des Mörders, Herr Präsident?«

»Dass er vorsichtig ist und die Gegend gut kennt.«

»Genau! Alaoui aber kennt die Gegend nicht. Als er am Nachmittag des Mordtages Cazenave aufsuchte, hatte er sich verfahren und musste nach dem Weg fragen.«

»Vielleicht hat er die Gelegenheit genutzt, um die Gegend auszukundschaften?«

»Vielleicht, aber das Flüsschen ist nicht zu sehen. Ich weiß es genau, denn ich habe den gleichen Weg zurückgelegt wie er. Man sieht es weder von der Straße noch von Les Marroniers oder von dem Weg aus, auf den Alaoui geraten war.«

Maurois nickte.

»Er kann sich nach der Begegnung mit Cazenave bis zu seinem zweiten Besuch hier herumgetrieben haben.«

»Das hätte er tun können, aber er hat es nicht getan.«

»Woher wissen Sie das?«

»Die beiden Tunesier, die ihn begleiteten, haben bestätigt, dass Alaoui, nachdem er das Geld bekommen hatte, auf direktem Weg nach Pau zurückgefahren ist.«

»Sie könnten lügen. Welche Antwort haben Sie darauf?«

»Dass sie von nichts wissen. Sie haben ein Alibi, und ihre Aussage belastet Alaoui. Warum sollten sie bei einem solch unwichtigen Detail lügen?«

Laurence spürte, dass Maurois' Interesse geweckt war.

»Können Sie sich vorstellen, dass Alaoui Cazenave am Leben gelassen hätte, damit er gegen ihn aussagen kann?«, fuhr sie fort.

»Vielleicht hielt er ihn für tot.«

»Nehmen wir an, es war so. Auf jeden Fall weiß er, dass man ihn am Tag der Morde dort gesehen hat. Am nächsten Tag fährt er nach Holland, kommt aber eine Woche später zurück, als sei nichts gewesen. Das wäre doch vollkommen idiotisch.«

»Das klingt überzeugend, aber es bleibt eine bloße Deutung. Wenn Delpy Ihnen harte Fakten entgegenhält, oder auch nur Indizien, wird es schwierig für Sie. Was hat er in Händen?«

»Bei seiner Verhaftung war Alaoui im Besitz von Fünfzig-Euro-Scheinen, die Blutflecken aufwiesen. Das Blut stammt von Cazenave.«

Maurois wirkte leicht beunruhigt.

»Das lässt sich nicht vom Tisch wischen. Ich nehme an, Sie haben eine Erklärung?«

Laurence nickte. »Das gerichtsmedizinische Institut hat mir seine abschließenden Erkenntnisse über die Blutflecken zukommen lassen. Ich muss dazu sagen, dass diese Untersuchungen auf meine Bitte hin vorgenommen wurden. Allerdings war ich fast sicher, dass ich mit diesem Auftrag weder meine Zeit noch die der Labormitarbeiter vergeudet habe. Glücklicherweise gibt es wissenschaftliche Methoden, mit denen die Herkunft von Blut und seine Verteilung an einem Tatort genau bestimmt werden können.«

Sie zog zwei Serien von Fotos aus ihrer Aktenmappe und legte sie auf den Schreibtisch.

»Hier sind die Fotos der Geldscheine. Es sind sechs blutbefleckte Fünfzig-Euro-Scheine. Und das sind die Aufnahmen von Cazenave vor dem Eintreffen der Sanitäter. Sie können seine Kopfverletzung und die Schnittwunden an den Armen erkennen.«

Sie ließ Maurois Zeit, die Bilder zu begutachten.

»Fahren Sie fort«, bat er.

»Es handelt sich tatsächlich um das Blut von Cazenave, daran gibt es keinen Zweifel. Die Form der Flecken hingegen stellt ein Problem dar.«

Maurois unterzog die Aufnahmen einer eingehenden Prüfung. »Ich kann nichts Verdächtiges entdecken.«

»Die Mitarbeiter des Labors gehen davon aus, dass das Blut auf den Scheinen nicht von den Verletzungen Cazenaves stammen kann.«

»Worauf gründet sich diese Behauptung?«, fragte Maurois, der seine Verblüffung nicht verbergen konnte.

»Zunächst einmal liegt es nahe, eine direkte Beziehung zwischen den Verletzungen und den Flecken auf den Scheinen herzustellen. Betrachtet man die Fotos genauer, sieht man, dass Cazenaves Hände voller Blut sind. Die Scheine aber weisen bloß diese Flecken auf. Hätte Cazenave die Scheine angefasst oder hätten sie sich nach seiner Verletzung in der Nähe seiner Unterarme befunden, wären wir auf entsprechende Spuren gestoßen. Also muss Cazenave die Blutspuren auf den Geldscheinen nach seiner Kopfverletzung, aber vor den Schnittverletzungen an den Unterarmen hinterlassen haben. Solche Spuren können nur von seiner Verletzung an der Kopfhaut stammen.«

Maurois lächelte befremdet, schien aber fasziniert von Laurence' Herleitungen.

»Sie würden einen vortrefflichen Anwalt der Verteidigung abgeben«, merkte er an. »Sie gehen jedem Beweisstück auf den Grund. Jetzt verstehe ich, was Delpy so wütend macht. Fahren Sie bitte fort.«

Der Präsident hatte sich nach vorn gebeugt.

»Die Kopfverletzung Cazenaves hat sehr stark geblutet, auch wenn sie nur äußerlich war. Die Blutung lässt aufgrund der Gerinnung dann allmählich nach. Die Spuren auf den Scheinen stammen von Blutstropfen. Um ihren Weg nachzuvollziehen, wurden Tests auf einem identischen Trägermaterial gemacht.«

Maurois betrachtete die Fotos aus verschiedenen Perspektiven.

»Und?«, fragte er.

»Nun, diese Blutstropfen sind aus einer Höhe von höchstens drei Zentimetern heruntergefallen. Bei einer größeren Höhe hätte die Form des Flecks sich verändert. Das Gleiche gilt, wenn die Tropfen verspritzt werden und nicht unter der Wirkung ihres eigenen Gewichtes hinunterfallen.«

Maurois blickte auf.

»Welche Schlussfolgerungen ziehen Sie daraus?«

»Ich? Überhaupt keine. Ich werde mich auf die Laborergebnisse beschränken.«

Laurence schwieg einen Augenblick und verzog das Gesicht.

»Drei Zentimeter Entfernung … der Schädel von Cazenave muss die Scheine praktisch berührt haben. Diese winzigen Spuren können nicht von einer derartigen Kopfverletzung stammen.«

Maurois sah Laurence an, als habe er sie nicht richtig verstanden.

»Sie denken doch wohl nicht, dass …«

»Es gibt keine andere Erklärung«, antwortete sie.

»Mein Gott! Also hat Cazenave sich wahrscheinlich in den Finger gepiekst und ein paar Blutstropfen auf die Scheine fallen lassen.« Er lehnte sich im Sessel zurück.

»Ich kann es auch nicht recht glauben, Herr Präsident«, sagte Laurence mit gedämpfter Stimme. »Es handelt sich um eine Täuschung. Cazenave hat die Flecken verursacht, bevor es zu dem vermeintlichen Angriff auf ihn kam. Nur er selbst kann es gewesen sein, es ist sein eigenes Blut.«

»Aber warum?»

»Sie selbst hatten ihn doch bereits in Verdacht, bevor Delpy sich an die Fersen von Alaoui hängte.«

»Das stimmt, ich erinnere mich. Aber Sie selbst haben mit dem Hinweis auf den Mord an Charlotte meine Theorie auseinandergenommen.«

»Auf Charlotte kommen wir später zu sprechen. Cazenave hat die Sache arrangiert, um seine Frau loszuwerden.«

Maurois hörte mit wachsender Erregung zu.

»Er hat sich selbst in die Arme geschnitten, das lässt sich beweisen. Cazenave trägt ein Hemd. Die Ärmel sind hochgekrempelt. Mit einer Abwehrbewegung versucht er, sich vor den Messerstichen Alaouis zu schützen, daher die Einschnitte an den Unterarmen. Seine Verletzungen sind nicht tief, aber sie bluten; außerdem bewegt sich auch die Klinge des Messers, mit dem Alaoui zustößt. Wenn alles sich tatsächlich so abgespielt hat, hätten wir überall Blutspritzer finden müssen … auf den Wänden, auf dem Boden, sogar an der Decke. Aber die Untersuchungen in der Eingangshalle, auf dem Treppenabsatz und im Schlafzimmer haben ergeben, dass keinerlei Blutspuren vorhanden sind.«

Maurois betrachtete die Aufnahmen von den Verletzungen Cazenaves.

»Mein Gott! Und Delpy hat sich trotz allem nicht überzeugen lassen?«

»Er hat mich gar nicht angehört. Sie werden noch verstehen, warum. Alaoui hat Cazenave am Nachmittag des 30. März aufgesucht. Am Abend zuvor hatte Cazenave einen Anruf von Véronique Boulin erhalten.«

»Wer ist Véronique Boulin?«, fragte Maurois.

»Sie arbeitet bei Béarn Immobilier, einer Immobilienagentur. Die Agentur gehört Cazenave, und er hat die Frau auch eingestellt. Cazenave hatte ein Verhältnis mit ihr. Am Freitagnachmittag haben sie sich in Biarritz in einem Wohnblock getroffen, in dem Cazenave das ganze Jahr unter falschem Namen ein Studio gemietet hat. Nachdem er mit der Frau geschlafen hatte, sagte er ihr, dass er ihre Beziehung beenden wolle. Seine Frau wurde zunehmend misstrauisch; sie war krankhaft eifersüchtig, und er fürchtete, sie könnte am Ende herausfinden, dass er sie betrog. Dann hätte er alles verloren.«

»Damit scheidet dieses Motiv aus?«

»Nein. Denn am gleichen Abend ruft Véronique Boulin ihn auf seinem Handy an, um ihm mitzuteilen, dass sie schwanger ist. Und hier tritt das eigentliche Motiv zutage. Sie hat ihm mit einem Vaterschaftstest gedroht und ihm die verheerenden Folgen eines Skandals ausgemalt. Cazenave muss in der Nacht von Freitag auf Samstag den Plan ausgeheckt haben, seine Frau umzubringen und es dann so zu drehen, dass Alaoui an seiner Stelle verurteilt würde. Er würde gut dabei wegkommen, denn er würde das Vermögen seiner Frau erben und gleichzeitig seine alte Ehefrau gegen eine knackige Dreiundzwanzigjährige eintauschen. Er konnte der Versuchung nicht widerstehen.«

»Das überrascht mich nicht. Meine Frau hat mir schon vor Langem erzählt, dass es zwischen den beiden kriselt. Aber woher wusste Cazenave, dass Alaoui ihn am Samstag besuchen würde?«

»Am Freitagnachmittag hatte Alaoui ihn auf seinem Handy angerufen. Wir haben den Anruf zurückverfolgt. Ich weiß noch nicht, in welcher Beziehung sie zueinander standen, aber die beiden Tunesier haben sich unmissverständlich ausgedrückt: Alaoui hat eine beträchtliche Geldsumme von Cazenave erhalten. Es war von Erpressung die Rede. Ich hoffe, Alaoui sagt mir, worum es ging, sobald er nicht mehr des Mordes beschuldigt wird.«

»Wie konnte Cazenave davon ausgehen, dass wir auf Alaoui stoßen?«

»Oh, das ist ganz einfach«, sagte Laurence lächelnd. »Er ging davon aus, dass er es uns selbst erzählen würde. Seine Kopfverletzung gehörte allerdings nicht zu seinem Plan.«

Maurois dachte einen Augenblick nach; dann tat er seine offenbar soeben getroffene Entscheidung kund:

»Ich glaube, Sie sind auf dem richtigen Weg. Ich werde mit Delpy darüber reden.«

Laurence sah ihn an.

»Es wäre mir lieber, Sie würden noch ein bisschen warten. Ich brauche noch …«

»Richtig, es geht ja noch um den Mord an Charlotte!«

Laurence nickte.

»Wer hat sie umgebracht?«

»Ich weiß es nicht, aber ihr Vater auf keinen Fall. Ich weiß, dass Cazenave der Gouvernante am Samstagabend freigab, aber darauf bestand, dass sie Charlotte mit zu sich nähme. Das aber war nicht möglich, weil die Frau übers Osterwochenende Besuch bekam. So erklärt sich auch, dass im Blut des Mädchens Schlafmittel gefunden wurden. Cazenave wollte vermeiden, dass Charlotte aufwachte.«

»Das erklärt es allerdings. Aber man kann auch in Betracht ziehen, dass er seine eigene Tochter missbrauchte, nachdem er sie mit Schlafmitteln betäubt hatte. Dabei ist er zu weit gegangen. Das Mädchen ist gestorben, und er hat die Leiche weggeschafft und in den Fluss geworfen. Vielleicht will er das Erbe nicht teilen. So etwas kommt häufig vor.«

»Ich glaube nicht, dass das Erbe ein einleuchtendes Motiv abgibt. Außerdem hat die Untersuchung keine wiederholte sexuelle Gewalttätigkeit ergeben. Übrigens habe ich die Blutanalysen von Cazenave noch einmal genau durchgesehen. Auch er hatte ein stark dosiertes Schlafmittel genommen. Ich dachte zunächst, man hätte es ihm im Rettungswagen verabreicht, aber das stimmt nicht. Ich habe es überprüft.«

»Das ist ein wichtiges Detail«, sagte Maurois. »Solange Sie keine schlüssige Theorie für den Mord an Charlotte haben, wird Delpy sich an Alaoui halten. Unglücklicherweise handelt es sich um einen Doppelmord, und …«

»… ein Unschuldiger läuft Gefahr, anstelle der Schuldigen dafür verurteilt zu werden.«

»Ich glaube nicht, dass es so weit kommt«, sagte Maurois und erhob sich. »Sie sind auf dem richtigen Weg. Machen Sie weiter wie bisher, und lassen Sie Delpy erst einmal gewähren.«

23

Laurence bahnte sich ihren Weg durch den Feierabendverkehr. Sie war unterwegs zum Südeingang des Campus. Während sie an einer Kreuzung darauf wartete, dass die Ampel auf Grün sprang, warf sie einen Blick auf den Umschlag, der neben ihr auf dem Beifahrersitz lag. Er enthielt die Fotos der Leichen von Ghislaine und Charlotte sowie den Autopsiebericht des Gerichtsmediziners.

Wie Präsident Maurois bereits angemerkt hatte, konnte das Schlafmittel im Blut von Charlotte darauf hindeuten, dass sie von ihrem Vater sexuell missbraucht worden war und dass er dieses Spiel in jener verhängnisvollen Nacht zu weit getrieben hatte.

Auch die Möglichkeit, dass Charlotte Zeugin des Mordes an ihrer Mutter geworden sein konnte, musste in Betracht gezogen werden.

Nachdem Charlotte die Tat beobachtet hatte, hatte Cazenave seine Tochter erwürgt, die Leiche fortgeschafft und den Mord vertuscht.

Die Ampel sprang um, und Laurence fuhr wieder an. Sie ließ das Gittertor des Parks hinter sich und gelangte über weitläufige Schleifen bis an das Ende einer Ansammlung von Gebäuden unterschiedlicher architektonischer Stilrichtungen.

Sie parkte den Wagen, nahm den Umschlag und stieg aus. »Hoffentlich bekommt er etwas heraus«, murmelte sie vor sich hin, während sie die Tür zuschlug und an den Mann dachte, den sie nun treffen wollte.

Pierre Novak war dicker geworden, und seine flachsblonden Haare sahen mittlerweile wie ein alter Besen aus. Sein weißer Kittel war in Schulterhöhe sorgfältig geflickt. Er ähnelte einem Ornithologen, der sich auf Raubvögel spezialisiert hatte.

»Guten Abend, Pierre«, begrüßte Laurence ihn und schloss die Tür.

Novak drehte sich um, senkte leicht den Kopf, um über den Rand seiner Brille hinwegsehen zu können, erkannte den Eindringling und wies mit einer Handbewegung auf einen abgewetzten roten Samtsessel, der vermutlich seinen Besuchern vorbehalten war.

Bücher türmten sich auf den Regalen ringsum an den Wänden und stapelten sich auch auf dem Boden. Zwei Fenster gingen zum Park des Campus hinaus. Auf einem langen Tisch waren dicke Aktenordner aufgereiht; jeder trug ein Datum und ein Kürzel. In einer Ecke lugten Golfschläger aus einer verblichenen Tasche hervor.

An der Wand war mit bunten Nadeln eine Weltkarte festgesteckt.

»Sie sehen bei jeder Begegnung schlechter aus«, sagte Novak. »Justitia bei der Arbeit.«

Er setzte sich, schob seinen Stuhl zurück und legte die Füße auf den Schreibtisch. Er trug Sandalen. Seine Strümpfe passten nicht zueinander, und einer von ihnen wies an der Ferse ein Loch auf.

»Das universitäre Chaos«, sagte er und ließ den Blick schweifen. »Das gehört zum Vertrag.«

Sein Blick blieb an dem Umschlag hängen, den Laurence in der Hand hielt.

»Ich vermute, dass Sie mir da nicht gerade eine Gratiswoche im Club Med bringen.«

»Nicht wirklich, aber das wissen Sie ja sowieso«, sagte Laurence mit einem leichten Lächeln.

Sie reichte ihm den Umschlag. Er öffnete ihn und betrachtete eingehend die Aufnahmen.

»Sie wissen doch, dass ich mich nicht mehr mit solchen Akten befasse«, sagte er schließlich.

Er war ein begnadeter Kriminalpsychologe, der früher als Gutachter am Oberlandesgericht von Paris gearbeitet hatte, nun aber seit drei Jahren in einem europäischen Forschungsprojekt über soziale Identität beschäftigt war.

»Ich weiß«, sagte Laurence. »Aber ich stecke wirklich in der Klemme, und am Ende muss womöglich ein Unschuldiger dafür bezahlen.«

»Justitia bekommt tatsächlich Gewissensbisse! Verstehen Sie mich nicht falsch, Laurence, ich meine nicht Sie. Sie stellen in diesem System, das sich selbst auflöst, eine Ausnahme dar.«

Er schob seinen Stuhl zurück, öffnete eine Schublade und zog Block und Schreibzeug hervor.

»Erzählen Sie.«

Als Laurence geendet hatte, wärmte er einen Rest Tee in der Mikrowelle auf.

»Sind in letzter Zeit ähnliche Morde geschehen?«

»Nicht dass ich wüsste. Die Polizei hat überprüft, ob es ungeklärte Verbrechen gibt, die gemeinsame Merkmale mit dem vorliegenden Fall aufweisen. Es gibt einen einzigen Fall, aber dort sitzt der Mörder im Gefängnis. In dem Umschlag finden Sie eine Zusammenfassung meiner Theorien.«

Novak nickte, nahm die Aufzeichnungen zur Hand und überflog sie in aller Eile.

»Sie stimmen offenbar nicht mit den Schlussfolgerungen des Staatsanwalts überein.«

»Nein«, bestätigte Laurence. »Erinnern Sie sich an den Fall Ramberg?«, fragte sie dann.

»Ja. Da hatte man den Falschen gefasst.«

»Deswegen benötige ich Ihren Rat.«

Er zündete sich eine Zigarette an und blies mit nachdenklicher Miene den Rauch aus.

»Ich möchte wissen, wie Sie darüber denken.«

Novak sah sie mit undurchdringlichem Blick an.

»Handelt es sich um den gleichen Täter?«, fragte sie dann ohne weitere Ausführungen.

Novak stand auf, ging zum Tisch und löste das Band, das einen dicken Aktenstoß zusammenhielt.

Dann zog er eine einzelne Mappe heraus und begutachtete abwechselnd die Fotos und seine Aufzeichnungen des damaligen Falles.

»Es ist nicht der gleiche Mann. Sehen Sie sich die Leiche der Mutter an. Die Verletzungen zeugen von einer lange aufgestauten Wut, die plötzlich hervorgebrochen ist. Der Körper ist beinahe demonstrativ mit Messerstichen übersät. Der Täter hat sogar nach dem Tod nicht von der Frau abgelassen. Im Unterschied dazu wird der Körper des Mädchens im Fluss gewissermaßen *verborgen*. Warum hat der Täter nicht das Messer benutzt, wenn er es noch in der Hand hielt und so gut damit umzugehen verstand?«

Er nahm die Brille ab, griff nach einer Lupe und betrachtete die Fotos ein weiteres Mal, wobei er irgendetwas zu lesen schien, denn er bewegte leicht die Lippen. Dann legte er das Vergrößerungsglas weg und wies mit dem Finger auf die Aufnahmen der Leiche von Charlotte.

»Außer den Würgemalen weist der Körper keinerlei Verletzungen auf. Der Täter hat das Mädchen vergewaltigt, hat aber gleichzeitig – auch wenn das verrückt erscheinen mag – versucht, ihr nicht wehzutun. Man könnte sagen, er empfand Scham.«

»Scham?«, sagte Laurence zweifelnd.

Novak schwieg. Die Stirn in Falten gelegt, gab er sich seinen Gedanken hin.

»Ich würde sogar noch weiter gehen«, sagte er dann. »Es ist alles sehr komplex. Es handelt sich hier nicht um das Verbrechen eines Landstreichers. Dieser Täter kennt sein Opfer. Es stellt für ihn ein Hindernis dar; deswegen muss er es beseitigen. Aber er will es nicht im Innern des Hauses tun. Er weiß, dass in der Nähe ein Fluss ist – für ihn die ideale Stelle. Das Wasser spielt eine wichtige Rolle für sein Vorgehen, weil es nicht nur seine eigenen Spuren tilgt, sondern auch das Verbrechen selbst.

Er ist nicht der Vater, auch wenn wir den Körper des Mädchens außerhalb des Hauses gefunden haben.«

Novak legte ein weißes, halbkreisförmiges Etwas aus Metall auf den Teppichboden. In der Mitte befand sich ein Loch, ein künstliches Putt, aus dem ein kleines Fähnchen ragte. Novak griff nach einem Golfschläger und versuchte, ein paar Bälle einzulochen.

»Und wenn er versucht, uns in die Irre zu führen?«, gab Laurence zu bedenken.

»Auch dann nicht. Der Vater hätte die Leiche nicht in den Fluss geworfen. Wir hätten sie im Park unter einem Busch gefunden, wahrscheinlich mit verdecktem Gesicht und *ganz sicher* nicht entkleidet. Die Vorstellung, die Leiche des eigenen Kindes der Kälte zu überlassen, selbst wenn man es umgebracht hat, ist unerträglich. Der Mörder hat eine schwere Aufgabe hinter sich gebracht: Er hat ein für ihn notwendiges Verbrechen begangen, und dafür hat er sich eine Gratifikation herausgenommen. So geht kein Psychopath vor. Unser Täter ist nicht darauf aus, jemanden zu beeindrucken. Ich vermute, dass der Drang, Charlotte zu vergewaltigen, erst dann aufkam, als er sie in den Armen hielt. In diesem Augenblick ist etwas in ihm erwacht, und es gab keine Stimme, die ihn zur Vernunft rief. Er gehört eher zum Typ des verschlossenen Einzelgängers, der jedoch insgeheim große Pläne für sich hegt.«

Laurence stand auf, trat ans Fenster und blickte nachdenklich hinaus. »Wo soll ich anfangen?«

Novak zögerte und wollte ihr klarmachen, dass der Fall sie letztlich nichts anging. Laurence musste sein Zögern gespürt haben, denn sie drehte sich um und ging auf ihn zu. Er wandte den Blick ab.

»Vor vier Jahren hätte ich Ihnen Ratschläge geben können, aber heute …«

Sie fuhr sich mit den feuchten Handflächen über ihren Kostümrock.

»Es handelt sich um einen zufälligen Sexualtäter und einen

notwendigen Mord«, wiederholte Novak. »Er ist kein Sadist. Aber er hat eine Vorgeschichte. Wahrscheinlich war es seine erste Vergewaltigung. Er ist also noch jung, hat sich aber möglicherweise schon durch andere Dinge hervorgetan. Solche Leute können als Pyromane beginnen und sich dann in Richtung Voyeurismus, Exhibitionismus, unsittliche Belästigung und schließlich Vergewaltigung entwickeln. Außerdem geht mit solchen Perversionen fast immer Masturbation einher.«

Er kramte noch einmal in seinen Akten und kam mit einem Dokument zurück, das er Laurence reichte.

»Hier sind einige Informationen, die hilfreich für Sie sein könnten.«

Laurence war schon im Hinausgehen, als er ihr zurief:

»Noch etwas. Es könnte sein, dass Ihr Gesuchter einen Auftrag ausgeführt hat. Der Tod Charlottes war das eigentliche Ziel, nicht die Vergewaltigung.«

Der Kies knirschte unter Laurence' Schritten, als sie das Gelände verließ und in die Allee einbog.

»Lassen Sie sich nicht von seiner scheinbaren Gerissenheit blenden. Sie werden enttäuscht sein.«

Sie betrachtete die in das bläuliche Licht der Dämmerung getauchten Bäume. Novak war Psychiater und Experte für kriminelles Verhalten, aber nicht der Wetterfrosch. Sie brauchte mehr, um weiterzukommen. Leider gab es selten Zauberkünstler aufseiten des Gesetzes.

Es war spät am Abend, als sie eine Gemüsesuppe und ein Pilzomelett aß. Sie schenkte sich ein Glas Armagnac ein und machte es sich auf dem Sofa bequem.

Aus der Wohnung unter ihr klangen Musikfetzen herauf. Ihre Nachbarin gab eine Party, vermutlich zu Ehren ihres neuen Freundes.

Laurence dehnte ihre angespannten Muskeln. Abgesehen vom Schein der Lampe lag das Zimmer im Dunkeln; hinter der Fensterfront reichte das Licht der Straßenlaternen bis zu ihr herauf. Ohne dass sie etwas Bestimmtes im Sinn hatte, stand sie auf, um nach draußen zu sehen. Ein zerfetzter Körper. Der widerlich-süßliche Geruch von Blut. Ein zweites gemeucheltes Opfer. Das alles stellte sie sich vor – als noch zum Leben gehörig, genau in jenem unfassbaren Sekundenbruchteil, der den Schrecken vom Tod trennt.

Laurence war immer nur ein Rädchen im Räderwerk der Amtsgewalt gewesen. An diesem Abend fühlte sie sich verzweifelt und geschützt zugleich, als führte ihre Arbeit gleichermaßen Verderben und Heil mit sich.

24

Die Geschäftspartner, die Familienangehörigen, das Personal – alle hatte man befragt. Auch die Akten der Sexualverbrecher aus der weiteren Umgebung waren überprüft worden. Man hatte eigens dafür abgestellte Beamte zu den Höfen in der Gegend geschickt, um eine lückenlose Befragung vorzunehmen. Laurence hatte bergeweise Papiere durchgesehen, doch ohne auf einen verheißungsvollen Hinweis zu stoßen. Man hatte Cazenaves Safe vom einen Techniker aus Frankfurt öffnen lassen, doch den Listen der Gendarmen zufolge bot der Inhalt keine große Hilfe. Es gab scheinbar keine Spur vom Täter, nicht einmal eine DNA-Spur. Der Körper Charlottes erzählte die Geschichte der letzten Augenblicke ihres Lebens; mehr aber verriet er nicht.

»Lassen Sie sich nicht von seiner scheinbaren Gerissenheit blenden«, hatte Novak über den Mörder Charlottes gesagt. »Sie werden enttäuscht sein.«

Das Tatmotiv blieb unbekannt. Der Mord an seiner Frau würde Cazenave von Nutzen sein, aber wie konnte ein zwölfjähriges Mädchen ein Hindernis darstellen? Ein Hindernis wofür und für wen?

Auch beim Mord an Ghislaine gab es noch ungeklärte Fragen: Warum hatte Cazenave sich mit Schlafmitteln vollgepumpt? Wo befand sich die Waffe, die er benutzt hatte? Woher stammte seine Kopfverletzung?

Cazenaves Zustand war unverändert. Er war weder in der Lage, sich zu bewegen, noch zu sprechen. Über seinen Bewusstseinszustand konnte der behandelnde Neurologe nichts Näheres sagen. Möglicherweise waren die durch das Blutgerinnsel hervorgerufenen Schäden irreversibel.

Maurois hatte recht: Es nutzte nichts, beim Generalstaatsanwalt mit einer lückenhaften Theorie aufzuwarten. So hatte Laurence ihre Wut heruntergeschluckt. Alaoui saß bis zum Abschluss der Ermittlungen in Untersuchungshaft. Mit Glück ließ sein Fall sich auf einen Verstoß wegen Drogenhandels beschränken. Um Delpy von seinen Schuldzuweisungen abzubringen und ihn für ihre Thesen zu gewinnen, würde Laurence eine verdammt gute Beweisführung brauchen.

Sie war noch einmal zum Ufer der Canette zurückgekehrt. Im Kastanienwäldchen hatte sie den Weg verlassen und darauf gehofft, einen Hinweis zu entdecken, der den Polizisten entgangen war: eine Schramme an einem Baumstamm oder eine Aufschüttung, die verriet, dass hier die Erde frisch umgegraben worden war. Doch sie hatte nichts Auffälliges finden können.

An der Uferböschung – dort, wo man Charlotte gefunden hatte – lagen Coladosen, Zigarettenkippen und leere Kekspackungen. Viele Schaulustige waren gekommen und hatten sich bei einem Nachmittagsspaziergang auf eine Zigarettenlänge den Ort des Verbrechens angeschaut.

Laurence schaltete ihr Handy aus und setzte sich auf einen Stein. Sie brauchte solche Momente in ihrem übervollen Leben, Augenblicke, in denen niemand wusste, wo sie war, und wo keiner sie erreichen konnte. Nur das Plätschern des Flüsschens war in der Stille zu vernehmen.

Laurence blickte einen Augenblick auf das Wasser der Canette, das über die Kiesel strömte; dann zog sie die Notiz hervor, die Novak ihr anvertraut hatte.

Die auf das phallische Stadium fixierten Pyromanen sind nicht in der Lage, ihre Sexualität auf genitaler Ebene zu befriedigen, oder haben sich gar nicht auf heterosexuelle Beziehungen eingelassen (Bourget und Bradford, 1987; Simmel, 1949). Folglich richten ihre Aggressionen sich vor allem gegen Personen des anderen Geschlechts (Gunderson, 1974), und sie erklären bisweilen, unter dem Einfluss eines unbezwingbaren Triebes gehandelt zu haben

(Match und Mark, 1968; Stürup, 1955). Zu ihrem Sexualverhalten gehören Praktiken wie Masturbation, Voyeurismus (Wax und Haddox, 1974) und Pädophilie (Bourget und Bradford, 1987; Wax und Haddox, 1974).

Laurence hatte sich mit mehreren Einheiten der Feuerwehr in Verbindung gesetzt und sich über deren Einsätze während der letzten fünf Jahre in dieser Gegend informiert. Dieser Schritt war zwar nicht vielversprechend, doch sie wollte nichts unversucht lassen. Die beiden große Brände am Col d'Ibardin und im Val d'Aspe, die Tausende Hektar Wald vernichtet hatten, hatte sie ausgeschlossen. In beiden Fällen hatten die Behörden die Branddüngungen von Schäfern für die Feuer verantwortlich gemacht.

Langevin und Lindsay (1993) erklären das Verhalten des sexuellen Triebtäters aus bestimmten Anpassungsschwierigkeiten in der Adoleszenz.

75 Prozent der Triebtaten werden von Tätern unter fünfundzwanzig Jahren verübt. Langevin und Lindsay zufolge erlebt der Täter auf affektiver Ebene eine Beziehungsstörung zu seiner Umgebung. Die Autoren weisen überdies auf eine affektive Vereinsamung, auf Aggressivität und Triebhaftigkeit hin. Darüber hinaus treten Verhaltensstörungen auf, und die Freundesclique besitzt eine immense Bedeutung. Hinsichtlich des Umfelds gelangen die Autoren zu folgenden Feststellungen: In 40 Prozent der Fälle ist die Mutter das Familienoberhaupt, und oft sind die Familienverhältnisse schwierig. Tablettenabhängigkeit, Gewalt, mangelnde Kommunikation und Alkoholsucht kommen hinzu. Außerdem erwähnen die Autoren die Auswirkung eines ungünstigen sozialen Umfelds, wobei insbesondere Arbeitslosigkeit genannt wird. Die Eltern besitzen oft nur geringe Schulbildung, unangemessene erzieherische Maßnahmen finden Anwendung; die Familie lebt häufig in sozialer Isolation.

Forget (1990; siehe auch Langevin und Lindsay, 1993) charakterisiert die Sexualität solcher Jugendlicher. Auf affektiver Ebene frühreif, kommt es zu einer zwanghaften Suche nach Erregung und Lust. Der rasche materielle Gewinn kann mangelnde gefühlsmäßige Zuwendung wettmachen und ist deshalb von großer Bedeutung. Außerdem weist die Autorin darauf hin, dass es zu einem Fluchtverhalten sowohl bei inneren Beweggründen (Triebe) und äußeren (kritische Situationen oder Beziehungen) kommt. Sie betont überdies, dass häufig umfassende Gefühls- und Wahrnehmungsstörungen vorliegen. Es besteht die Gefahr, dass der Jugendliche sich über seine bisherigen Erfahrungen definiert oder sich in dem einrichtet, was er kennt und beherrscht.

Für einen Jugendlichen, der selbst missbraucht wurde, kann dies bedeuten, dass er sich mit dem Täter identifiziert und selbst zum Täter wird oder dass er die Opferrolle verinnerlicht und für immer Opfer bleibt.

Nach Van Gijseghem (1988) zeugt der Geschlechtsakt beim Triebtäter von einer allgemeinen Neigung zu mehr oder weniger anarchischem Handeln. Das sexuelle Handeln ist dann nicht von sexueller Fantasie bestimmt, sondern fungiert als Mittel, sich abzureagieren.

Da die Gouvernante es abgelehnt hatte, Charlotte an jenem Abend mit zu sich nach Hause zu nehmen, hatte Cazenave sich gezwungen gesehen, seiner Tochter Schlafmittel zu verabreichen, damit er seinen Plan umsetzen konnte. Der Mörder des Mädchens war im »richtigen« Augenblick aufgetaucht. Ein verdorbenes, gefühlsmäßig verarmtes Geschöpf, das aber nicht den Kopf verlor und sich der Leiche in dem Fluss entledigte. Hatte er aus eigenem Antrieb oder im Auftrag gehandelt? Im Augenblick war das nicht von Bedeutung. Wenn es überhaupt ein weiteres Glied in der Kette gab, besaß es noch keinerlei Konturen.

Laurence stand auf und ging den Fluss entlang. Nach einer Weile entdeckte sie auf der rechten Seite hinter einem brachliegenden Stück Land den viereckigen Turm der Kirche Saint-Jean-Baptiste und die Dächer von Garlin. Sie blickte auf die Armbanduhr: ein Uhr mittags. Sie beschloss, bis zum Dorf weiterzugehen. Vielleicht würde sie dort etwas erfahren. Gerede gab es hier genug, da war sie sicher. Die Tragödie von Les Marroniers erhitzte die Gemüter noch immer und sorgte für heftige Erregung. Der Pfarrer von Garlin, Monseigneur Prébindé, hatte zu den Vertrauten von Ghislaine Cazenave gezählt.

Da Jean Cazenave weiterhin zu keiner Auskunft in der Lage war, sah Laurence sich gezwungen, neue Wege einzuschlagen und zu hoffen, dass das Ganze sich unter einem neuen Blickwinkel offenbarte.

Auf den Straßen von Garlin herrschte eine ungewohnte Betriebsamkeit: Die *novilladas* für Sonntag wurden vorbereitet. Laurence betrat ein Café, das Snackbar, Lebensmittelgeschäft, Spielhölle und Tabakladen zugleich war. Um einen mit abgewetztem grünem Tuch bedeckten Tisch saßen vier Männer und spielten Karten, wobei sie leise in ihren Bart murmelten. Ihre bis zum Hals zugeknöpften Wolljacken saßen reichlich eng, und ihre Gesichter waren von Wind und Wetter gegerbt. Sie würdigten Laurence kaum eines Blickes. Sie kaufte ein Schinkensandwich und eine Flasche Mineralwasser und setzte sich damit draußen auf eine Bank. Von der alten, im vierzehnten Jahrhundert von der Vicomtesse Marguerite de Béarn erbauten Festung waren nur noch ein paar Erdwälle erhalten, über die ein Spazierweg um Garlin herumführte. Die Festung hatte ein Gegenstück zu den englischen Befestigungen von Tursan sein sollen. Nachdem der Marktflecken während der Religionskriege ein äußerst reges Zentrum der Protestanten gewesen war, hatten die Kapuziner es wieder dem Katholizismus zugeführt.

Nach dem Mittagessen ging Laurence in Richtung Kirche. In der Ferne sah sie die Maisfelder, die hinunter bis zum Fluss reichten. Ein Tümpel mit öliger Oberfläche zeichnete sich als dunkler Fleck ab.

Oben an einer Treppe gewährte ein Holzportal Zutritt zum Presbyterium. Laurence musste die Klingel allerdings eine ganze Weile gedrückt halten, bis man sich entschloss, ihr zu öffnen.

Eine alte Frau, deren faltige Haut einer verschrumpelten

Frucht glich, ließ sie ein, ohne sie zu fragen, wer sie sei. Ein paar Strähnen ihrer grauen Haare hatten sich aus dem Haarknoten gelöst; über ihren Wollkleidern trug sie eine geblümte Schürze.

Der Raum, in den sie Laurence führte, war niedrig, aber geräumig; drei gewölbte Fenster gewährten den Blick auf einen Innenhof. Der Raum war vollgestellt mit nicht zueinander passenden, wuchtigen, hässlichen Möbeln, die von den umliegenden Bauernhöfen zu stammen schienen. Gegenüber dem Kamin standen niedrige Sessel und ein altes Ledersofa. Zwischen zwei Fenstern sah Laurence einen Eichenschreibtisch und einen Stuhl mit hoher Rückenlehne. An den Wänden hingen vergilbte Stiche hinter Glas, die Szenen aus dem Landleben wiedergaben. Küchengeruch hing in der Luft. Trotz der dicken Wände war aus einem Nebenzimmer Schnarchen zu vernehmen.

»Ich werde den Herrn Pfarrer wecken«, sagte die Frau, während sie ein paar alte Zeitungen vom Sofa räumte. »Er hält seinen Mittagschlaf.«

Als die Frau hinausging, fuhr ein Schwall kühle Luft durchs Zimmer. Laurence hörte die Hausschuhe der Frau auf den Fliesen klappern; dann rumorte es im Nachbarzimmer. Eine Tür quietschte, jemand hustete, und mit einigem Getöse wurde ein Wasserhahn betätigt.

Bevor der Geistliche über die Schwelle trat, blieb er stehen, um Laurence gründlich zu mustern. Pfarrer Prébindé war klein und schwarz gekleidet. Unter seinen beunruhigt blickenden Augen hingen dicke Tränensäcke; sein Gesicht war kantig, der Hals mager. Er reichte Laurence seine knochige, eiskalte Hand.

»Ich stehe Ihnen zur Verfügung«, sagte er, nachdem Laurence sich vorgestellt hatte.

Sie nahm auf einem der Sessel Platz, deren Federn immerhin noch ein wenig mehr Spannkraft zu besitzen schienen als die des Sofas. Der Priester tat es ihr gleich.

»Ich dachte, Sie hätten den Schuldigen verhaftet«, sagte er. »In den Zeitungen ist von diesem Marokkaner die Rede …«

»Es liegt noch keine offizielle Anschuldigung vor«, unterbrach ihn Laurence.

»Wissen Sie, ich kenne mich mit den Gepflogenheiten bei Gericht nicht gut aus«, sagte er und zuckte die Schultern.

Sie lehnte den Tee ab, den der Geistliche ihr anbot.

»Wir beten jeden Tag für Jean. Wie geht es ihm inzwischen?«

»Sein Zustand ist unverändert.«

»Diese Tragödie hat uns alle erschüttert«, sagte der Priester, der tatsächlich ein bisschen durcheinander zu sein schien. »Der Gedanke, dass man Ghislaine und Charlotte umgebracht hat, ist schwer hinzunehmen. Noch dazu am Vorabend des Ostersonntags! Wie kann man diese Verbrechen mit dem Willen des Herrn zusammenbringen?«

Er schwieg einen Augenblick; dann fuhr er fort:

»Einen so außergewöhnlichen Menschen wie Ghislaine finden wir so schnell nicht wieder.«

»Was soll das heißen?«

»Sie hatte mehrere Anliegen, um die sie sich persönlich kümmerte. Das kommt bei so wohlhabenden Leuten selten vor. Eine wirklich bemerkenswerte Frau, die Barmherzigkeit in ihrer wahrhaft christlichen Bedeutung ausübte.«

Der Priester unterbrach sich und rieb sich heftig die Hände. Die Frau trat mit einer Serviette und einer Tasse ins Zimmer, die sie vor dem Priester auf den Tisch stellte.

»Das ist Suppe«, erklärte sie. »Das Presbyterium hat keine Heizung, und ich warte immer noch auf Holz für den Kamin.«

Der Tod Ghislaines schien das Los des Priesters ungünstig beeinflusst zu haben. Er blies auf seine Suppentasse und hob den Blick.

»Sind Sie sicher, dass Sie nichts Heißes trinken wollen?«, fragte er.

»Nein, danke«, lehnte Laurence ab. »Erzählen Sie mir von Jean und Ghislaine Cazenave.«

Das war für den Priester ein unerschöpfliches Thema. Er war

beinahe fünfzehn Jahre lang Beichtvater und moralischer Ratgeber Ghislaines gewesen.

»Hat das Paar sich gut verstanden? Wirkte Ghislaine während der letzten Monate deprimiert?«

Vater Prébindé schüttelte den Kopf.

»Nein, sie hat niemals angedeutet, dass es ernsthafte Streitigkeiten zwischen ihnen gab. Natürlich war ihre Verbindung nicht vollkommen; sie hatten einen sehr unterschiedlichen Charakter. Ghislaine hatte in ihrem ganzen Leben nie arbeiten müssen. Als einziges Kind hatte sie von ihrem Vater und dem Großvater ein riesiges Vermögen geerbt. Durch die Heirat mit Jean gewann sie nicht nur einen Ehemann und Vertrauten, sondern auch einen Mann, der in der Lage war, ihr Vermögen zu vergrößern.«

Laurence beschloss, es dabei zu belassen und nicht nach den dunklen Punkten im Leben von Jean Cazenave zu fragen, die ihm so viel Ärger eingebracht hatten.

»Hat der schlechte Ruf ihres Mannes sie denn nicht gestört?«

Der Priester schluckte einen Löffel Suppe hinunter, tupfte sich den Mund ab und wurde von einem Hustenanfall geschüttelt. »Für die, die ihn kannten, hatte Jean keinen schlechten Ruf«, sagte er, nachdem er wieder zu Atem gekommen war.

»Hatten er oder Ghislaine Feinde hier in der Gegend?«

Der Priester zog ein Taschentuch hervor und trocknete sich die Augen ab.

»Ein solcher Besitz weckt zwangsläufig Neid.«

Diese Einschätzung brachte der Priester mit einer solchen Überzeugung vor, als wüsste er mehr.

»Denken Sie dabei an eine bestimmte Person?«

»Nein, aber sie haben ihren Besitz sehr stark vergrößert, indem sie das Land ringsum aufgekauft haben. Bisweilen verkaufen die Leute ja nur gezwungenermaßen.«

»War Jean ein guter Vater?«, fragte Laurence.

»Ein wundervoller Vater und ein guter Ehemann.«

»Wie war die Beziehung von Charlotte zu ihren Eltern?«

»Charlotte betete sie an. Vor allem ihren Vater, der sehr viel nachsichtiger mit ihr war als Ghislaine. Ich erinnere mich, wie Ghislaine ihm einmal seine Schwäche vorwarf. Sie hatte strenge Prinzipien. Ich weiß noch, wie sie einmal im Gemeinderat aufgetreten ist …«

Laurence spürte, wie die Unterhaltung von Neuem abzuschweifen drohte, und bot dem rasch Einhalt:

»Glauben Sie, dass der Tod Charlottes für irgendjemanden von Vorteil sein könnte?«

Der Priester schien erstaunt zu sein.

»Ich verstehe nicht …«, sagte er. »Sie glauben, jemand war ihr so übel gesinnt, dass er sie ermorden wollte?»

»Ich ziehe sämtliche Möglichkeiten in Betracht«, erwiderte Laurence.

»Mein Gott, sie war noch ein Kind! Wer könnte solche Gedanken hegen!«

»Irgendjemand *hat* es getan, Herr Pfarrer.«

Bestimmte Punkte hatte sie im Gespräch mit dem Priester noch gar nicht angeschnitten, aber es herrschte eine so eisige Atmosphäre im Zimmer, dass Laurence ihren Besuch gern abkürzen wollte.

»Solche Leute entwickeln sich oft in Richtung Voyeurismus, Exhibitionismus, unsittliche Belästigung und schließlich Vergewaltigung«, hatte Pierre Novak über den Mörder Charlottes gesagt.

»Organisieren Sie die Wohltätigkeitsveranstaltungen und Schirmherrschaften hier in der Gegend?«, fragte Laurence.

»Ja.«

»Haben Sie niemals Probleme mit den Leuten gehabt, die sich um die Kinder kümmern? Ist Ihnen nie etwas über ein zweifelhaftes Verhalten oder sexuellen Missbrauch an jungen Mädchen zu Ohren gekommen? Ich weiß, dass man solche Dinge nicht so ohne Weiteres preisgibt. Deshalb schweigen die Leute oder reden nur hinter vorgehaltener Hand darüber.«

Der Priester erwiderte nichts, sodass Laurence sich fragte, ob er sie überhaupt gehört hatte.

»Ich kann Ihnen nicht helfen, Madame«, sagte er plötzlich.

Ein solches Schweigen hat seinen Grund, dachte Laurence.

»Ich glaube eher das Gegenteil.«

»Es geht nicht.«

»Zwei Menschen wurden umgebracht, und ein Unschuldiger wandert womöglich bis an sein Lebensende ins Gefängnis, Herr Pfarrer.«

Der Priester seufzte.

»Sie verstehen nicht. Niemand hat das Recht, seinem Nächsten zu schaden, indem er schmutzige Dinge weitererzählt.«

»Sie wissen etwas, ziehen es aber vor, nichts zu wissen«, folgerte Laurence. »Sie haben beschlossen, die Augen zu schließen, nicht wahr?«

»Nein«, antwortete Priester Prébindé, und Laurence spürte, dass er es ehrlich meinte.

»Derjenige, der Charlotte umgebracht hat, kannte die Gegend sehr genau. Er stammt mit Sicherheit von hier, und sein verdächtiges Verhalten ist bestimmt schon einmal aufgefallen. Außerdem lässt sich nicht ausschließen, dass er weitermacht.«

Die kantigen Züge des Priesters nahmen den Ausdruck äußerster Konzentration an.

»Ich schütze niemanden«, sagte er.

Laurence fragte sich, ob sie nicht auf dem Holzweg war. Vielleicht war sie am Ende einfach nur darauf aus, die Fakten so hinzudrehen, dass sie mit *ihrer* Lösung übereinstimmten. Ein häufiges Phänomen bei Kriminalbeamten.

Sie war noch weit davon entfernt, sämtliche Elemente in der Hand zu halten. Es fehlte ihr an Abstand, sogar an Objektivität, wie Delpy sagen würde. Die Notwendigkeit, den Schuldigen zu finden, brachte sie ganz unbewusst dazu, voreilige Schlüsse zu ziehen.

Auch wenn sie nur allzu gern glauben wollte, dass der Priester sehr viel mehr wusste, als er zu verstehen gab, so sagte er doch die Wahrheit, als er beteuerte, niemanden zu decken.

Der Priester hatte seine Suppe aufgegessen. Sein Gesicht färbte sich rosig.

»Ich muss gehen«, beendete Laurence das Gespräch und stand auf. Sie zog eine Visitenkarte aus ihrer Brieftasche.

»Wenn Ihnen noch etwas einfällt, rufen Sie mich bitte jederzeit an.«

Priester Prébindé nahm die Karte und stand ebenfalls auf. Sein Blick irrte einen Augenblick durchs Zimmer, bevor er erneut Laurence ansah.

»Besuchen Sie die Witwe Dubernet«, sagte er. »Ihr Hof liegt drei Kilometer vom Dorf entfernt an der Nationalstraße Richtung Pau. Sie lebt dort mit ihrer Tochter. Vielleicht finden Sie bei ihr Antworten auf einige Ihrer Fragen.«

Beim Verlassen des Presbyteriums spürte Laurence, wie Unruhe sie packte. Ohne sich zu kompromittieren, hatte der Priester versucht, ihr einen ersten Hinweis zu geben. Sie war also nicht umsonst hierhergekommen. Vielleicht würde sich das letzte Stück des Puzzles an seinen Platz fügen wie ein Geschenk des Himmels.

Es war sechs Uhr am Nachmittag, als Laurence ihren Wagen vor dem Hof der Witwe abstellte. Auf der Nationalstraße war sie wegen des dichten Lkw-Verkehrs nur sehr langsam vorangekommen.

Laurence stieg aus und ging durch das Gärtchen. Ein schwacher Lichtschein war durch die Glasscheibe der Haustür zu sehen. An der Wand standen zwei Paar Stiefel und zwei Fahrräder. Laurence klopfte einige Male, ohne dass jemand reagierte. Endlich entdeckte sie eine unter wildem Wein versteckte Klingel. Kurz darauf erschien eine Gestalt hinter der Scheibe, und die Tür wurde einen Spalt geöffnet. Eine Frau mit knochigem Gesicht stand auf der Schwelle.

»Madame Dubernet?«

Sie nickte.

»Ich bin Untersuchungsrichterin Bonner. Pfarrer Prébindé hat mir gesagt, dass Sie mir vielleicht helfen können. Darf ich eintreten?«

Die dargebotene Visitenkarte verschwand in der Hand der Frau.

»Mama? Wer ist da?«

Die Stimme kam aus einem Flur, der rechts von der Eingangstür wegführte. Schritte waren zu hören. Eine zweite Gestalt tauchte auf – die eines kleinen, zarten jungen Mädchens. Witwe Dubernet legte eine Hand auf die Schulter ihrer Tochter, schob sie von der Tür zurück und stellte sich vor das Mädchen.

»Wie kann ich Ihnen helfen?«, fragte sie.

Sie betätigte einen Schalter, und der Eingangsbereich wurde erleuchtet. Mutter und Tochter trugen Morgenmäntel und Hausschuhe. Das Mädchen lehnte mit über der Brust gekreuzten Armen an der Wand.

Licht und Ton eines Fernsehers drangen aus dem Zimmer am Ende des Flurs.

Sorgfältig studierte die Witwe die Visitenkarte. Ihr Urteil musste günstig ausgefallen sein, denn sie trat beiseite, um Laurence hineinzubitten.

Die Diele diente zugleich als Esszimmer. An einer Wand stand ein schwerer, mit Spitzendeckchen geschmückter Geschirrschrank. Auf einem Brett standen Fotos, darunter hingen mit Rosenmotiven verzierte Tassen. Die Frau machte ein Licht an und bedeutete Laurence, Platz zu nehmen. Sie selbst setzte sich auf die andere Seite des Tisches vor den Kamin, dessen Feuer erloschen war.

»Du kannst weiter fernsehen«, sagte sie zu ihrer Tochter.

Das junge Mädchen nickte.

»Ich möchte gern, dass sie hierbleibt«, sagte Laurence. »Ich bin wegen ihr hier. Wie heißt du?«

»Patricia«, murmelte sie.

Sie hielt die Arme immer noch fest an sich gedrückt und wartete darauf, wie ihre Mutter reagieren würde.

»Schickt Sie die Sozialfürsorge?«, fragte die Frau mit einem misstrauischen Blick auf die Visitenkarte.

»Nein«, antwortete Laurence lächelnd. »Die Sozialfürsorge hat nichts mit meinem Besuch zu tun.«

»Worum geht es dann? Was wollen Sie?«

»Der Priester hat mir gesagt, dass Patricia mir möglicherweise Auskunft über bestimmte Vorgänge geben könnte, die sie gesehen hat oder deren Opfer sie sogar geworden ist.«

Ihre Mutter riss das Wort an sich.

»Ich weiß nicht, wovon Sie sprechen.«

Patricia sagte nichts. Sie zerrte ihren Morgenmantel fest um sich, als wollte sie sich schützend darin verkriechen. Witwe Dubernet öffnete den Mund, um ihn sofort wieder zu schließen. Ihr Blick wanderte zwischen Patricia und Laurence hin und her, ohne sich entscheiden zu können, an wem er haften bleiben sollte. Nur das Ticken der großen Wanduhr war in der Stille zu vernehmen.

»Wissen Sie«, sagte Laurence, »es kommt vor, dass Kinder Erfahrungen machen, über die sie nicht mit ihren Eltern sprechen möchten. Ich habe selbst auch eine Tochter. Aus verschiedenen Gründen – Angst vor der Reaktion der Eltern, Schuldgefühle, Unreife – berichten die Opfer oft nichts über ihre Erlebnisse.«

»Worum geht es?«, fragte die Witwe schließlich.

»Um den Mord an einem jungen Mädchen. Ich habe Grund zu der Annahme, dass der Täter auch andere Kinder aus der Gegend sexuell missbraucht hat.«

Laurence brachte ihre Sorge zum Ausdruck, ohne genauere Angaben zu dem Mord zu machen.

Die Frau bedeutete ihrer Tochter mit ihrer kräftigen, von Arthrose gezeichneten Hand, sich zu setzen.

Das Mädchen schob eine Haarsträhne zurück und setzte sich schüchtern neben Laurence.

Der Pfarrer von Garlin hatte sie nicht umsonst hierhergeschickt. Laurence spürte, dass Patricia ihr etwas mitzuteilen hatte. Die Mutter war offenbar im Bilde, doch Patricia fürchtete sich zu sprechen. Nicht etwa, weil sie sich bedroht fühlte; vielleicht hatte sie aber Angst vor all dem, was folgen würde. Am Ende machte man gar ihre Mutter für alles verantwortlich. Die Fähigkeit, vor Fremden den Mund zu halten, gehört ganz wesentlich zur Mentalität der Landbevölkerung, überlegte Laurence.

»Madame Dubernet«, sagte sie, »wenn Sie es erlauben, kann mir Patricia helfen, einen Verbrecher festzusetzen. Ich bin nicht hergekommen, um Ihnen Schwierigkeiten zu machen. Sie können mir vertrauen.«

Laurence begann, sich die Dinge zusammenzureimen. Noch war die Verbindung zwischen dem Mörder von Charlotte und dem Geheimnis von Patricia nicht hergestellt. Sie hegte lediglich einen Verdacht. Aber ihr Instinkt sagte ihr, dass die Verkettung der Umstände, die sie hierhergeführt hatten, kein Zufall war.

Noch einmal spähte die Frau auf Laurence' Visitenkarte. Als sie den Blick von Laurence auf sich ruhen fühlte, schob sie die Karte in die Tasche ihres Morgenmantels. Laurence wartete. Mit zusammengepressten Lippen starrte Witwe Dubernet auf die abgenutzte karierte Tischdecke.

»Wenn es um einen Mord geht, wenn es um einen Mörder geht …«

Das Licht fiel auf die rechte Gesichtshälfte der Frau, während die andere im Schatten lag. Ihre Miene ließ ahnen, dass sie die Tragweite von Laurence' Worten begriffen hatte.

»Wenn es Ihnen nichts ausmacht, würde ich gern mit Patricia allein reden«, sagte Laurence.

Die Witwe nickte und verließ das Zimmer. Sich selbst überlassen, wirkte Patricia noch verängstigter als zuvor. Voller Unbehagen machte sie sich am Gürtel ihres Morgenmantels zu schaffen.

»Wie alt bist du?«, fragte Laurence.

»Vierzehn Jahre, Madame.«

Laurence öffnete ihre Tasche und zog ein Foto heraus, das sie vor Patricia auf den Tisch legte.

»Das ist meine Tochter«, erklärte sie. »Sie heißt Eva. Sie lebt bei meiner Mutter in Bordeaux.«

Patricia griff nach dem Foto.

»Sie ist achtzehn und macht dieses Jahr ihr Abitur. Wo gehst du zur Schule, Patricia?«

»Ins Joseph-Peyré-Kolleg in Garlin.«

»Gehst du gern in die Schule?«

»Na ja, geht so.«

»In welcher Klasse bist du?«

»In der achten.«

»Wie kommst du nach der Schule nach Hause?«

»Mit dem Fahrrad.«

»Jeden Tag?«

»Ja.«

»Gehst du sonntags zur Messe?«

»Ab und zu.«

»Was denkst du über Pfarrer Prébindé?«

Sie zuckte die Schultern.

»Hast du mit ihm über alles geredet, oder war es deine Mutter?«

Patricias Blick traf kurz den von Laurence, dann senkte sie die Augen.

»Meine Mutter.«

»Möchtest du es mir jetzt erzählen?«

Laurence warf ihr ein freundliches, aufmunterndes Lächeln zu.

Patricia zögerte, als wollte sie sich versichern, dass sie auch wirklich allein waren.

»Wann ist es geschehen?«, fragte Laurence, um ihr den Anfang noch leichter zu machen.

»Vor ungefähr zwei Jahren. Aber er hatte es auch schon mit anderen Mädchen gemacht.«

»Haben sie dir davon erzählt?«

»Ja. Als sie merkten, dass er mit mir das Gleiche gemacht hat, haben wir darüber gesprochen.«

»Sind sie so alt wie du?«

»Ja.«

»Haben die anderen Mädchen auch mit ihren Müttern darüber geredet?«

Patricia schüttelte den Kopf.

»Aber du wolltest es ihr erzählen. Das war richtig von dir. Du bist sehr mutig. Erzähl mir, was er mit den anderen Mädchen gemacht hat«, forderte Laurence sie auf.

»Wir waren bei der Weinlese auf dem Gut von Madame Doussau. Wir helfen dort jedes Jahr bei der Ernte. Er tauchte am Spätnachmittag auf, als wir mit der Arbeit schon fertig waren und uns waschen gingen. Er hat gewartet, bis nur noch ein Mädchen in der Dusche war und holte dann Fotos heraus …«

Patricia wurde rot.

»Fotos von ihm selbst?«

»Ja. Auf den Bildern konnte man sehen, wie er sich berührte … an seinem …«

Patricia schüttelte sich.

»Was dann?«

»Anfangs verlangte er, dass wir ihn so berührten wie auf den Fotos. Er sagte, das sei ganz natürlich; alle Mädchen würden das lernen, denn davon bekämen sie keine Kinder und würden trotzdem beweisen, dass sie schon erwachsen sind. Er gab ihnen auch Geld, so viel, wie sie für zwei Tage Weinlese bekamen. Über das Geld durften sie aber nicht mit ihren Eltern oder sonst jemand sprechen. Es sei ganz für sie allein, sagte er ihnen. Dann nahm er sie in seinem Auto mit. Er hielt an einem günstigen Ort und zeigte ihnen Fotos, die er aus Zeitschriften ausgeschnitten hatte.«

Die Mädchen waren zwölf Jahre alt. So alt wie Charlotte, dachte Laurence.

»Was hat er sonst noch getan?«, fragte sie weiter.

Patricia zuckte die Schultern. »Er hat sie überall berührt und sich dabei … gerieben.«

»Hat er ihnen wehgetan?«

Sie nickte.

»Manchmal, wenn er seinen Finger hineinsteckte.«

»Was verlangte er noch von ihnen?«

»Sie … sie mussten ihn da unten küssen.«

Laurence bemühte sich, die Atmosphäre zu entspannen und ihre Fragen weiter ruhig und sachlich zu stellen.

»Und du hast eines Tages beschlossen, dich deiner Mutter anzuvertrauen?«

»Nicht wirklich.«

»Möchtest du mir erzählen, wie es war?«

»Die Weinlese war schon fast zu Ende, und …«

Patricia geriet ins Stocken, fand keine Worte mehr.

»Diesmal hat er dich im Auto mitgenommen.«

Sie nickte.

»Du hast nichts Schlimmes getan, Patricia«, versicherte ihr Laurence. »Es ist nicht dein Fehler. Erzähl weiter, bitte.«

»Ich hatte mein Fahrrad in den Kofferraum gelegt. Er sagte, dass er mich an der Kreuzung am Ortseingang von Garlin wieder absetzt. Als ich nach Hause kam, habe ich mich ausgezogen und gebadet. Meine Mutter hat meine Kleider weggeräumt, um sie zu waschen, und da hat sie es bemerkt.«

Wieder schwieg Patricia. Laurence legte ihr die Hand auf den Arm und lächelte ihr aufmunternd zu.

»Es war Blut in meinem Slip. Da kam meine Mutter ins Badezimmer und fragte, warum ich blutete. Sie schrie mich an, dass ich zu jung sei, um schon meine Regel zu haben.«

»Da hast du ihr erzählt, was geschehen war.«

Patricia schüttelte den Kopf.

»Nein, nicht gleich. Am Anfang habe ich gesagt, ich hätte mich am Sattel meines Fahrrades verletzt.«

»Hat sie dir geglaubt?«

»Sie war sich nicht sicher. Sie sah mich an, um herauszufinden, ob ich log. Dann verpasste sie mir eine Ohrfeige und forderte mich auf, sofort die Wahrheit zu sagen.« Die Haare fielen Patricia in die Stirn; ihr Gesicht wirkte fiebrig.

»Können wir über ihn sprechen? Ich weiß, dass das schwer für dich ist, aber es ist sehr wichtig, denn vielleicht fängt er wieder damit an.«

Patricia starrte vor sich hin.

»Wie heißt er?«, fragte Laurence.

»Das kann ich nicht sagen«, erwiderte das Mädchen.

Steif saß sie auf ihrem Stuhl.

»Hast du Angst? Du brauchst keine Angst zu haben. Ich bin hier, um dich zu beschützen.«

»Ich kann es nicht«, wiederholte sie.

»Warum willst du mir seinen Namen nicht sagen?«

Laurence bekam keine Antwort.

»Gut«, sagte sie. »Ich verstehe, dass du den Namen nicht sagen willst. Ich habe einen anderen Vorschlag, wenn du einverstanden bist.«

Sie öffnete ihre Tasche, holte ihr Notizbuch hervor, riss ein unbeschriebenes Blatt heraus und legte es vor Patricia hin.

»Hier«, sagte sie und reichte dem Mädchen ihren Stift. »Schreib seinen Namen auf. Ich verspreche dir, den Zettel jetzt nicht anzusehen. Ich werde es erst unterwegs tun. Was hältst du davon?«

Tränen strömten über Patricias Wangen. Obwohl Laurence das Mädchen gern getröstet hätte, rührte sie es nicht an. Sie sah, wie Patricia sich verkrampfte, wie sie die Fäuste ballte, dann aber zaghaft die Hand nach dem Stift ausstreckte.

Laurence zog die Tür hinter sich zu. Im Innern des Kombis saßen vier Polizisten in Uniform und ein Beamter in Zivil. Sie nickten ihr zur Begrüßung zu.

»Wie heißen Sie?«, fragte sie den Mann in Zivil.

»Gendarme Fajolle, Madame.«

»Gut«, sagte sie. »Ich werde Sie als meinen Assistenten vorstellen. Wahrscheinlich werden Sie nicht eingreifen müssen, es sei denn, ich erteile Ihnen den Befehl. Sollte er versuchen, das Zimmer zu verlassen, verstellen Sie ihm einfach den Weg.«

Sie blickte auf ihre Armbanduhr und wandte sich an den Chef der Truppe.

»Es ist vierzehn Uhr. Seien Sie um fünfzehn Uhr dreißig an seinem Wohnsitz.«

Gefolgt von Fajolle verließ Laurence den Kombi und stieg wieder in ihr Auto. Beim Fahren dachte sie über die brutalen Übergriffe auf Patricia und die anderen Mädchen nach, von denen sie am Tag zuvor erfahren hatte. Was hatte sie dazu gebracht, das alles zu erdulden? Vielleicht waren die Mädchen wegen mangelnder Zuwendung für ein bisschen Aufmerksamkeit zu allem bereit.

Ein paar Minuten später bog Laurence in eine von Pappeln gesäumte Allee ein und brachte ihren Wagen zum Stehen. Sie machte keine Anstalten auszusteigen, sondern blieb still sitzen. Vor dem Eingreifen der Polizisten, bevor die schwerfällige Maschinerie der offiziellen Untersuchung anlief, wollte sie sich noch ein wenig Zeit gönnen, um noch einmal zu überprüfen, ob der Mann, der Patricia und deren Freundinnen missbraucht hatte, auch als Mörder von Charlotte infrage kam. Von Patricias Aussage abgesehen hatte Laurence nichts gegen diesen Mann in der Hand. Es stand sein Wort gegen das des jungen Mädchens. Er konnte alles leugnen, und sie würde ihm nichts beweisen können, gar nichts – es sei denn, die anderen Mädchen brachten ähnliche Anschuldigungen vor. Laurence konnte ihm lediglich eine Verwarnung erteilen. Die Anklage wegen sexuellen Missbrauchs einer Minderjährigen war noch lange kein Mordmotiv, sofern nicht weitere Anzeigen einen dahin gehenden Verdacht erhärteten.

Im Grunde war Laurence – entgegen ihrer eigentlichen Überzeugung – in der Hoffnung auf eine spontane Beichte hergekommen.

Hinter den dicht stehenden Pappeln war ein Pyrenäen-Schäferhund aufgetaucht und stürzte auf das Auto zu. Der Anblick des Tieres riss Laurence aus ihren Gedanken.

»Ist das sein Hund?«, fragte Fajolle.

»Ich weiß nicht«, antwortete Laurence. »Gehen wir!«

Sie stieg aus dem Auto und ging auf eine alte Eichentür zu. Der Hund schnüffelte an ihren Knöcheln, dann sprang er kläffend fort, als wollte er sie dazu bewegen, mit ihm zu spielen. Als Laurence den kleinen bronzefarbenen Türklopfer betätigte, wehte der Nordwestwind mit einer Brise frische Meeresluft heran.

25

Das Schloss wurde entriegelt, und der Mann erschien in der Tür. Er trug einen Bademantel und war offenbar aus dem Schlaf gerissen worden.

»Dürfen wir eintreten?«, fragte Laurence.

Er fuhr sich mit der Hand über seine unrasierten Wangen. Seine geröteten Augen wanderten von Laurence zu Fajolle. Dann zuckte er die Schultern, machte wortlos kehrt und ging den schmalen Flur entlang. Laurence und der Polizist schlossen die Tür hinter sich und folgten ihm. In einer abgetrennten Nische, die als Küche diente, schenkte er sich eine Tasse Kaffee ein, blies kurz darauf und nahm einen Schluck, wobei er das Gesicht verzog.

»Gehen wir ins andere Zimmer«, murmelte er.

Laurence setzte sich auf einen Stuhl, während der Mann sich auf einen orangefarbenen Puff fallen ließ. Fajolle blieb stehen und schien sich in die Betrachtung mehrerer Kriminalromane zu versenken, die auf einem Regalbrett standen.

»Es tut uns leid, dass wir Sie stören müssen, Monsieur Buades«, sagte Laurence. »Mir war es lieber, kurz mit meinem Assistenten, Monsieur Fajolle, bei Ihnen vorbeizuschauen, als Sie in mein Büro vorzuladen.«

Henri Buades schüttelte angewidert den Kopf.

»Immer diese Probleme mit der Einsamkeit und dem Alkohol«, sagte Laurence.

Buades zuckte die Schultern.

»Ist heute Ihr freier Tag?«, fragte Laurence.

»Ich habe nichts zu tun«, erwiderte er.

Er leerte seine Tasse zur Hälfte, bekam einen Schluckauf und fuhr fort:

»Die Rechtsanwälte und Notare verwalten alles, bis es meinem Onkel besser geht. Ich habe keinerlei Befugnis.«

Buades schien in ein tiefes Loch gefallen zu sein. Laurence zog ein kleines Tonbandgerät aus ihrer Tasche, stellte es vor sich auf den Tisch und drückte auf den Aufnahmeknopf.

»Ich würde unsere Unterhaltung gern aufzeichnen«, sagte sie. »Sie haben hoffentlich nichts dagegen?«

»Nein.«

Buades hatte eine Schachtel Zigaretten und ein Feuerzeug aus der Tasche seines Bademantels hervorgekramt, stippte eine Zigarette heraus und zündete sie an.

Er ist so wortkarg, überlegte Laurence, dass man kaum etwas aus ihm herausbringen kann. Er ist vom Alkohol noch ganz benebelt.

»Monsieur Buades, wer hat Ihrer Meinung nach Ihre Cousine Charlotte ermordet?«

Buades' Finger krampften sich um die Tasse.

»Dieser Araber, oder etwa nicht?«

»Und wenn er es nicht wäre?«

»Was soll das heißen?«

»Nehmen wir an, Sie hätten einen anderen Verdacht?«

»Nein!«

»Waren Sie an dem Samstag mit Charlotte zusammen?«

»Was?«

»Waren Sie an dem Samstag mit ihr zusammen?«

»Ich war nicht mit ihr zusammen. Ich habe Einkäufe für Ghislaine erledigt. Das habe ich Ihnen doch schon gesagt.«

Er gähnte ausgiebig.

»Mögen Sie Madiran, Monsieur Buades?«

»Den Wein?«

»Ja, den Wein. Ich könnte mir denken, dass Sie sich da ganz gut auskennen. Welches Anbaugebiet bevorzugen Sie?«

Buades warf die Zigarette in die Kaffeetasse. Jetzt war er auf seinem Gebiet und nahm an, dass er das Gespräch in die von ihm gewünschte Richtung lenken konnte.

Aber Laurence ließ ihm keine Zeit zum Nachdenken. »Was halten Sie von der Domaine Doussau?«, wollte sie wissen.

Buades ließ das Feuerzeug zwischen seinen Fingern kreisen. »Weiß ich nicht«, murrte er schließlich und zog eine weitere Zigarette aus der Schachtel.

Laurence wartete mit ihrer nächsten Frage, bis er sie angezündet hatte.

»Hatten Sie schon mal Probleme mit jungen Mädchen?«

»Was soll das heißen – Probleme? Was für Probleme?«

»Waren Sie schon mal wegen sexuellen Missbrauchs angeklagt?«

»Noch nie!«

»Ich habe etwas anderes gehört.«

»Wenn Sie auf das Gerede von den kleinen Miststücken hören!«

»Wenn Sie die Mädchen zwingen, die Beine breit zu machen und den Mund zu öffnen, sind sie also Miststücke!«

Buades presste die Kiefer aufeinander. Sein Gesicht war krebsrot angelaufen.

»Unter den gegebenen Umständen muss ich davon ausgehen, dass es sich nicht um bloßes Gerede handelt.«

»Welche Umstände meinen Sie?«

»Die gegen Sie vorgebrachten Anschuldigungen des sexuellen Missbrauchs.«

Buades' Lippen verzogen sich zu einem Grinsen. Er fuhr sich mit der Hand übers Haar, wobei ihm die Asche der Zigarette auf das Revers seines Bademantels fiel. Fajolle verfolgte die Unterhaltung von seinem Posten aus, sodass ihm kein Wort entging. Dabei lehnte er an der Wand und blätterte in einem Roman, den er vom Regal genommen hatte.

»Sie bevorzugen junge Mädchen, Monsieur Buades. Auch Charlotte war zwölf. Was haben Sie mit ihr gemacht? Haben Sie ihr den Slip ausgezogen und sie zum Oralverkehr gezwungen?«

Buades hatte sich aufgerichtet. »Jetzt reicht's!«, fuhr er sie an.

»Wo waren Sie am Abend des 30. März?«, fragte Laurence ungerührt.

»In Pau, im Kino.«

»Und nach Mitternacht?«

»Im Bett.«

»Hier?«

»Ja, hier. Ich hatte getrunken und war müde.«

»Sind Sie noch einmal hinausgegangen?«

»Nein.«

»Sie haben sich nicht mehr von der Stelle gerührt?«

»Wenn ich Ihnen doch sage, dass ich hier war«, antwortete Buades mit gerunzelter Stirn.

»Charlottes Tod hat einen zukünftigen Erben aus Ihnen gemacht. Das ist ein gewaltiger Sprung nach vorn, meinen Sie nicht?«

»Wenn Sie glauben, dass ich diese kleine Verrückte umgebracht habe, irren Sie sich! Sie haben kein Recht ...«

Buades hatte sich erhoben. Laurence warf Fajolle einen Blick zu. Er hatte das Buch zurückgestellt.

»Setzen Sie sich, Monsieur Buades«, sagte sie ruhig. »Wenn Sie unschuldig sind und nichts vor mir verbergen, haben Sie auch nichts zu befürchten.«

Buades gehorchte. Er umfasste seine Knie und starrte auf den Boden. Laurence war entschlossen nachzuhaken und fuhr mit fester Stimme fort: »Unglücklicherweise fürchte ich, dass der ganze schöne Plan in sich zusammenstürzt.«

Buades hob den Blick.

»Wovon reden Sie?«

»Vom Mord an Ghislaine.«

»Wollen Sie mir den auch noch anhängen?«

»Nein, Monsieur Buades, ich glaube nicht, dass Sie Ghislaine umgebracht haben.«

Er stieß einen Seufzer aus.

»Was für ein Glück.«

»Ich glaube, dass Ihr Onkel das übernommen hat!«

Buades schaute auf. Er war aschfahl im Gesicht. »Sie sind ja verrückt«, stieß er hervor.

Laurence spürte, dass sie ihn bis zum Äußersten treiben musste.

»Sie hatten an jenem Abend getrunken und sind noch einmal um Les Marroniers herumspaziert, um frische Luft zu schnappen. Dabei haben Sie etwas gesehen oder gehört und sind ins Haus gegangen. Die Tür war nicht verschlossen. Ihr Onkel hatte sie lediglich zugezogen, damit der Besuch von Tarik Alaoui möglichst plausibel wäre. Sie sind hinauf in den ersten Stock gestiegen und haben Ghislaines Leiche entdeckt. Jean Cazenave hingegen lag in seinem Schlafzimmer auf dem Boden, völlig benommen von dem Schlafmittel, das er genommen hatte, *nachdem* er seine Frau getötet hatte. Sie haben begriffen, was geschehen war, und sahen den Vorteil, den Sie daraus ziehen konnten. Charlotte war eingeschlafen; Sie haben das Mädchen fortgetragen, aber bevor Sie das Haus verließen, haben Sie der Leiche Ghislaines mehrere wütende Fußtritte versetzt. Dann sind Sie in Richtung Fluss gegangen mit der Absicht, Charlotte zu töten und sich der Leiche dann zu entledigen. Doch unterwegs ging etwas in Ihnen vor. Der Mädchenkörper, den Sie an sich drückten, hat Sie plötzlich erregt. Sie haben beschlossen, die Gelegenheit zu nutzen, und haben Charlotte vergewaltigt.«

Buades' Hände krallten sich in die Revers seines Bademantels. Er starrte Laurence an, als wollte er sich im nächsten Moment auf sie stürzen.

»Haben Sie das Mädchen vergewaltigt, Monsieur Buades?«

»Sie sind ja verrückt!«

Er war angespannt wie eine Geigensaite, die jeden Moment reißen konnte.

»Sie wollte es so, nicht wahr?«

Laurence spürte ihr Herz bis zum Hals schlagen.

»Sie haben ihr den Slip ausgezogen und gesehen, dass sie vor Lust beinahe umkam. Sie war genauso ein kleines Luder wie die anderen, nicht wahr?«

Ein Laut kam über die Lippen von Henri Buades. Er war blass, und auf seiner Stirn standen Schweißperlen. Vor Anspannung war sein Blick starr.

»Antworten Sie! Haben Sie sie genommen? Ja oder nein?«

Laurence hatte geschrien. Wut verzerrte Buades' Gesicht.

»Mein Gott, und wie ich sie genommen habe!«, brüllte er. »Sie war ja ganz scharf drauf!«

Fajolle war überzeugt, dass Buades sich nun auf Laurence stürzen würde, um sie zu erwürgen, und setzte zum Eingreifen an. Doch Laurence gebot ihm Einhalt. Sie hielt den Atem an. Buades war auf seinem Puff zusammengesunken. Er hielt sich den Kopf, und seine Schultern zitterten krampfartig.

»Holen Sie uns einen Kaffee«, sagte sie so ruhig sie konnte, »und lassen Sie uns allein.«

Nachdem der Polizist das Zimmer verlassen hatte, fuhr sie beschwichtigend fort:

»Im Grunde haben Sie eine Möglichkeit gesehen, Ihrem Onkel zu helfen und ihn bei sich zu behalten. Sie hatten Angst, was aus ihm würde, nicht wahr?«

Buades sah mit trübem Blick zu ihr auf.

»Als ich ihn auf dem Boden liegen sah, begriff ich, dass sein Plan nicht aufgehen würde«, murmelte er. »Ich wusste, dass er Ghislaine umgebracht hatte, und versuchte, es einem anderen in die Schuhe zu schieben, aber so konnte es nicht klappen …«

Laurence reichte ihm eine Tasse Kaffee. Er nahm sie und zog seinen Bademantel noch einmal straff um den Körper.

»Warum dachten Sie, dass es nicht klappen würde?«, wollte Laurence wissen.

Er holt die Hand und ließ sie gleich wieder sinken.

»Ich weiß nicht. Eine Eingebung. Er war zwar weggetreten, aber seine Verletzungen sahen nicht besonders schlimm aus. Ich musste irgendetwas tun … aber dann habe ich etwas zu Schweres genommen.«

»Haben Sie ihn niedergeschlagen?«, fragte sie.

»Ja. Ich bin in den Keller hinuntergegangen und habe eine

Taschenlampe gesucht. Dann habe ich zugeschlagen. Es sollte kein Zweifel aufkommen können.«

»War Ghislaine bereits tot, als Sie sie entdeckt haben?«

Er nickte.

»Die Fußtritte ... war das Ihr Onkel, oder waren Sie es selbst?«

»Ich war es selbst. Diese alte Hexe hatte es weiß Gott verdient.«

Er beschrieb den Ort des Geschehens in allen Einzelheiten: die Lage von Ghislaines Körper, der rosa verfärbte Speichel, der aus ihrem Mund troff und über ihr Kinn lief. Seine Beschreibung des Schauplatzes war sehr präzise; trotz seines Zustands an jenem Abend erinnerte er sich an alles. Hätte er nicht so viel getrunken, wäre er möglicherweise gar nicht mehr hinausgegangen. Vielleicht hätte er auch nicht gewagt, um ein Uhr nachts ins Haus der Cazenaves einzudringen.

Laurence konnte eigentlich zufrieden damit sein, die Wahrheit ans Licht gebracht zu haben. Sie hatte ihre zwei Mörder und auch das Motiv für die Taten. Cazenave hatte vorsätzlich gehandelt. Seine Ehe hing nur noch an einem seidenen Faden; Véronique Boulin war eine Bedrohung für sie. Da hatte er eine Gelegenheit gesucht, seine Frau loszuwerden, ohne seine finanziellen Vorteile einzubüßen. Henri Buades hatte mit dem Mord an Charlotte ein doppeltes Ziel verfolgt: Er hatte sein Verlangen befriedigt, jemandem wehzutun – und zugleich sein Bedürfnis, die eigene Wichtigkeit herauszustreichen.

»Sie hatten den Plan, Charlotte umzubringen, schon gefasst, bevor Sie Ihren Onkel niedergeschlagen haben«, behauptete Laurence.

Buades trank einen Schluck Kaffee. Die Frage schien eine ganze Reihe verdrängter Erinnerungen in ihm wachzurufen.

»Was spielt es schon für eine Rolle, ob ich vorher oder nachher daran gedacht habe? Ich habe daran gedacht, mehr nicht.«

»Nein, als Sie aus dem Keller wieder heraufkamen, hatten Sie es bereits beschlossen. Sie sind mit einer *Taschenlampe* heraufgekommen, nicht mit einem Hammer. Denn für den Weg zum Fluss brauchten Sie Licht.«

»Ich will nicht mehr darüber sprechen.«

»Tut es Ihnen leid, was Sie getan haben?«

Ein ausdruckloses Lächeln huschte über seine Züge.

»Nein«, sagte er.

»Auf dem Weingut Doussau … das waren auch Sie?«

Er starrte in seine Tasse, als wollte er die Antwort darin lesen.

»Ja.«

»Finden Sie es normal, zwölfjährige Mädchen zu missbrauchen? Was treibt Sie dazu, so etwas zu tun?«

Buades' Gesicht war wieder angespannt.

»Was weiß ich. Aber ich bin ja nicht der Einzige.«

»Bitte? Das müssen Sie mir erklären.«

»Sie wollen mir doch nicht weismachen, dass Sie nicht auf dem Laufenden sind?«

Buades stellte die Tasse auf den Boden. Laurence sah auf ihre Armbanduhr. In einer Viertelstunde würden die Polizisten eintreffen.

»Auf dem Laufenden? Was meinen Sie damit, Monsieur Buades?«

»Ihr steckt ja jeden in den Knast, sogar Unschuldige; aber untereinander gebt ihr euch Deckung, ganz gleich ob Richter, Freimaurer oder wer sonst noch dazugehört. Das weiß doch jeder.«

»Ich weiß nicht, wovon Sie sprechen«, erwiderte Laurence verwirrt.

Trotz ihres Abscheus vor diesem Mann war Laurence entschlossen, bis zum Ende durchzuhalten.

»Ich bin ganz offen«, ermunterte sie ihn. »Wenn Sie Informationen haben, bin ich bereit, Ihnen zuzuhören.«

»Und was hätte ich davon?«

Ein Hauch von Sarkasmus lag in seiner Stimme. Voller Überzeugung antwortete Laurence:

»Vielleicht das Gefühl, etwas Nützliches getan zu haben. Das würde Ihnen guttun.«

Einige Augenblicke lang fiel Buades keine Antwort darauf ein; dann bedeutete er Laurence, das Tonband anzuhalten.

»Ich lege keinen Wert darauf, als Selbstmörder in meiner Zelle aufgefunden zu werden«, sagte er, nachdem sie auf den Knopf gedrückt hatte.

»Ich höre.«

»Darf ich rauchen?«

»Ja.«

Buades zündete sich eine Zigarette an. Er schloss die Augen, als versuchte er, Ordnung in die Gedanken zu bringen, die er nun in Worte fassen wollte.

»Jean hat darüber gesprochen«, sagte er dann leise. »Ich habe ihn einmal ins Gericht begleitet, als wieder mal eine Klage gegen ihn erhoben worden war. Als wir wieder gingen, war er sehr schlecht gelaunt. Er zeigte mit dem Finger auf das Gerichtsgebäude und sagte zu mir: ›Diese Richter sind Hampelmänner. Sie spielen sich groß auf, wenn sie von Recht und Gesetz sprechen, aber wenn sie mich eines Tages hängen lassen, werde ich der Presse von all ihren pädophilen Schweinereien erzählen und sie fertigmachen‹.

Er fügte hinzu, dass er dahin gehende Beweise in seinem Safe aufbewahrte.«

Zwei Wochen später starb Jean Cazenave und nahm die Antworten auf sämtliche Fragen, die sein Verbrechen aufwarf, mit ins Grab.

Generalstaatsanwalt Delpy blieb bei seiner Theorie, solange es ging. Wütend musste er mit ansehen, wie ihm der Boden unter den Füßen weggezogen wurde. Bis zuletzt weigerte er sich einzugestehen, dass Buades' Aussagen der Wahrheit entsprachen.

Für ihn besaß dieses Geständnis, das einem in die Enge getriebenen Zeugen abgerungen worden war, keinerlei Beweiskraft. Delpy zufolge verbreitete Buades Informationen über seinen Onkel, für die er jeden Beweis schuldig blieb, und auch die Tatwaffe war nicht gefunden worden.

Die Aussage von Patricia Dubernet und einer ihrer Freundinnen brachte ihn ins Wanken, doch er gab erst auf, nachdem Henri Buades sich bereitgefunden hatte, sie zu der Stelle zu führen, an der er die Kleider Charlottes versteckt hatte. Als Laurence an einem Nachmittag im Mai die Tat nachstellte, erklärte Buades ihnen plötzlich von sich aus, dass er noch einmal zu den Ställen zurückgekehrt war, nachdem er die Leiche Charlottes im Fluss versteckt hatte. Dort hatte er in der Box von Charlottes Lieblingsstute die Kleider seiner Cousine und die Taschenlampe, mit der er seinen Onkel niedergeschlagen hatte, vergraben. Die Untersuchung der Blutspuren auf dem Metallgehäuse bestätigte, dass es sich um Cazenaves Blut handelte.

Im Verhör mit Alaoui erfuhr Laurence, dass er Cazenave am Abend des Mordes getroffen hatte, um sich sein Schweigen mit einer angemessenen Geldsumme bezahlen zu lassen. Seine Schwester war Putzfrau in dem Wohnblock, in dem Cazenave ein Apartment für seine Treffen mit Véronique Boulin gemietet hatte, und sie hatte ihm alles erzählt. Von Buades erfuhr sie noch wesentliche Dinge über seine Eltern. Er hasste seine Mutter, weil sie immer wieder trank und den ganzen Tag herumschrie, und er verachtete seinen Vater dafür, dass er die ganze Familie mit Erzählungen von seiner Geliebten und den gemeinsam verbrachten Nächten quälte. Jean Cazenave war der einzige Mensch, der ihm jemals etwas Gutes getan hatte. Novak, der Kriminalpsychologe, hatte recht gehabt. Mit siebzehn Jahren trieb sich Henri, ganz sich selbst überlassen, auf der Straße herum und verrichtete erniedrigende, schmutzige Gelegenheitsarbeiten, die ihm jeden Tag ein wenig mehr von seinem ohnehin spärlichen Selbstwertgefühl raubten. Eines Abends hatte er dann das Auto seiner Eltern in Brand gesteckt.

Auf jeden Fall gehörte dies alles nicht mehr in Laurence' Zuständigkeitsbereich.

26

Nach ihrer Rückkehr aus Bordeaux, wo sie das Wochenende mit Eva verbracht hatte, betrachtete Laurence ratlos den auf ihrem Schreibtisch ausgebreiteten Inhalt des Safes von Jean Cazenave und fragte sich, ob sie den Äußerungen von Henri Buades Glauben schenken sollte.

Die Akten türmten sich zu einem dreißig Zentimeter hohen Stapel. Die Polizisten, die sie ausgewertet hatten, waren zu dem Schluss gekommen, dass sie keinen interessanten Hinweis enthielten. Doch sie hatten die Unterlagen auch unter dem Blickwinkel eines Doppelmords in Les Marroniers durchgesehen. Bei einer anders ausgerichteten Lektüre würde Laurence vielleicht etwas entdecken, was den Polizisten entgangen war.

Cazenave hatte mit dem Finger auf das Gerichtsgebäude gezeigt, in dem das Oberlandesgericht der Stadt Pau seinen Sitz hatte; folglich arbeiteten der oder die Richter, die er beschuldigte, in diesem Gebäude. Vermutlich in den oberen Etagen. Wen aber meinte er? Ließ man die Frauen beiseite, so kam nur das Vierergespann infrage, das sich aus Delpy, seinem Stellvertreter Cazal, dem Landgerichtspräsidenten Albert Maurois und dem großen Häuptling Chantreux, Präsident des Oberlandesgerichts, zusammensetzte.

Es war acht Uhr abends. Der Tag wollte kein Ende nehmen. Der Parc Beaumont füllte sich mit Spaziergängern. Tief in ihrem Innern vernahm Laurence eine warnende Stimme, die ihr davon abriet weiterzubohren. Es ging nicht nur um sie bei diesem Abenteuer. Wie würden die Folgen für Eva aussehen, wenn sie das Feuer schürte? Fände sie einen Anhaltspunkt, würde sie auf ein ganz anderes, gefährliches Gebiet geraten. Die Reaktionen auf ihre Untersuchung würden sehr persönlich werden; die französische Justiz sah sich von einem Nimbus umgeben, und alles, was das System infrage stellte, wurde unerbittlich niedergewalzt und unter den Teppich gekehrt. Strafbare Perversionen eines hohen Justizbeamten – Buades hatte von Pädophilie gesprochen – würden unverzüglich verschleiert, um die verheerenden Folgen zu verhindern.

Laurence hatte es selbst zu spüren bekommen. Der Fall Cazenave hatte sie beinahe ihre Karriere gekostet. Ohne das Geständnis von Henri Buades und den Fund der Kleider von Charlotte hätte der Generalstaatsanwalt die Möglichkeit gehabt, sie loszuwerden. In Strafsachen war man stets darauf aus, die Ermittlungen in eine möglichst einfache Richtung zu führen; man war auf der Suche nach dem »idealen« Schuldigen. Der Staatsanwalt konnte die Geschworenen vor Gericht so einschüchtern, dass sie – auf die Folgen eines Freispruchs hingewiesen – ihr Urteil auf bloße Vermutungen hin fällten.

Wenn Laurence nun weiter herumstocherte, verfängliche Fragen stellte und die dunklen Seiten im Leben der hohen Richter durchleuchtete, hielt sie womöglich bald die Büchse der Pandora in der Hand. Sie ging ein großes Risiko ein: Noch ein Schritt weiter, und ein Rückzug wäre nicht mehr möglich.

Wenn sie unbedingt die Wahrheit herausfinden wollte, müsste sie Augen und Ohren verschließen, um unbeeinflusst zu bleiben.

Hatte sie sich reiflich überlegt, worauf sie sich da einließ? Schon in ein paar Wochen würde sie sich möglicherweise schreckliche Vorwürfe machen: »Mein Gott, wenn ich geahnt hätte, was dabei herauskommt, hätte ich diese Ermittlungen niemals angestrengt.«

Im Verlauf einer Untersuchung pflegte Laurence in ihre Akten und die einzelnen Ermittlungsschritte einzutauchen, als gäbe es nichts anderes auf der Welt. Dabei wurde sie von ihrem Amt und den Gesetzen geschützt, die einen Wall um sie errichteten, der die Außenwelt fernhielt. Sollte sie sich so sehr exponieren, dass sie zum Opfer ebenjenes Systems werden konnte, in dem sie ihren Platz hatte? Es lag etwas Verwirrendes in der Vorstellung, dass genau diejenigen, die sie heute beglückwünschten, morgen versuchen könnten, sie infrage zu stellen oder gar zu vernichten. Sie konnte es sich nicht leisten, ihre Integrität einzubüßen.

Beunruhigte sie die Angst vor den Risiken, die sie einging, oder fürchtete sie die Entdeckung, dass in der Justiz, wie in anderen Teilen der staatlichen Verwaltung auch, schmutzige Geschäfte gemacht wurden?

Die Pädophilie war ein Thema, auf das man höchst ungern zu sprechen kam. Wer immer eine neue Schreckensnachricht zu diesem Thema hörte oder las, hatte sofort die schrecklichen Bilder vor Augen, die man damit in Verbindung brachte. Die Polizei tat ihre Arbeit, fühlte sich aber nicht dafür zuständig, die Öffentlichkeit zu informieren; und die Presse – der es widerstrebte, ins Detail zu gehen – beschränkte sich darauf, kurz und knapp die Verhaftungen mitzuteilen.

Ein unverbindlicher Blick in die Akten verpflichtete Laurence noch zu nichts, sagte sie sich. Sie schaltete ihren Laptop an und richtete einen neuen Ordner ein. Dort wollte sie jedes Dokument stichwortartig festhalten, das eventuell später verwertbare Informationen enthielt. Reine Routinearbeit also. Aber wenn es darum ging, herauszufinden, was sich tatsächlich hinter diesen Informationen verbarg, zählte allein das Talent des Ermittlers.

Nach drei Stunden hatte Laurence noch nicht einmal die Hälfte der Dokumente durchgesehen.

Die Vorstellung, ein wichtiges Detail zu übersehen, erfüllte sie mit Besorgnis.

Sie musste alles durchforsten, sich alles anschauen. Der persönliche Safe Cazenaves enthielt Papiere der Familie, Besitzurkunden über Les Marroniers, ein Inventar des Hauses, Rechnungen von Antiquitätenhändlern, einen Plan des Anwesens, Kostenvoranschläge und offizielle Schreiben. Der »Beweis«, den Jean Cazenave seinem Neffen gegenüber erwähnt hatte, trat vermutlich nicht offen zutage. Ein Wort, eine Nachricht, eine scheinbar unverfängliche Kleinigkeit konnte den Schlüssel zu speziellen Einzelheiten liefern.

Schließlich stieß Laurence in einer Akte zwischen lauter alten Rechnungen auf ein Faltblatt über die Messe in Bilbao sowie auf eine Liste. Sie lehnte sich im Stuhl zurück. Das Faltblatt war banal – ein Prospekt, wie er zehntausendfach verteilt worden war. Dennoch spürte sie instinktiv, dass dieses Faltblatt sich weder aus Zufall noch aus Unachtsamkeit im Safe von Cazenave befand.

27

Sechs Monate nach Untersuchung des Safeinhalts hielt Laurence das erste konkrete Element bei ihren Ermittlungen in der Hand – ein Element, das Richter Uribe und seinen Bruder Carlos das Leben gekostet und Eva und sie selbst in größte Gefahr gebracht hatte.

»Ein Spiel? Was soll das denn heißen?«, sagte Eva und blickte ihre Mutter entgeistert an. »Das alles für ein blödsinniges Videospiel wie jedes andere?«

»Nein«, erwiderte Laurence. »Es ist kein Spiel wie jedes andere.«

Seit zehn Minuten schob sie die Maus umher und klickte auf verschiedene Buchstaben, ohne irgendetwas zu erreichen. Sie überprüfte die Verbindung zum Internet, doch der Computer war richtig angeschlossen.

»Ich kann es einfach nicht öffnen«, murmelte sie. »Es muss doch ein Protokoll geben!«

Auf dem Bildschirm veränderten die Buchstaben des Titels ihre Farbe.

»Was ist an deinem Spiel denn so Besonderes?«, wollte Eva wissen und zog die Beine hoch, um sich auf dem Sofa auszustrecken.

»Es ist eine Art Portal, das den Zutritt zu einem Menu irgendwo im Internet eröffnet.«

Eva schüttelte mit geschlossenen Augen den Kopf.

»Warum heißt es ›Scharfer Gegenstand gesucht‹?« Müdigkeit und Erschöpfung siegten allmählich über ihre Neugierde.

»Keine Ahnung«, murmelte Laurence.

»Du hast versprochen, mir alles zu erzählen«, sagte Eva mit schlaftrunkener Stimme. Kurz darauf war sie eingeschlafen.

Laurence zog die CD-ROM aus dem Laufwerk und schaltete den Laptop aus. Sie holte eine Decke aus dem Wandschrank ihres Schlafzimmers, breitete sie über Eva und löschte das Licht.

Viel zu nervös, um zu schlafen, legte sie sich auf ihr Bett. Es war einer jener Augenblicke, in denen alles in der Schwebe ist und nichts geschieht; ein Übergang zwischen etwas Abgeschlossenem, Vollendetem und etwas Kommendem. Vor dem Fall Cazenave war Laurence ihre berufliche Vorgehensweise so routinemäßig, so banal vorgekommen. Es war ein weiter Weg gewesen vom Werbeprospekt der Messe in Bilbao bis zu der CD-ROM. Im Augenblick galt es, die Wut über das eigene Unvermögen hinunterzuschlucken und nachzudenken, anstatt impulsiv zu reagieren.

Diejenigen, die das Netz aufbauten, waren keine Amateure; sie dachten kühl und logisch und trafen sämtliche Vorkehrungen, um ihre profitablen Quellen zu schützen.

Wer diese Dienstleistungen in Anspruch nahm, der wusste, dass sein sexuelles Begehren weder gesetzlich, gesellschaftlich, moralisch noch kulturell geduldet wurde. Wer so etwas tat, handelte weder instinktiv noch von einem inneren Zwang getrieben. Diese Leute waren weder Bestien noch Monster, sondern intelligente Menschen, die kleine, zusammengehörende Gruppen bildeten, in denen sie ihre Perversionen teilten.

Zu ihnen zählten auch mächtige Männer, die in der Lage waren, Eindringlinge auszuschalten, von denen sie sich in ihren Privilegien bedroht fühlten.

Auch die Anbieter waren bereit, jeden zu eliminieren, der auf ihrem Terrain Fuß fassen wollte. Wer eine Liste dieser Kundschaft zu erstellen versuchte, exponierte sich also nach zwei Seiten.

Gleich morgen würde Laurence ihre Tochter nach Bordeaux zurückbringen. Dort wäre sie in Sicherheit. Dann musste sie rasch jemanden finden, der etwas mit dieser CD-ROM anfangen konnte. Nach den Ereignissen in der Felswand und der

Berghütte würden die Drahtzieher des Netzwerks vorsichtiger sein. Aber es kam selbstverständlich nicht infrage, die CD-ROM wie üblich einer offiziellen Stelle zu übergeben. Laurence durfte nicht das kleinste Risiko eingehen. Sämtliche Anfragen nach solchen Ermittlungen wurden in Form eines Vermerks festgehalten, und irgendein kleiner Schlauberger hätte rasch die Spur aufgenommen. Nein, so viel war klar: Sie brauchte unbedingt jemanden am Rande des Gesetzes.

Laurence stand auf, um nachzusehen, ob die Wohnungstür fest verschlossen war; dann ging sie zum Fenster und spähte auf die Straße hinunter. Vielleicht hatte jemand da draußen sie schon als Opfer im Visier. Doch es war niemand zu sehen; niemand lauerte ihnen auf. Laurence schüttelte sich, als wollte sie damit ihre Angst loswerden, und legte sich schlafen.

Jemanden am Rande des Gesetzes finden …

Ein guter Ermittler muss alle Werkzeuge nutzen, deren er habhaft werden kann, sagte sie sich, als wollte sie damit ihre Skrupel beschwichtigen.

28

Zwei Tage später traf Laurence sich zur Mittagessenszeit mit Robert Peret im Madura, einem indischen Restaurant in Bordeaux. Ohne sein bereits lichtes Haar und den Saddam-Hussein-Schnurrbart hätte Peret weitaus jünger ausgesehen. Sein Trenchcoat hing über der Rückenlehne seines Stuhls; sein Anzug verlieh ihm ein leicht unförmiges Aussehen. Er hatte bereits Platz genommen, als Laurence hereinkam. Sie setzte sich auf den freien Stuhl ihm gegenüber.

Beide bestellten ein Tandoori-Gericht. Peret tränkte seines mit einer dermaßen scharfen Sauce, dass er gleich mehrere Gläser Rotwein hinunterstürzte, um seine brennende Kehle zu kühlen. Schon winkte er dem Kellner, um eine neue Flasche zu bestellen.

Peret stand in dem Ruf, kostenlose Mittagessen zu schätzen, besonders in Restaurants, die seine Mittel überstiegen. Laurence taxierte ihn; hoffentlich beschränkte sein Eifer sich nicht auf die Befriedigung leiblicher Genüsse, wie es im Augenblick den Anschein hatte.

Peret gehörte zu einer Abteilung, die damit beauftragt war, illegale Geschäfte im Internet aufzuspüren.

Laurence war mit leeren Händen zu dem Treffen gekommen, doch Peret würde für seine Dienste zweifellos eine Gegenleistung verlangen.

Laurence war sich nicht sicher, ob sie auf eine mögliche Bitte eingehen wollte, doch sie war überzeugt, Peret dorthin zu bekommen, wo sie ihn haben wollte.

»Muss ja ganz schön wichtig sein, dass Sie sich selbst herbemühen«, bemerkte er.

Sie ging nicht auf seine Worte ein. Als sie davon ausging, dass

Peret sein ausgiebiges Mahl beendet hatte, bat sie ihn mit einem kumpelhaften Lächeln:

»Ich brauche Ihre Hilfe.«

Er nahm einen Schluck Wein und stützte sich auf die Armlehne des Stuhls.

»Warum ich?« Eine einfältige Frage, die er nur stellte, um Zeit zu gewinnen. Er war misstrauisch. »Ich bin ganz Ohr, Madame Bonner.«

»Ich brauche einen Hacker, der mir Zutritt zu einer bestimmten Plattform im Internet verschafft.«

»Schicken Sie mir die Akte, und ich gebe sie einem meiner Jungs«, erwiderte er.

»Leider brauche ich jemanden, der nicht bei der Polizei arbeitet.«

»Hören Sie mit solchem Blödsinn auf, Bonner«, empörte sich Peret. »Was glauben Sie eigentlich, was wir in unserer Abteilung treiben! Glauben Sie vielleicht, wir geilen uns beim Anklicken irgendwelcher Pornoseiten auf?«

Peret war vermutlich gar nicht weit von der Wahrheit entfernt, dachte Laurence im Stillen.

»Mir sind die Hände gebunden. Ich glaube, dass die Gruppe ziemlich weit verzweigt ist. Ich will auf keinen Fall, dass die Leute durch eine Indiskretion gewarnt werden. Die Polizei hatte erst vor Kurzem einen solchen Fall, wie Sie ja wissen.«

Er stellte sein Glas ab und überlegte, bis zu welchem Punkt diese Geschichte plausibel war.

»Ziemlich weit verzweigt, sagten Sie?«

Laurence nickte.

»Ich verstehe«, sagte er.

Er verstand überhaupt nichts. Er drückte sich bloß vorsichtig aus.

»Sie sitzen ganz schön in der Patsche, wenn das herauskommt. Worum geht es?«

»Das ist nebensächlich. Ganz allgemein gesagt geht es um ein Netz heimlicher Besucher.«

Von plötzlichem Durst gepackt, schenkte Peret sich ein weiteres Glas Wein ein.

Laurence war auf dem richtigen Weg.

»Eine Hand wäscht die andere«, ließ sie verlauten.

Mit einem kurzen Blick signalisierte er sein Einverständnis. Laurence lächelte ihm zu.

»Haben Sie jemanden für mich?«

»Das ist so eine Sache ...«

Sie maß ihn mit der ruhigen Gewissheit einer Frau, die es gewöhnt ist, dass nur wenige Sekunden verstreichen, bis sie eine Antwort erhält.

»Nun?«

Peret wartete ab. Auch das gehörte zum Spiel.

»Sie heißt Dolorès di Marco. Sie arbeitet unter dem Decknamen ›Fallen Angel‹.«

Er hatte den Namen – »Gefallener Engel« – preisgegeben, als wäre es eine Großtat.

»Eine Frau! Hat sie Vorstrafen?«

»Eine blütenweiße Weste.«

»Was wissen Sie von ihr?«

»Sie wohnt in Bordeaux und hat ein Diplom in Informatik. Sie hat keine Arbeit, aber auch keine Geldprobleme. Gute Familie; der Vater ist in der Raumfahrt tätig, die Mutter Literaturlehrerin am Lycée Montaigne. Das Mädchen steht seit mehreren Wochen unter Beobachtung.«

»Warum interessieren Sie sich für die Frau?«

Diese Dolorès konnte nicht so schlau sein, wenn sie die Abteilung von Robert Peret am Halse hatte.

»Jemand hat sie verraten.«

»Ein Komplize?«

»Nein, ein Exfreund.«

»Wessen wird sie verdächtigt?«

»Der Typ hat uns versichert, dass sie aus Eifersucht seine Kreditkarten gesperrt und auf seinem Bankkonto ein heilloses Durcheinander angerichtet hat. Er saß auf dem Trockenen und konnte nicht mal mehr einen Scheck ausstellen. Bis jetzt ist es uns noch nicht gelungen, das Mädchen zu erwischen.«

Er zuckte die Schultern.

»Was halten Sie davon?«

Laurence kannte diesen Nachteil ihres Metiers nur zu gut: Auskünfte, die von einem Polizisten stammten, waren oft unvollständig oder aus zweiter Hand. Sie fragte sich, ob Peret ihr nicht eine lahme Ente aufschwatzte oder gar einen Spitzel, der für ihn arbeitete.

Das konnte sie jedoch erst herausfinden, wenn sie diese Zauberkünstlerin auf die Probe stellte. »Gefallener Engel« – was für ein verrückter Deckname.

Peret leerte die Flasche Wein und bestellte sich einen Cognac, den er in einem Zug hinunterstürzte. Dann sah er auf seine Armbanduhr.

»Keine Zeit mehr für einen zweiten«, stellte er voller Bedauern fest.

Er stand auf und schlüpfte in seinen Trenchcoat.

»Sie steht im Telefonbuch«, sagte er und räusperte sich. »Di Marco, Dolorès di Marco. Eine Hand wäscht die andere, Bonner.«

Er baute sich an der Längsseite des Tisches auf und fingerte an seinem Krawattenknoten herum.

»Ich überlasse Ihnen die Rechnung«, sagte er mit der Überzeugung, dass ihm das letzte Wort gebührte.

Laurence stellte sich Dolorès genau als das Gegenteil ihres Decknamens vor. Ein junges Mädchen mit klaren Gesichtszügen, mittelgroß, kurze Haare, offener Blick hinter einer randlosen Brille, makellose weiße Bluse über einem engen Rock. Eine junge, tatkräftige Angestellte, der man bedenkenlos seine Ersparnisse anvertrauen und die Geheimnummer seiner Kreditkarte geben konnte.

Laurence täuschte sich. Das Mädchen, das ihr die Tür öffnete, pflegte den Retro-Hippie-Look. Sie war Mitte zwanzig, hatte schwarzes Haar, in das rote Strähnen eingefärbt waren, ein ebenmäßiges, freundliches Gesicht, intelligente Augen, ein Piercing in der Nase und Ringe an sämtlichen Fingern. Sie trug ein weißes, kurzärmliges T-Shirt, khakifarbene Shorts und ein Paar orangefarbene Sneakers.

»Dolorès di Marco?«, fragte Laurence. »Ich habe Sie vorhin angerufen.«

»Ach ja. Laurence … treten Sie doch bitte ein.«

Sie führte Laurence durch die Diele. Sie gelangten in ein Zimmer, das auf originelle Weise als Bar eingerichtet war; der Fußboden war schachbrettartig gefliest.

»Setzen Sie sich«, sagte das Mädchen und wies auf einen Hocker, der an der Theke stand. »Das ist aus einem ehemaligen Café«, erklärte sie, als sie bemerkte, dass Laurence ein wenig verwundert die Einrichtung musterte. »Meine Eltern haben das Gebäude gekauft, in ein Wohnhaus umgebaut und vermietet. Ich habe manches von der Einrichtung behalten.«

Sie griff nach einem Päckchen Camel-Filter auf der Theke, zündete sich eine Zigarette an und nahm einen tiefen Zug.

»Sie haben mir am Telefon gesagt, dass Sie sich für Informatik interessieren«, sagte sie und blies dabei bedächtig den Rauch aus. Ihre Stimme war rau.

Laurence legte ihre Visitenkarte auf die Theke. Dolorès warf einen Blick darauf.

»Eine Richterin!«

Sie schien beeindruckt zu sein. Laurence fragte sich, ob sie ehrlich war oder ob dieses Gebaren zum Repertoire ihrer berufsmäßigen Verstellungskünste zählte.

»Nach allem, was ich gehört habe, sind Sie eine Art Spezialistin«, sagte Laurence. »Genau so jemanden brauche ich. Sie werden seit mehreren Wochen vom Dezernat für Internet-Betrug überwacht. Von denen habe ich auch Ihren Namen bekommen, den Ihr Ex-Freund verraten hatte. Ich weiß nicht, was Sie mit Ihrem Computer alles anstellen, und es interessiert mich auch nicht. Das ist das Problem der Polizei, nicht meins. Wenn Sie mir helfen und eines Tages bei Ihren Aktivitäten geschnappt werden, können Sie auf meine Hilfe zählen.«

Dolorès hatte den Blick abgewendet. Laurence merkte auf.

»Haben Sie etwas auf dem Herd? Es riecht nach verbranntem Hähnchen.«

Dolorès sprang auf und blickte auf ihre Uhr.

»Das ist kein Hähnchen, sondern Kalbskoteletts mit Bolognese. Mein Vater ist Italiener.«

Laurence stieg von dem Hocker.

»Denken Sie über meinen Vorschlag nach. Ich komme morgen Vormittag noch einmal bei Ihnen vorbei.«

29

Am nächsten Morgen parkte Laurence gegen elf Uhr ihren Wagen vor der Wohnung von Dolorès di Marco. Es war kalt. Seit dem frühen Morgen versuchte die Sonne vergeblich, sich durch die graue Wolkendecke zu kämpfen. Laurence ließ den Motor laufen, öffnete das Fenster und schlug den Kragen ihrer Jacke hoch. Windböen fegten über den Bürgersteig und wirbelten die welken Blätter hoch.

Eva hatte mittlerweile einen Kurs für ihr Diplom als Bergführerin begonnen; Laurence hatte sie vor dem Einkaufszentrum Les Rives d'Arcins abgesetzt, wo sie sich mit einer Freundin treffen wollte.

Glücklicherweise erwähnten die Zeitungen nichts zum Thema Javier Vasquez; entweder war er gerettet worden, oder man hatte seine Leiche noch nicht entdeckt. War Letzteres der Fall, musste man die Schneeschmelze im Frühling abwarten; erst dann würden Schnee und Eis den Toten wieder freigeben. Was die Leiche des unglückseligen Carlos Uribe anging, würde der Gletscher sie nicht so schnell wieder loslassen.

Am Abend zuvor hatte Laurence ihrer Tochter den neuesten Stand der Ermittlungen dargelegt. Eva hatte sie nicht bedrängt und lediglich geäußert: »Das ist ja der helle Wahnsinn.« Hinter ihrem unterkühlten Gehabe verbarg Eva eine Verwirrung, die sie nur ungern offenbart hätte.

Laurence zögerte und fragte sich, was sie eigentlich vom Besuch bei Dolorès di Marco erwartete. Doch wie man es auch drehte und wendete – Laurence kam stets zu dem gleichen Schluss. Wenn sie Antworten wollte, musste sie Dolorès in ihre Ermittlungen einweihen. Eine andere Wahl hatte sie nicht. Sie schloss das Fenster wieder, stellte den Motor ab und stieg aus.

Ihre »Arena«, wie Dolorès es nannte, glich dem Cockpit eines Raumschiffs. Eine Gruppe von vier Computern, Flachbildschirmen, drei Scannern, Streamern, zwei Druckern und einer Unmenge anderer Geräte, die Laurence noch nie zuvor gesehen hatte, waren auf einem halbmondförmigen Brett verteilt. An der Decke stellte ein riesiger Monitor das Himmelsgewölbe nach. Ein Teil der Wand wurde von digitalen Aufnahmegeräten eingenommen. Außerdem standen verschiedene Regale im Zimmer, auf denen sich Bücher und Software mit seltsamen Namen drängten.

Dolorès ging zuerst in die Ecke, wo ihre Espressomaschine stand. Sie machte zwei Tassen Kaffee, nahm ihre Zigaretten samt Aschenbecher und setzte sich neben Laurence auf einen Sessel mit federnder Rückenlehne.

»Zucker?«

»Nein«, sagte Laurence. »Heute Morgen nicht.«

Dolorès tat zwei Stücke Zucker in ihren Kaffee.

»Was erwarten Sie von mir?« Bedächtig rührte sie in ihrer Tasse.

»Zunächst einmal muss ich davon ausgehen können, dass niemand herausfindet, wer Sie sind – auch zu Ihrer eigenen Sicherheit.«

Dolorès nahm einen Schluck und zog an ihrer Zigarette.

»Solange es nicht darum geht, in Staatsgeheimnisse einzudringen, dürften wir keine Probleme haben«, sagte sie.

»Davon sind wir weit entfernt, aber unser Unternehmen ist mindestens ebenso gefährlich. Es gilt, absolute Vertraulichkeit zu bewahren. Sie dürfen die Informationen, die Sie von mir erhalten, ausschließlich für diesen Fall benutzen und für nichts anderes …«

Dolorès nickte.

»Alles, was wir besprechen, muss unter uns bleiben. Selbstverständlich auch das, was Sie herausfinden werden. Stillschweigen ist oberste Priorität.«

»Wollen Sie es schriftlich haben?«

Ein Lächeln huschte über Laurence' Gesicht. »Ich denke dabei an Sie. Es ist mir schon passiert, dass ich Leute für meine Zwecke eingespannt habe, ohne zu ahnen, welchen Gefahren ich sie damit ausgesetzt habe.«

Nach den Dramen in der Russel-Hütte und in der Felswand wollte Laurence dieses Mädchen keinesfalls gefährden, um Aufschlüsse für ihre Ermittlungen zu erhalten. Die schrecklichen Erlebnisse, die Eva ihretwegen hatte durchstehen müssen, waren genug.

»Es handelt sich um einen brisanten Fall. Um es kurz zu machen, ich habe kein Vertrauen in die offiziellen Stellen«, fuhr Laurence fort. »Es liegt also an Ihnen, ob Sie mir helfen wollen oder nicht. Natürlich können Sie auch ablehnen.«

»Machen Sie sich keine Sorgen. Trinken Sie Ihren Kaffee und erzählen Sie mir alles.«

Laurence trank ihren Espresso in einem Zug leer, ohne Dolorès aus den Augen zu lassen.

»Ich bin einem Netzwerk auf der Spur, das kleine Jungen an eine sehr einflussreiche Kundschaft vermittelt«, sagte sie, als sie ihre Tasse absetzte. »Wenn diese Leute merken, dass wir sie zu enttarnen versuchen, werden sie verschwinden. Das darf nicht geschehen.«

Dolorès gab mit einem Nicken zu verstehen, dass sie sich der Gefahren bewusst war, denen sie sich aussetzte. Laurence öffnete ihre Tasche. Aus einem Umschlag zog sie das Messe-Faltblatt für Touristen in Bilbao, das sie im Safe von Jean Cazenave gefunden hatte.

»Das hier ist der Ausgangspunkt«, sagte sie.

Dolorès nahm den Prospekt und betrachtete ihn prüfend.

»Was stimmt damit nicht?«, wollte sie wissen und hob den Blick.

»Sie werden bemerken, dass dieses Blättchen wie die meisten kostenlosen Prospekte viel Werbung enthält«, erwiderte Laurence. »Insgesamt sind Anzeigen für elf Objekte darin: drei Restaurants, zwei Cabarets, ein Weinhändler, drei Andenkenläden und zwei Hotels. Alle diese Anzeigen sind harmlos, bis auf eine. Sie ist so abgefasst, dass keine Verbindung nachgewiesen werden kann zu dem, worum es wirklich geht. Fällt Ihnen etwas dazu ein?«

Dolorès drückte ihre Zigarette aus.

»Darf ich Ihnen ein paar Fragen stellen?«

»Ich weiß nicht, ob ich sie beantworten kann, aber legen Sie los.«

»Befinden diese Kinder sich in Bordellen?«

»Nein«, sagte Laurence. »Das wäre viel zu gefährlich.«

»Wo finden Ihrer Meinung nach die Treffen statt?«

»Ich weiß es nicht. In Apartments, nehme ich an. Wahrscheinlich in ruhigen Wohnvierteln.«

»In Bilbao?«

»Ja, aber auch an anderen Orten.«

»Auch in Frankreich?«

»Das glaube ich nicht. Aber ein Teil der Kundschaft stammt aus Frankreich.«

»Warum gibt es keine Treffen in Frankreich?«

»Weil es in Europa Länder gibt, die wenig zimperlich mit diesem Thema umgehen. Man reist heute ja ohne Einschränkungen überall herum … mit dem Flugzeug, dem Auto, der Bahn. Es ist ganz normal, für ein oder zwei Tage in ein Nachbarland zu fahren, um dort einen Markt zu besuchen, einem Sportereignis beizuwohnen oder einen Vertrag zu unterzeichnen. Es ist leicht, sich zu einer genauen Adresse zu begeben, wo Sie Ihre ›Entschädigung‹ erhalten.«

»Eine Art Sextourismus, meinen Sie. Doch statt nach Asien zu fliegen, klopft man an die Tür nebenan.«

»Genau. Das ist weniger anstrengend, und man wird auch nicht schief angesehen. Die Spanier gehen nach Belgien, die Franzosen nach Spanien, die Italiener nach Deutschland und so weiter.«

»Steckt die Polizei mit in der Sache?«

Laurence zog es vor, nicht direkt zu antworten.

»In einer Stadt, in der es von Fußballfans, Touristen oder Kongressbesuchern wimmelt, hat die Polizei andere Sorgen, das können Sie mir glauben. Erst recht, seit die Terrordrohungen sich häufen.«

»Und Sie sind sicher, dass das Internet dabei eine große Rolle spielt?«

»Ja«, antwortete Laurence, »aber nicht auf die herkömmliche Weise. Diese Leute vertreiben keine Kinderpornografie, sie machen große Geschäfte und schützen dabei ihre Kundschaft.«

Dolorès studierte eine Anzeige nach der anderen.

»Tja«, sagte sie nach einer Weile, »im Grunde fällt mir nichts Besonderes auf.«

»Bei dem Weinhändler«, sagte Laurence, »ist nur eine Telefonnummer angegeben.«

Dolorès vertiefte sich noch einmal in das Faltblatt.

»Finden Sie das verdächtig?«

»Wenn man nicht weiß, wonach man sucht, dann nicht. Aber für einen Händler ist das ein äußerst dürftiger Hinweis. Bei den Geschenkläden wird eine Adresse, eine Telefonnummer, eine Internetseite und eine Faxnummer angegeben.«

»Haben Sie bei diesem Weinhändler angerufen?«

»Ja. Ich geriet an einen Anrufbeantworter, der mich in drei Sprachen aufgefordert hat, Namen und Adresse zu hinterlassen, um einen Katalog zugeschickt zu bekommen.«

»Das ist doch eine ganz normale Vorgehensweise. Viele Leute haben nur eine Mailbox und einen Anrufbeantworter, um Kosten zu sparen.«

»Die Anzeige taucht aber auch in anderen Werbeblättchen auf. In Anvers, Brüssel, Frankfurt, Genf und Mailand – ich habe sie bei jeder Messe, jeder sportlichen Großveranstaltung in irgendeinem Prospekt gefunden.«

»Haben Sie den Katalog bekommen?«

»Nein.«

»Vielleicht sind diese Leute misstrauisch geworden.«

»Ich habe nicht meinen wirklichen Namen hinterlassen, sondern falsche Namen und falsche Adressen. Dorthin wurde nichts geschickt.«

»Warum nicht?«

»Ich vermute, dass diese Leute Nachforschungen anstellen. Erst wenn man bestimmten Kriterien entspricht, bekommt man den Katalog.«

»Haben Sie eine Ahnung, was sich dahinter verbirgt?«

»Ich habe ein Exemplar hier«, sagte Laurence.

»Wie sind Sie denn daran gekommen?«, fragte Dolorès erstaunt.

»Das kann ich Ihnen nicht sagen, aber werfen Sie mal einen Blick hinein.«

Dolorès griff nach dem Dokument, das Laurence ihr hinhielt, und schaukelte auf ihrem Stuhl hin und her.

»Nichts als Wein«, sagte sie, als sie ihn durchgeblättert hatte. Sie wirkte enttäuscht.

»Es gibt insgesamt neunundzwanzig Cru-Weine«, erklärte Laurence. »Ein kurzer Text gibt Aufschluss über die besondere Geschmacksnote des Weins. Selbstverständlich kann auch an andere Orte geliefert werden.«

»Ich verstehe nicht …«

»Zum Beispiel: zwölf Jahre alt, acht Jahre alt, frisch, fruchtig, edel, elegant, kräftig, zart, feurig, geschmeidig. Es gibt jede Menge Charakterisierungen. Außerdem gibt es eine Liste mit Empfehlungen des Hauses. Manche Weine sind sofort verfügbar, andere haben zwei bis drei Wochen Lieferzeit.«

»Mein Gott!«

»Das Unternehmen liefert gegen Geld auch eine Software mit dem Titel *Weinwissen*. Führung eines Weinkellers, Jahrgänge, Geschmacksnoten, Benennungen, Kurse. Das Ganze in spielerischer Form.«

»Ein Computerspiel?«

»Ja, ein interaktives Spiel zum Preis von fünfhundert Euro. Eine Einführung in die Önologie. Amüsant, nicht wahr? Es besteht auch die Möglichkeit, sich täglich auf den neuesten Stand bringen zu lassen.«

»Haben Sie die Software?«

»Warten Sie, es kommt noch besser«, fuhr Laurence fort. »Meiner Meinung nach ist die Ausgangssoftware nicht zu knacken, auch wenn sie in fremde Hände fällt. Es handelt sich nämlich um *echte* Önologiesoftware. Das eigentliche Spiel ist dahinter verborgen. Man lädt es vermutlich bei einem Update herunter. Erst dort treffen die Kunden ihre Wahl.«

Laurence zog die CD-ROM aus ihrer Jackentasche.

»Schauen wir mal, was wir herausbekommen«, murmelte sie.

Dolorès hatte die CD ins externe Laufwerk geschoben. Auf dem Bildschirm flimmerte der Titel *Scharfer Gegenstand gesucht.*

»Was für ein seltsamer Titel«, sagte sie und zündete sich eine Zigarette an. »Gut, zunächst einmal nehme ich an, dass dieses Spiel nur heruntergeladen wird, wenn Sie es öffnen. Da die Leistung sich nicht auf die Ausbildung zum perfekten Önologen beschränkt, soll hier bereits eine erste Sicherheit geschaffen werden. Und es gibt noch mehr Sicherheitsstufen. Echte Weinliebhaber, die zufällig auf dieser Seite landen, bleiben hier hängen. Für sie ist es eine unter Tausenden von Anzeigen im Netz, die ungefragt plötzlich auf dem Bildschirm erscheinen. Können Sie mir folgen?«

Laurence nickte.

»Diese CD stammt von den Drahtziehern der ganzen Sache. Sie ist nicht dafür gedacht, in die Hände der Kunden zu gelangen. Das wäre zu gefährlich. Man kann sie nicht öffnen, das ist ganz normal. Die Ebene, auf der sie ihre Schweinereien präsentieren, liegt viel tiefer, auf einem Server: Auch dort haben sie aber vermutlich Sicherheitsstufen eingebaut, um zu verhindern, dass jemand den Weg bis zur Quelle zurückverfolgt.«

Dolorès nahm einen tiefen Zug, bevor sie ihre Zigarette am Aschenbecher abstreifte.

»Ich nehme an, dass sie die Spielidee für sich behalten. Ich jedenfalls würde es tun. Möglicherweise ist es ein Strategiespiel, in dem der spätere Kunde eine bestimmte Rolle übernimmt. Vielleicht ist das Spiel auch in Anlehnung an ein bereits bestehendes Spiel entwickelt worden. Das ist einfacher.«

»Was für eine Art Spiel?«, wollte Laurence wissen.

»Darüber zerbrechen wir uns jetzt nicht den Kopf. Ein banales Schema, das sich aber schon bewährt hat. Bullen, Gangster, Opfer … weniger aufwendig als eine Miniserie im Fernsehen. Die Bullen geben Befehle, die Verliebten rächen ihre Geliebten. Nichts, was den Vorstellungen einer Familienmutter zuwiderlaufen würde. Das ist die zweite Ebene.«

»Eine zusätzliche Sicherheitsvorkehrung?«

»Ja. Das Spiel enthält abgeschirmte elektronische Zugänge, die nur Eingeweihte finden können. Ein normaler Besucher hat keine Chance. Über diese Sicherheitsvorkehrungen gelangt man auf eine andere Ebene, ein höheres Niveau, eine virtuelle Welt, wo das gehandelt wird, was Sie interessiert. Die Treffen, die Adressen, Fotos der Kinder, der Preis.«

»Ist diese letzte Ebene auf einem Server?«

»Ja, einem ganz gewöhnlichen Server. Ein Server hat pro Tag unzählige Besuche von regulären Benutzern; es gibt kaum eine Chance, ihnen auf die Schliche zu kommen. Diejenigen, die den Server betreiben, wissen selbst nicht, wofür er als Vehikel missbraucht wird.«

»Und wie geht das?«

»Die Daten, die die Leute eingegeben haben, nach denen Sie suchen, sind nicht mehr vorhanden. Sie sind virtuell. Sie müssen es sich wie ein Hologramm vorstellen, das funktioniert genauso. Wenn der Computer des Kunden auf die letzte Ebene gelangt, identifiziert der Server sein Gerät, der Kunde gibt seinen Codenamen ein, und das Hologramm erscheint. Bis Sie dorthin gelangen, müssen Sie mehrere Sicherheitsschranken hinter sich lassen, dann sind Sie gewissermaßen *koscher*.«

»Wenn ich Sie richtig verstehe«, nahm Laurence die Erklärungen auf, und Erregung schwang in ihrer Stimme mit, »kann man denjenigen, der heimlich in ein System einsteigt, seinerseits als Vehikel missbrauchen und so an die Liste der Nummern kommen, die die Kunden anwählen.«

»Ja und nein.« Dolorès lächelte. »Es handelt sich ja nicht um Telefonnummern, sondern um IP-Adressen. IP steht für Internet Protokoll, wie Sie vielleicht wissen. Über sie identifiziert sich jeder, der sich im Internet bewegt. Es nutzt nichts, diese Adressen in Erfahrung zu bringen, weil das System, in das wir einsteigen wollen, sie aus Sicherheitsgründen ändert.«

»Es gibt also gar keine Möglichkeit, an die Liste der Kunden zu kommen?«

Dolorès antwortete nicht. Sie stand auf und lehnte sich für ein paar Augenblicke nachdenklich an die Wand. Laurence spürte ihr Zögern.

»Sie brauchen sich keine Sorgen zu machen«, sagte sie. »*Beide* Seiten verpflichten sich zu Stillschweigen. Wenn ich dieses Zimmer verlasse, habe ich alles vergessen, was hier vor sich gegangen ist.«

Dolorès schwieg noch immer.

»Versuchen wir die Sicherung zu durchbrechen«, sagte sie dann und kehrte wieder an ihren Platz zurück. »Es muss entweder eine Zahlenkombination oder ein Passwort sein. Man darf also nicht beliebig oft probieren. Nach drei Versuchen wird das System normalerweise blockiert. Haben Sie schon irgendwelche Tasten gedrückt?«

»Nein. Ich habe lediglich auf die Buchstaben geklickt – ohne Ergebnis, wie Sie sich denken können.«

»Das ist gut.«

»Wie wollen Sie vorgehen?«

»Ich benutze ein russisches Roulette.«

»Ein russisches Roulette? Ist das ein Virus?«

Dolorès sah sie an, ohne zu antworten.

»Nein. Ein Virus soll ein System zerstören, im Allgemeinen einfach nur zum Spaß. Das russische Roulette ist etwas anderes. Es sind automatisch ablaufende Programme, die ineinandergreifen und dann ›leere‹ Daten löschen, um nur die ›echten‹ Daten in ihren Zellen zu behalten. Daher der Name ›russisches Roulette‹. Ich habe mich damit beschäftigt, als ich bei der Firma CalTech war …«

»Sie haben bei CalTech gearbeitet?«, unterbrach Laurence sie. »Na klar. Oder auch wieder nicht. Jedenfalls war ich vier Jahre dort«, sagte Dolorès lächelnd. »Mein Roulette kann in jedes beliebige System eindringen. Es verändert sich und identifiziert, was es identifizieren soll.«

»Um was für Systeme handelt es sich?«

»Bibliotheksarchive, Zeitungen …«

»Keine Datenbanken?«

»Keine Datenbanken«, sagte Dolorès mit einer wenig glaubhaften Arglosigkeit.

»Entdecken die Sicherheitssysteme Ihr Roulette nicht?«

»Es kann sich verändern und über Phantomverbindungen verhindern, dass man die Quelle ausfindig macht.«

Laurence wusste genau, was mit diesen Phantomverbindungen gemeint war. Die Telefongesellschaften benutzten sie, um ihre Einrichtungen zu überprüfen, und die kleinen Gauner schummelten sich über diese Verbindungen am Bezahlen ihrer Rechnungen vorbei. »Ja, aber in meinem Fall handelt es sich um eine CD-ROM, nicht um eine Datenbank«, gab Laurence zu bedenken, »ist das das Gleiche?«

»Ja … jedenfalls beinahe. Das Roulette nimmt die Informationen auf, die der Kombination entsprechen. Damit wird automatisch der Zugriff auf die CD möglich.«

Laurence schüttelte verständnislos den Kopf. Sie hoffte, dass Dolorès ihre Sache verstand.

»Hat Ihr russisches Roulette einen Namen?«, fragte sie.

»Tatiana. So heißt die Heldin in Eugen Onegin. Mögen Sie Puschkin?«

»Dostojewski ist mir lieber.«

»Das passt zu einem Richter.«

Dolorès setzte sich an die Tastatur. Sie rief ein Hauptmenu auf; dann wählte sie eine Software aus und machte sich daran, deren Einstellungen mit großer Sorgfalt zu ändern.

Laurence spülte die Tassen aus und bereitete noch einmal für jeden einen Kaffee.

Endlich, nach gut einer Stunde, lehnte Dolorès sich im Stuhl zurück und streckte sich.

»Drücken Sie auf die Enter-Taste.«

Laurence trat zu ihr, atmete tief ein und führte die Anweisung aus.

»Nun macht Tatiana sich ans Werk«, erklärte Dolorès, »eine Cyberspace-Version von Puschkin.«

Der Bildschirm blieb schwarz.

»Was geschieht nun?«, wollte Laurence ungeduldig wissen.

»Ich rauche erst mal eine, und dann essen wir zu Mittag. Es gibt Nudeln.«

Auf dem Bildschirm baute sich das Spiel auf. Die Grafik war von bestechender Klarheit. Auf ihren Plätzen vor der Anlage wurden sie zu zwei Schiffbrüchigen auf einem von der Strömung mitgerissenen Floß.

Auf ihren Brettern näherten sie sich einem Strand, an dem Laurence grünäugige Gestalten entdeckte, die an der steinigen Küste umherstreiften.

»Wir sind online«, bemerkte Dolorès, »und werden vom anderen Ende aus sicher beobachtet. Das System versucht auf jeder Stufe abzuklären, ob wir zur Kundschaft gehören, uns zufällig dorthin verirrt haben oder Hacker sind.«

»Wie kann es das herausfinden?«

»Wenn wir die Absicherungen suchen und hinter uns lassen, wird es eine Möglichkeit ausschalten. Und dann geht es so weiter …«

»Wenn es die Quelle ortet, wird es auch wissen, dass der Anruf nicht von einem Kunden kommt.«

Dolorès warf ihr einen erstaunten Blick zu und nickte, ohne den Bildschirm ganz aus den Augen zu lassen.

»Ich habe es so eingerichtet, dass es das Gegenteil glauben muss.«

Dolorès blieb auf der Hut und gab Informationen nur auf die entsprechende Anfrage ein, was taktisch sehr klug war; Laurence ging bei ihrer Arbeit im Grunde genauso vor.

»Wie machen Sie das?«, fragte sie.

Dolorès blickte für einen Augenblick nachdenklich drein.

»Ich benutze ein Programm, das meine IP-Adresse ständig ändert«, sagte sie dann und nahm einen Schluck Wein. »So ist das System, das uns identifizieren will, nicht in der Lage, meine Adresse zu finden. Es bewegt sich im Leerlauf und wartet auf die nächste Stufe. So sieht es theoretisch aus.«

Auf dem Bildschirm war eine Insel aufgetaucht. Das Meer hatte sich weit von den Felsen zurückgezogen und gab einen wunderschönen Strand frei. Alte Wracks zeugten von einstigen Schiffbrüchen. Weiß gefiederte Vögel kreisten über einem Wald aus Kokospalmen. Ein Schild warnte: *Privatstrand – Zutritt verboten.*

»So ein schön gestaltetes Bild habe ich noch nie gesehen. Die Grafik ist fantastisch«, gab Dolorès zu.

»Gehen wir an den Strand?«, fragte Laurence.

»Nein. Das gehört mit Sicherheit zum Spiel. Es ist die erste Falle. Ein Spieler, der zufällig hierher geraten ist, würde sich einfach auf den Weg zur Insel machen. Es ist Ebbe, das Wasser kommt mit Sicherheit bald zurück. Lassen Sie uns ein wenig warten.«

Nach zehn Minuten hob eine gewaltige Welle ihr Floß hoch und schleuderte es mit großer Wucht gegen eine Felswand.

»Unser Floß wird zerschellen, Dolorès!«

Laurence war von den Ereignissen wie gebannt. Plötzlich verschwand der Felsen. Sie befanden sich in einer Grotte.

»Wir haben die erste Pforte durchschritten«, murmelte Dolorès.

Sie bewegten sich durch einen Tunnel vorwärts. Von Zeit zu Zeit huschten Fledermäuse mit rauschendem Flügelschlag an ihnen vorbei. Schritte hallten in dem Gewölbe. Endlich entdeckten sie einen bläulichen Lichtschein: Es war das Ende des Ganges. Mitten auf dem Weg tat sich ein Abgrund auf und ließ auf jeder Seite nur einen schmalen Steg frei.

»Welche Seite wählen wir?«, fragte Laurence. »Rechts oder links?«

Dolorès dachte nach. In einem Heft notierte sie eine Abfolge von Zahlen und Buchstaben ohne offensichtliche Bedeutung.

Laurence hatte ihr Glas Wein nicht angerührt, und auch die Cookies lagen noch auf dem Teller.

Dolorès zündete sich eine Zigarette an und inhalierte. Der Rauch musste bitter sein, denn sie stieß ihn sofort wieder aus.

»Keine von beiden«, sagte sie. »Wir springen ins Leere.«

Für einen Augenblick sahen sie nur die Felswand vor ihren Augen, dann landeten sie in einem nicht sehr tiefen Fluss. Bunt schillernde Fische ließen sich vom dahinfließenden Wasser treiben. An einem Felsvorsprung lag ein kleines Boot vertäut.

»Die zweite Falle?«, fragte Laurence.

»Noch nicht.«

Dolorès betrachtete die Grafik eingehend, wendete des Öfteren den Kopf hin und her und prüfte besonders den Grund des Flusses.

»Was suchen Sie?«

»Es sieht wie ein Spiegel aus … hier!«, rief sie und wies mit dem Finger an eine bestimmte Stelle auf dem Monitor.

Laurence entdeckte ein Schattenspiel im sandigen Flussbett. Um hundertachtzig Grad gedreht, nahm es die Umrisse eines Gesichts an.

»Das ist die zweite Falle«, war Dolorès sich nun sicher. »Hätten wir das Boot genommen, wären wir wieder zum Ausgangspunkt zurückgekehrt.«

Sie klickte auf das Gesicht, und eine neue Ebene baute sich auf. Sie hieß »Metamorphose«.

Die Szenerie bestand in einer blutroten Steinwüste. Schreie waren zu hören. Spitze, durchdringende Schreie …

Der Boden war übersät von toten Leibern. In aufgeschlitzten Oberkörpern steckten Dolche und andere Stichwaffen. Köpfe waren auf Lanzen gespießt.

Zu Tode getroffen, röchelten einige Opfer noch in ihren Kettenhemden.

An einem Pfahl hing eine Armbrust.

Auf der linken Seite des Bildschirms war auf dem Zifferblatt einer Sonnenuhr die Zeit abzulesen: drei Uhr.

Der dritte Kreis.

Auf dem Schlachtfeld tauchte ein schwarzes Pferd auf, das ein paar Meter neben dem Pfahl stehen blieb. Eingehüllt in eine Staubwolke formierte sich am Horizont eine Truppe, falls es sich nicht um ein Trugbild handelte. Offensichtlich bestand ein mögliches Szenario darin, sich auf das Pferd zu schwingen, an die Spitze zu stürmen und die Meute zum Sieg zu führen, indem man den letzten Überlebenden den Garaus machte.

Laurence starrte gebannt auf den Monitor. Sie konnte den heißen Wüstenwind, der über die Dünen jagte, förmlich auf der Haut spüren.

»Das Zifferblatt«, sagte Dolorès. »Man muss die Ziffer vier mit dem Pfeil berühren.«

Andere Bilder stürmten auf den Spieler ein, um seine Aufmerksamkeit abzulenken. Ein Todgeweihter erhob sich und wies mit der Linken auf das Pferd, wobei er einen Säbel in der Rechten schwang.

Ungeachtet dieser naheliegenden Vorgehensweise griff Dolorès nach der Armbrust und zielte auf das Zifferblatt. Der Pfeil traf, und eine neue Szenerie erschien.

Unter einem tief hängenden Himmel stiegen sie die steilen Windungen eines schmalen, gepflasterten Sträßchens empor. In der Ferne zeichneten sich graue Türme und dunkle Mauern ab, die den Umrissen eines Klosters glichen. Auf beiden Seiten eines gewaltigen, auf Säulen errichteten Bogens beherrschten zwei Statuen die Festungsmauern. Sie stellten einen Ritter und ein Engelchen dar, die in zweifelhafter Haltung einander zugekehrt waren. Im Schein der Fackeln erstrahlte die Inschrift: »Stadt der Adoption«.

Dolorès ergriff Laurence' Arm.

»Wir haben es fast geschafft«, flüsterte sie. »Jetzt analysiert und vergleicht das System die Elemente, über die wir bis hierher gekommen sind, mit den zugrunde liegenden Daten. Wir werden getestet. Es wird überprüft, ob wir immer richtig gewählt haben und ob die Indizien für uns sprechen. Aber unsere IP-Adresse ändert sich schneller, als das System sie lesen kann. Deshalb stellt es sich Fragen. Hacker? Verirrte Internetsurfer? Kunden? Bullen? Wer sind sie? Es kann keine zweifelhaften Parasiten gebrauchen, die sich unter falschem Namen hier einschleichen. Es braucht eine Antwort. Wir haben noch eine Chance.«

Verschiedene Kupferstiche zogen vorüber. Es waren gewagte, von spärlichen Lichtstrahlen ausgeleuchtete Visionen und Suggestionen, die zweideutige Szenen wiedergaben. Das Ergebnis war bestrickend, denn es ging eine beinahe psychotische Wirkung von diesen Darstellungen aus.

Es war nichts Pornografisches an diesen Gravüren; manche Besucher hätten sie als Kunst betrachtet, dachte Laurence angewidert.

Plötzlich erschienen auf der Pforte des Klosters zwei mit einem dicken Seil verbundene Ringe.

Auf dem einen Türflügel wurde ein digitaler Sekundenzähler sichtbar.

Ein Countdown begann.

60 … 59 … 58 …

»Wir haben nicht mal mehr eine Minute, um dieses Seil zu durchtrennen, sonst wirft das System uns raus!«, warnte Dolorès.

»Scheiße!«, fluchte Laurence.

»*Scharfer Gegenstand gesucht!* Ich hätte mir den Säbel von dem Kerl schnappen müssen, verdammt!«, fluchte Dolorès.

Sie klickte in aller Eile auf verschiedene Elemente des Bildes, in der Hoffnung, auf ein Versteck zu stoßen, das eine Waffe barg.

Nichts.

36 … 35 … 34 …

»Wir sind so nahe dran«, murmelte Laurence.

27 … 26 … 25 …

Plötzlich sprang sie vom Sessel auf. Irgendetwas war so blitzartig durch ihr Blickfeld gehuscht, dass sie es nicht erkannt hatte.

17 … 16 … 15 …

»Der Ritter! Ich glaube, er hat ein Schwert!«

8 … 7 … 6 …

»Schnell! Schnell!«

Dolorès befolgte die Anweisung. Der Ritter hatte seine Position oben auf der Säule aufgegeben und war zu Boden gesprungen. Nun stand er vor der Pforte. Das Visier seines Helms verdeckte sein Gesicht, und eine Hand ruhte auf dem Griff seines Schwertes.

5 … 4 … 3 …

Mit weit ausholender Gebärde zog er das Schwert aus der Scheide und durchtrennte das Seil.

Die Pforte blieb verschlossen. Dolorès schaute sorgenvoll auf den Bildschirm.

»Möglicherweise hat das System erkannt, dass etwas Anormales im Gange ist«, sagte sie.

Doch ihre Überlegungen erübrigten sich. Das Spiel führte sie ins Innere des Klosters.

»Wir haben es geschafft!«, rief Laurence.

In einem prächtig geschmückten Saal erstreckte sich vor ihnen im Kerzenschein die Stadt der Adoption.

Der Herrscher über die Stadt lag ein wenig erhöht auf einem Bett und war umringt von jungen, als Pagen verkleideten Dienern. Ab und zu rief er einen anderen Mitspieler zu sich, als wäre es eine seltene Vergünstigung. Behelmte Ritter mit nacktem Oberkörper kämpften mit den zartgliedrigen Kindern.

Vom Ende der Allee lächelte ihnen eine seltsame Kreatur von jünglingshafter Gestalt befriedigt und spöttisch zu. Er bedeutete ihnen, näher zu kommen. Seine Augen musterten die Besucher eingehend. Er reichte ihnen ein Pergament, auf dem in goldenen Lettern geschrieben stand:

Willkommen in der Stadt.

Er fasste nach einem Kerzenleuchter und lud sie ein, ihm zu folgen. In einem langen Flur begegneten ihnen zahlreiche Personen in Abendkleidung, die Komplimente und scherzhafte Bemerkungen zu tauschen schienen. Sie verneigten sich respektvoll, als ihr Führer an ihnen vorbeiging. Hin und wieder leuchtete der Jüngling in verborgene Winkel hinein; Engelchen tauchten auf, um gleich wieder zu verschwinden. Nur zwei grün schillernde Punkte leuchteten noch aus dem Dunkel zu ihnen.

In der Ferne zeichnete sich die Einfassung einer Tür ab. Der Raum dahinter war dunkel und leer. Unter der Öllampe, die von der Decke hing, breitete sich ein fahler Lichtkegel aus. In einer Ecke des Zimmers saß ein Junge, der mit einer Tunika bekleidet war, auf einem Stuhl und las.

Er hob den Kopf, als die Tür sich schloss, stand auf, verneigte sich und verschwand.

»Das Buch!«, sagte Dolorès.

Sie nahm die Öllampe herunter und hielt sie ganz nah an das auf dem Boden liegende Buch.

Auf dem Deckel stand der Titel: *BoyLove.*

Sie blätterten nacheinander die Seiten durch. Alle waren weiß. Ein paar Augenblicke später tauchte eine merkwürdige Landschaft auf. Ein Schienenstrang führte am Hang eines bewaldeten Hügels entlang; ein orange-grüner Zug erklomm langsam die Steigung. Eine Kindergestalt sprang auf dem Trittbrett der Lokomotive hin und her und hielt dabei ein Schild hoch:

Folgen Sie Ihrem Führer, folgen Sie Boy!

Plötzlich gab der Computer einen dumpfen Laut von sich, und Laurence sprang entsetzt auf. Der Bildschirm war vollkommen schwarz geworden, und eine phosphoreszierende Textzeile erschien wie ein geisterhaftes Raumschiff.

n.talk.fp.Boy.dem.irc.I.irc.3.1.71.

»Was bedeutet das?«, fragte Laurence, deren Blick an Dolorès' Lippen hing.

»IRC ist das Akronym für Internal Relay Chat, ein Dialog nach dem Muster der CB. Ein gewisser FP.Boy meldet sich an. Er verbietet uns den Zutritt zur letzten Ebene. Das ist zu kompromittierend«, erklärte sie. »Das System möchte uns in einem privaten Chatroom befragen.«

Dolorès drückte verschiedene Tasten. Das Bild verschwand, um noch einmal die Anzahl der Spielteilnehmer anzuzeigen. Es gab nur eine einzige Person im elektronischen Chatroom: FP.BOY.

»Ist am anderen Ende jemand?«, fragte Laurence.

Dolorès' Finger huschten erneut über die Tasten.

»Nein, es ist nur das Programm.«

Nichts geschah. Der Bildschirm blieb jungfräulich.

»Die IP-Codes der Kunden sind verschlüsselt, verdammt noch mal«, fluchte Dolorès, »und Tatiana findet den Code nicht.«

Eine neue Botschaft forderte:

*****/.fp.Boy. Identify yourself!**

Laurence überlegte fieberhaft, doch ihr fiel nichts ein, was sie in der gegenwärtigen Situation tun könnte. Sie fühlte, wie ihre Bauchmuskeln sich verkrampften. Ein Gefühl der Ohnmacht fesselte sie an ihren Platz. Irgendwo mitten in diesen Glasfaserkabeln und Telefonleitungen trieb ein Informatikprogramm unsichtbar und unergründlich sein Unwesen, indem es Kinder verkaufte.

Ein weiterer Schriftzug lief über den Bildschirm:

*****/.fp.Boy. Who are you?**

Am anderen Ende wartete *er* oder *es* auf Antwort.

Gereizt rückte Dolorès ihren Stuhl näher an die Konsole heran. Sie versuchte es mit einer anderen Kombination aus Großbuchstaben. Ein paar Sekunden lang geschah nichts;

dann begann sich langsam ein Kindergesicht auf dem Bildschirm abzuzeichnen.

Dolorès wandte sich zu Laurence um.

»Wir haben es geschafft«, sagte sie bewegt. »Es ist dem Roulette gelungen, die IP-Adresse eines Kunden herauszupicken. Was Sie jetzt sehen werden, geschieht rein virtuell. Der Server weiß nicht, was auf Ihrem Bildschirm angezeigt wird.«

Diese letzte Ebene war nicht mehr grafisch gestaltet. Die Bilder, die Laurence zu sehen bekam, waren mit einer Digitalkamera aufgenommen worden. Von einem endlos langen, indirekt beleuchteten Flur ging eine ganze Reihe von Türen ab. Hinter jeder Tür lag ein ähnlich gestaltetes Zimmer. Ein halb entblößtes Kind saß auf einem Stuhl. Die Kamera verweilte auf den unterschiedlichen Körperregionen. Das Gesicht selbst war von einer Maske verdeckt. Das Objektiv wanderte dann zu einer an der Wand befestigten Hinweistafel. Laurence las laut vor:

»1-1-0-9-9-4 … Adoptieren Sie Dimitri, neun Jahre … liebevoll, zärtlich, leidenschaftlich …«

Der Besuch zog sich in die Länge. Neunundzwanzig Zimmer; neunundzwanzig Kinder zwischen sieben und zwölf Jahren. Laurence nahm den Katalog zur Hand und blätterte rasch die ersten Seiten durch.

»Langsam fügt sich eines zum anderen«, stellte sie fest. »Ihr Weinkatalog erwähnt neunundzwanzig Cru-Sorten, und es gibt neunundzwanzig Kinder. Ich nehme an, dass die sechs Ziffern vor dem Vornamen das Geburtsdatum angeben und gleichzeitig als Referenznummer fungieren.«

»Wer sind diese Kinder?«, wollte Dolorès wissen.

Laurence sah auf.

»Sie kommen aus Russland, dem Kosovo, Serbien, Albanien, Kroatien. Die meisten sind Waisen. Die anderen wurden von ihren Eltern an Banden verkauft, die sie dem Meistbietenden überlassen. Ich gehe davon aus, dass diese Kinder hier von der Organisation gekauft wurden, die diese Schweinerei auf die

Beine gestellt hat. Sie verschaffen den Jungen Ausweispapiere, und ein Begleiter gibt sich als ein Elternteil aus.«

»Warum laufen sie nicht weg?«

»Sie werden einer ganz bestimmten Behandlung unterzogen. Man verabreicht ihnen in regelmäßigen Abständen eine geringe Dosis Drogen. Schon nach zwei Wochen besteht eine vollkommene Abhängigkeit. Die Drogen haben eine psychotrope Wirkung. Die Kinder gewöhnen sich an die sexuellen Praktiken, an die Fantasiebilder und auch daran, dass man ihre Intimität verletzt. Sie betrachten diese Verletzungen als eine Art Gegenleistung für die Drogen.«

Angewidert schwieg Laurence. In das Mitleid, das sie für diese Kinder empfand, mischte sich nach und nach eine ungeheure Wut. »Sie haben das Ganze als ein Zentrum für Adoption getarnt«, fuhr sie schließlich fort. »Gesetze können hier nur sehr unzureichend angewendet werden. Es gibt keine Augenzeugen, keinen Beweis für ein Treffen oder eine frisch begangene Tat, und schon gar keine Klagen. Dieser Ort allein stellt keinen materiellen Beweis für die Existenz eines funktionierenden pädophilen Netzwerks dar. Ich habe keinen Beweis, dass diese Kinder entführt, verkauft oder prostituiert wurden. Sie sind maskiert, also habe ich keine Möglichkeit, ihre Gesichter zu identifizieren. Die Vornamen sind möglicherweise falsch, die Geburtsdaten auch. Und was die Umgebung betrifft, in der man sie gefilmt hat, und was diejenigen angeht, die dahinterstecken, so …«

»Was wollen Sie denn tun? Wir werden ja wohl kaum einen Bestellschein ausfüllen!«

Laurence schien diese Bemerkung nicht gehört zu haben. Finster starrte sie vor sich hin.

»Das ist es!«, rief sie plötzlich aus. »Könnten Sie einen entwerfen?«

»Einen Bestellschein?«

»Ja. Um der Identität eines Kunden auf die Schliche zu kommen.«

»Diese Typen sind nicht mehr so dumm wie früher. Sie wissen, dass man bis auf ihre Festplatte vordringen kann, und deshalb treffen sie entsprechende Sicherheitsvorkehrungen. Sie gehen in Cybercafés, um solche Gefahrenquellen auszuschalten.«

»Dann ist es also hoffnungslos.«

»Solange es sich um Informatik handelt, ist nichts hoffnungslos.«

Dolorès hatte Stift und Block aus der Tasche ihrer Bluse genommen und machte sich eifrig Notizen.

»Geht Ihnen das Ganze allmählich auf die Nerven?«, fragte Laurence.

»Ich kann nicht behaupten, dass es mir Spaß macht, aber nach dem, was ich gesehen habe, bleibt mir keine andere Wahl. Ich brauche eine Herkunft und einen Bestimmungsort, und die müssen Sie mir geben.«

Laurence dachte nach. Sie musste irgendwie zum Fall Cazenave zurückfinden. Das Faltblatt über die Messe in Bilbao und der Katalog befanden sich im Safe von Jean Cazenave. Er hatte Drohungen gegen Richter des Oberlandesgerichts von Pau ausgestoßen. Der Untersuchungsrichter Juan Uribe aus Bilbao und sein Bruder Carlos hatten ihr Leben gelassen, um ihr, Laurence, die CD zukommen zu lassen. An jedem anderen Ort wäre sie gezwungen, sich an einen europäischen Kollegen zu wenden. Der Fall würde sich herumsprechen, und die Ermittlungen, wenn es überhaupt welche gäbe, würden sich in die Länge ziehen.

Laurence stand mit einem Mal unter Hochspannung.

»Nehmen Sie als Herkunft Pau, Pyrénées-Atlantiques, und als Bestimmungsort Bilbao.«

»Also Pau und Bilbao?«

»Genau. Wie wollen Sie es anstellen?«

Dolorès schien für solche Herausforderungen zu leben, denn sie sprudelte hervor:

»Mein Roulette kann noch mehr, und das werden wir uns jetzt zunutze machen. Ihr Kunde befindet sich also in Pau, aber wir wissen nicht, wo der Server und die vom Hologramm entworfene Site sich *physisch* befinden. Um Informationen zu versenden und zu empfangen, *muss* Ihr Kunde zwangsläufig das Netz der Glasfaserkabeln benutzen, das die wichtigsten Städte miteinander verbindet. Wenn er eine Bestellung aufgeben will, kommt er nicht umhin, einen dieser Knotenpunkte aufzusuchen. Das Roulette wird sich nun in jedem dieser Knotenpunkte auf die Lauer legen und darauf achten, ob unter den durchgehenden Informationspaketen welche auftreten, die unseren Auswahlkriterien entsprechen. Sobald dies der Fall ist, werden wir sie markieren und sie bis auf den Server zurückverfolgen, gewissermaßen wie ein Trittbrettfahrer.«

»Und dann?«

»Falls Ihr Kunde beschlossen hat, eine Bestellung aufzugeben, werden wir die Einzelheiten erfahren: den Tag, die Uhrzeit und den Treffpunkt. Und das wollen Sie doch, oder?«

30

Laurence schlug die Augen auf und starrte an die Wand. In den vorangegangenen Tagen hatte sie gespürt, wie ihre Moral während des Wartens auf den Anruf von Dolorès ins Wanken geriet. Der gute Ruf angesehener Leute würde mitsamt ihrer Karriere in den Schmutz gezogen werden. Sie musste eine Bombe hochgehen lassen, um selbst unbeschadet aus der Affäre herauszukommen. Im Augenblick schien Dolorès ihr noch nicht den entscheidenden Zündstoff liefern zu können.

Der Bordeaux, dem sie am Abend zuvor ausgiebig zugesprochen hatte, hatte ihr einen traumlosen Schlaf beschert. Eine Hand auf dem schmerzenden Kopf, schob sie mit den Füßen den Wall aus Kissen zurück, in den sie sich eingegraben hatte. Sie hatte auf dem Sofa geschlafen.

Jemand klingelte an der Tür. Der Besucher war hartnäckig. Laurence wusste, dass sie etwas Bestimmtes tun sollte, ohne dass ihr einfiel, was es war. Ihr Herz schlug unregelmäßig. Endlich warf sie sich einen Morgenmantel über. Barfuß eilte sie durchs Zimmer und bemerkte, dass es draußen taghell war.

Eva stand auf der Treppe.

»Ich habe meine Schlüssel vergessen«, sagte sie.

Laurence nickte und ging in die Küche zurück.

»Wo ist Oma?«, fragte sie, als ihr plötzlich auffiel, wie wunderbar still es im Haus war.

»Beim Zahnarzt.«

Laurence sah auf die Uhr. Es war fast zwölf Uhr mittags.

»Hast du keinen Unterricht?«

»Die Lehrer streiken.«

Laurence stellte die Kaffeemaschine an, taumelte leicht und stützte sich auf eine Stuhllehne.

»Du hast allein eine ganze Flasche Wein getrunken!«, sagte Eva erschrocken und zornig zugleich.

Laurence schien sie nicht zu hören. Eva legte eine Tüte mit Croissants auf den Tisch. Sie sah ihre Mutter an und lachte.

»Was ist?«

»Hast du dich heute schon mal angeschaut?«

Vor dem Spiegel im Badezimmer sah Laurence, dass ihre Haare durch eine Art magnetisches Feld zu Berge standen wie Eisenfeilspäne. Sie war noch nicht in der Lage, die nötigen klaren Gedanken zu fassen. Sie dachte an die Akten, die sich während ihrer freien Tage vermutlich angesammelt hatten, und daran, wie sie bei Wiederaufnahme der Arbeit alles unter einen Hut bringen sollte: Arbeit, Bewegung, Schlaf … Sex. Beim letzten Wort zuckte sie innerlich zusammen. Sex hatte sie weitgehend durch Abstinenz ersetzt.

Frisch geduscht kehrte sie in die Küche zurück. Der Kaffee war bereits fertig. Eva hatte die Zeitung ausgebreitet und aß ein Croissant. Der Geruch von frischem Teig und Butter erfüllte das Zimmer. Laurence schenkte sich eine Tasse Kaffee ein.

»Isst du kein Croissant?«, fragte Eva und legte die Zeitung beiseite.

»Nein, danke. Mir ist noch ziemlich übel.«

Während des Falls Cazenave hatte sie abgenommen, legte aber keinen Wert darauf, wieder zuzunehmen.

»Es steht nichts über ihn drin«, bemerkte Eva.

»Über wen?«

Eva schüttelte den Kopf.

»Mein Gott, du gehst mir auf die Nerven, wenn du so tust, als hättest du ein Brett vorm Kopf. Über wen wohl? Vasquez natürlich! Erinnerst du dich noch an Vasquez? Das war der Typ, der dich erwürgen wollte!«

Laurence sah sie überrascht an.

»Du warst heute Morgen noch einmal dort oben.«

Eva antwortete mit einem Schulterzucken.

»Hör zu«, sagte Laurence. »Es ist mir egal, was aus Vasquez

geworden ist. Der Kerl hat versucht, uns zu ermorden, und er hat nur bekommen, was er verdiente. Du hast dir nichts vorzuwerfen. Ganz im Gegenteil. Wenn wir noch am Leben sind, dann nur dank dir. In der Gerichtssprache heißt das Notwehr, und du kannst mir glauben, dass ich weiß, wovon ich spreche.«

Laurence leerte ihren Kaffee und schenkte sich noch einmal nach. Ihr Magen rumorte, als wollte er gegen den übermäßigen Koffeingenuss aufbegehren.

»Noch etwas«, sagte Eva, die sich offenbar wieder beruhigt hatte, »deine neue Freundin hat heute Morgen angerufen.«

Sie wühlte in der Tasche ihrer Jeans und zog einen zerknitterten Papierfetzen hervor.

»Ganz schön cool für eine Frau, aber ihren Namen wollte sie mir nicht sagen. Ich sollte dir nur ausrichten, dass sie dir eine E-Mail-Adresse eingerichtet hat, um dir Nachrichten schicken zu können.«

Laurence nahm den Papierfetzen und las laut vor.

»Laurence72@hotmail.com. Passwort: Bilbao. Etwas anderes hat sie dir nicht gesagt?«

»Doch. Sie hat gesagt, dass du sie nicht anzurufen brauchst, weil sie in Urlaub gefahren ist.«

31

Laurence hatte sich verspätet. Das schlechte Wetter hatte sie trotz aller Ungeduld zu einer vorsichtigen Fahrweise gezwungen. Als sie im Hotel Nervion eintraf, hatte sie keine Nachricht jenes Mannes vorgefunden, den sie hier treffen sollte.

Es war ihre zweite Reise nach Bilbao seit der Mitteilung von Dolorès, die es vorgezogen hatte, auf der anderen Seite des Ozeans das Ende der Geschichte abzuwarten. Laurence wusste den Text der Nachricht auswendig:

Rendezvous in Bilbao, Dienstag, 10. Dezember, 20 Uhr. Anschrift: 23, Calle Pablo de Alzola, Apartment 3 B.

Wie Dolorès es vorausgesehen hatte, war der Kontakt zum Server von einem Cybercafé in Pau erfolgt, dem Seventy's. Die Leute dort gaben nur selten ihren richtigen Namen an, hatte der Angestellte Laurence anvertraut, als sie ihn nach dem Verzeichnis der Benutzer gefragt hatte.

Schwere Wolken hingen dunkel über der Stadt. Sie wäre gern ausgegangen, konnte ihr Zimmer wegen des Telefons aber nicht verlassen. Richter Juan Uribe wäre der richtige Mann für diese Situation gewesen, doch er war tot, und die Informationen, die Laurence bisher besaß, reichten noch nicht aus; sie musste einen Weg finden, sie fruchtbar zu machen. Ihr blieben sechsunddreißig Stunden, einen Plan zu entwerfen.

Ein paar Tage zuvor hatte sie sich mit der Witwe des Richters Uribe in einem Drugstore getroffen, der rund um die Uhr geöffnet hatte.

Die breite Straße war verlassen gewesen. Bis auf ein paar Studenten und Nachtschwärmer, die die Frühausgabe der Zeitungen abwarteten, war kaum jemand unterwegs. Die Frau schien sich nicht wohl in ihrer Haut zu fühlen. Sie hatte ihren schwarzen, zerknitterten, bis zum Hals zugeknöpften Mantel nicht abgelegt, als wollte sie jederzeit die Möglichkeit haben, den Ort fluchtartig zu verlassen. Sie war mittelgroß, mager und vermutlich Ende vierzig. Ringe lagen unter ihren dunklen Augen, in denen sich das Erstaunen spiegelte, sich an einem solchen Ort wiederzufinden.

Laurence begegnete ihr zum ersten Mal. Anfangs drohte die Situation peinlich zu werden. Die Witwe schien nicht sehr glücklich über die Wendung, die die Unterhaltung genommen hatte; gleichzeitig hatte Laurence den Eindruck, dass sie auch nicht über etwas anderes reden wollte. Dass sie nur Spanisch sprach, machte das Gespräch auch nicht gerade leichter. Sie ahnte natürlich, dass Laurence so hartnäckig darauf bestanden hatte, sich mit ihr zu treffen, um etwas über die Ermordung ihres Mannes zu erfahren.

Sie sprach von seinem Misstrauen während der letzten Wochen vor seinem Tod. Sie sah ihn wieder vor sich, wie er mit geschlossenen Augen aufgebahrt auf dem weißen Überwurf ihres Bettes lag. Rings um ihn standen schwarz gekleidete Leute und Uniformierte, die leise sprachen und den Kopf schüttelten. Sie hatte sie lange und schweigend beobachtet und sich dabei gefragt, wer von ihnen Juan verraten hatte. Natürlich schenkte sie der offiziellen Darstellung keinen Glauben. Über ihren Schwager, von dem sie seit einem Jahr nichts mehr gehört hatte, hatte die ETA ihr die Information zukommen lassen, dass die Untergrundorganisation nichts mit dem Tod des Richters zu tun hätte. Sie gestand, dass die Gefahr immer noch schier unerträglich auf ihren Schultern lastete. Dann schaute sie sich hastig um, als lauerte an den Nachbartischen eine Bedrohung.

Laurence hatte darauf verzichtet, ihr nähere Angaben über Carlos' Tod zu machen. Sie war hier in Bilbao, um die Mörder des Richters zu identifizieren und hinter Schloss und Riegel zu bringen. Dafür brauchte sie jemanden, mit dem sie aufrichtig zusammenarbeiten konnte; einen Richter oder Polizisten, dem auch Uribe selbst vertraut hätte.

Ein solches Ansinnen hatte die Frau in Erstaunen versetzt. Sie hatte einen Schluck von ihrem Kaffee genommen und ein Päckchen Zigaretten hervorgeholt. Sie nahm einen Zug, blies den Rauch aus und schluckte einmal, bevor sie die Schultern unter ihrem zerknitterten Mantel hochzog. Ihr Blick hing gedankenverloren an einem unbestimmten Punkt im Raum, bevor sie Laurence anschaute. Sie sprach ruhig und leise, als hätte sie Angst, sie könnten belauscht werden. Ja, sie kannte jemanden; er hieß Antonio Rincon und war Leutnant bei der Spezialabteilung der *Guardia Civil*. Vor sechs Monaten war er hier in die Stadt versetzt worden. Rincon bekämpfte den Terrorismus und war der Einzige, der nichts mit dem Albtraum zu tun hatte, den sie durchlebt hatte. Er war ein Freund ihres Mannes gewesen; dennoch konnte sie nicht mit Sicherheit sagen, ob er vertrauenswürdig war. Im Augenblick gäbe es eine solche absolute Sicherheit nicht, hatte sie hinzugefügt.

Als Rincon um vierzehn Uhr immer noch nicht angerufen hatte, bestellte Laurence ein Sandwich und ein Bier. Im Fernsehen liefen die täglichen Soaps. Sie stellte den Ton ab und beendete ihre Mahlzeit. Es war kurz vor drei, als das Telefon klingelte. Die Rezeption teilte ihr mit, dass eine Nachricht für sie abgegeben worden war. Laurence zog ihre Jacke über und begab sich in die Lobby hinunter. Die mit *A. P.* unterzeichnete Nachricht sah ein Treffen um fünfzehn Uhr dreißig in der Halle des Guggenheim-Museums vor.

Draußen fiel ein feiner, kaum wahrnehmbarer Nieselregen. Das Museum war zehn Gehminuten vom Hotel entfernt; Laurence konnte das Gebäude am Ufer des Nervion von hier aus sehen. Sie schlug den Kragen ihrer Jacke hoch und vergrub die Hände in den Taschen.

Sie ging schnell und schaute sich nur von Zeit zu Zeit rasch um, ohne vor einem Schaufenster zu verweilen, um noch einmal in die Richtung zurückzublicken, aus der sie gekommen war. Es war schwer festzustellen, ob jemand sie beobachtete.

An einer Ampel blieb sie stehen. Bei dem Gedanken, die

Mörder der Brüder Uribe könnten inmitten der Menschenmenge sein und auf einen günstigen Augenblick warten, um sie vor ein Auto zu stoßen, trat sie rasch von der Bordsteinkante zurück.

Sie steckte bis zum Hals in diesem Fall und hatte keinerlei Unterstützung. Aus Gründen, die ihr heute nicht mehr so zwingend erschienen, hatte sie beschlossen, die Ermittlungen allein zu führen. Nun hatte sie das ungute Gefühl, sich falsch entschieden zu haben.

Die Ampel sprang auf Grün, und sie überquerte die Straße. Im Grunde konnte sie auf niemanden zählen, und diesmal war sie nicht imstande, über ihre Besorgnis zu lachen.

Sie zahlte acht Euro für die Eintrittskarte und wartete ein paar Minuten, bevor sie hineinging. Das Museum bestand aus vielen miteinander verbundenen Gebäudeteilen. Achteckige Räume waren mit Kalkstein verkleidet; andere waren verwinkelt oder schief und mit einer titanbeschichteten Oberfläche versehen. Riesige Glasfronten verliehen dem Gebäude eine lichtdurchflutete Transparenz.

Laurence ging durch den Eingangsbereich ins Atrium. Durch eine riesige Glaskuppel in Form einer Blume fiel das Licht ins Innere. Um diese zentrale Halle herum waren drei Ebenen von Galerien angeordnet, die durch hängende Brücken, gläserne Aufzüge und Treppenaufgänge miteinander verbunden waren.

Es war warm in den Räumen. Laurence öffnete bedächtig ihre Jacke und ließ den Blick prüfend über die Menge um sie herum schweifen. Sie sah forschend in die Gesichter und versuchte zu erraten, wie Rincon wohl aussehen mochte. Was für eine Hilfe würde dieser Leutnant der *Guardia Civil* ihr bieten können?

Ihre Aufmerksamkeit richtete sich auf einen Mann mit kurzem Haar, der einen strengen, dunklen Trenchcoat trug. Er wirkte nicht so, als würde er jemanden suchen, denn er ging geradewegs zu den Aufzügen. Laurence sah ihm nach. Als sie sich umwandte, stand ein Mann in einem Gabardinemantel vor ihr. Er hatte nasse Haare und trug eine schwarze Brille.

»Leutnant Rincon?«

Er nickte. Sie reichten sich kurz die Hand, ohne dass Herzlichkeit zu spüren war. Ein bloße Berührung, die zu nichts verpflichtete.

»Laurence Bonner.«

Nachdem er ihr seine Dienstmarke gezeigt hatte, wies er mit einer Kopfbewegung zum Ausgang.

»Lassen Sie uns in Ihr Hotel gehen«, sagte er.

Er sprach ein beinahe akzentfreies Französisch.

»Warum haben Sie mir diesen Treffpunkt genannt?«, wollte Laurence erstaunt wissen.

Rincon ließ sich mit der Antwort Zeit. »Ich wollte sicher sein, dass Ihnen niemand folgt«, erklärte er.

Sie hatten sich in einen Salon des Hotels gesetzt. Der Regen trommelte auf die Dächer der Autos; die Lichter der Stadt und die Scheinwerfer des Verkehrs spiegelten sich auf dem glänzenden Asphalt. Um sie herum unterhielten sich elegant gekleidete Frauen lachend mit braun gebrannten Männern, die schwarze oder dunkelblaue Hosen und weiße Hemden trugen und an deren Fingern dicke Ringe blitzten.

Unter seinem Gabardinemantel trug Rincon einen dunklen Anzug von der Stange.

»Wobei können wir Ihnen helfen?«, fragte er.

Er blickte Laurence mit höflicher Aufmerksamkeit an.

»Bei der Verhaftung der Mörder von Richter Uribe und seinem Bruder Carlos«, sagte sie ruhig.

Rincon kramte ein Päckchen Zigaretten aus der Tasche seines Jacketts.

»Darf ich?«

»Bitte.«

Er zündete die Zigarette an und legte das Feuerzeug auf den Tisch.

»Woher wissen Sie von Carlos?«

Seine Reaktion ließ ihr Herz höherschlagen. Sie spürte, dass die Begegnung mit ihm nicht umsonst sein würde. Rincon war an der Sache interessiert, das konnte sie jetzt schon spüren.

»Das ist eine vertrauliche Information«, sagte sie.

Er schüttelte den Kopf.

»Auch Carlos war mein Freund«, sagte er.

Sie zwang sich, ruhig zu bleiben.

»Ich bin schon sehr weit mit meinen Ermittlungen, Leutnant. Ich weiß, warum die Brüder Uribe gestorben sind, und ich weiß auch, wer sie umgebracht hat.«

Rincon war höchstens vierzig Jahre alt. Seine nach hinten gekämmten Haare unterstrichen seine markanten Wangenknochen. Er nahm die Brille ab, und Laurence konnte zum ersten Mal seine Augen sehen. Ein grauer, eiskalter, undurchdringlicher Blick traf sie – der Blick eines Mannes, der Mörder und deren Handlanger gnadenlos in die Enge treibt.

»Wir haben es nicht mit einem gemeinen Mörder zu tun«, fuhr sie fort. »Es handelt sich um ein organisiertes Netz. Diese Leute sind gefährlich, vorausschauend und kaum zu fassen.«

»Ein Terrornetzwerk?«

Sie schüttelte den Kopf.

»Nein, es geht um Kinderprostitution. Richter Uribe hatte auf mein Betreiben hin Ermittlungen in dieser Richtung angestellt.«

Laurence ließ schweigend ein paar Minuten verstreichen.

»Erzählen Sie mir die ganze Geschichte«, murmelte Rincon. »Ich glaube, Ihnen bleibt nichts anderes übrig.«

Er lauschte den Ausführungen Laurence', ohne eine Miene zu verziehen. Von Zeit zu Zeit nickte er, als würden ihn die Ereignisse nicht im Geringsten überraschen. Er hatte seine Zigarette ausgedrückt; nun ruhten seine Hände auf seinen Knien. Er schien die Informationen aufzunehmen und unterzog sie offenbar gleichzeitig seiner eigenen Betrachtungsweise.

»Wir werden nicht alle schnappen«, sagte er, nachdem Laurence geendet hatte. »Nach der ersten Verhaftung werden die anderen Kerle auseinanderstieben wie ein Schwarm Rebhühner.«

Da hatte Rincon recht. Man konnte unmöglich ausreichend Beweismittel zusammentragen, um gleichzeitige Verhaftungen durchzusetzen. Die Auswertung der CD-ROM und der Hologramm-Site würde keine weiteren Erkenntnisse mehr liefern. Und Laurence bezweifelte, dass die Techniker der polizeilichen Informatikabteilung genügend Hinweise finden konnten, um sie zu den Leuten zu führen, die ihre schmutzigen Geschäfte mit Kindern trieben.

In zwei bis drei Stunden konnten die Computer voneinander getrennt und die Bänder versteckt, in Kartons verpackt und in einem Kleinlieferwagen verstaut werden. Dann brauchte man nur noch einen Briefkasten, einen neuen Datenträger, ein Zimmer in einem der zu drei Vierteln leer stehenden Wohnblocks in einem der tristen Vororte, und das Spiel würde mehr oder weniger von vorn beginnen. In nur wenigen Tagen wäre man wieder handlungsfähig. Es würde gewissermaßen einem Ratespiel gleichen, diese Leute aufzustöbern.

Auch hinsichtlich der Bezahlungsweise durfte man sich keinen Illusionen hingeben. Hier wurde bar und vor Ort bezahlt, um keine Spuren zu hinterlassen.

»Kennen Sie die Identität des Mannes, der aus Ihrer Stadt stammt?«

»Nein«, sagte Laurence. »Ich nehme aber an, dass es eine bedeutende Persönlichkeit ist, ein hoher Justizbeamter. Wir müssen ihn schon in flagranti erwischen, um etwas ausrichten zu können.«

»Ich kenne einen Richter. Er ist in Ordnung«, sagte Rincon und blickte auf seine Uhr. »Wir werden ihn aufsuchen.«

Laurence erhob sich und zog ihre Jacke über. Es war zu spät für eine Kehrtwendung.

Frühdunst lag noch über der Stadt, als Rincon sie am nächsten Tag vor ihrem Hotel abholte, um sie zur siebten Etage des anonymen Gebäudes zu führen, in dem sie gestern schon gewesen war.

Auf den Gängen war es noch still; es herrschte eine seltsame Stimmung der Abgeschiedenheit. Obwohl es noch nicht einmal acht Uhr dreißig war, hatte Richter Munoz sein Jackett bereits ausgezogen und war offenbar seit mehreren Stunden an der Arbeit.

Vor ihm auf dem Schreibtisch lagen um einen Laptop herum zahllose Akten ausgebreitet; die rosafarbenen Blätter für Telefonnotizen stapelten sich bereits zu einem Stoß. Sein Gesicht wirkte eingefallen und traurig, als hätte er gerade einen Verwandten oder einen guten Freund verloren.

»Stimmt was nicht?«, fragte Laurence und nahm Platz. Munoz setzte seine Brille ab und schob sie in seine Hemdtasche.

»Ein kleiner Anflug von Müdigkeit, Madame Bonner. Kommen Sie, trinken wir einen Kaffee. Auf dem Gang steht eine Kaffeemaschine.«

Sie verließen das Büro, und der Richter schloss die Tür ab. Durch die Glasfront konnte Laurence auf den dunklen Wasserlauf des Nervion blicken.

Der böige Wind schlug den Regen gegen die Scheiben, wo er in Rinnen hinunterlief.

Munoz und Rincon kamen zu Laurence zurück, und der Richter reichte ihr einen Becher.

»Ihr Kaffee ist ohne Zucker«, sagte er. »Ich trinke meinen sehr süß, wie auf Kuba.«

Laurence nahm einen Schluck.

»Er ist sehr stark und sehr gut.«

Munoz schüttelte den Kopf und lächelte.

»Ich weiß, wer der Mann ist, der Sie in den Bergen angegriffen hat und den Sie für den Mörder von Carlos Uribe halten.«

»Javier Vasquez?«

Munoz hatte sich an die Wand gelehnt. Rincon, der seinen Becher mit einem Zug leer getrunken hatte, war noch einmal zur Kaffeemaschine gegangen.

»Ja, ein ehemaliger Polizist, gegen den vor sechs Jahren ein Disziplinarverfahren wegen Prügelei angestrengt wurde.«

»Gibt es etwas Neues über ihn?«

»Nein. Vielleicht hat er Ihre Beilattacke nicht überlebt«, sagte Munoz.

»Es war ein Eispickel«, stellte Laurence nüchtern fest. »Ich habe ihm einen Eispickel in den Oberschenkel gehackt.«

Über Evas Anwesenheit hatte sie vorsichtshalber kein Wort gesagt.

»Ich glaube, dass er mit den Leuten in Verbindung steht, die für den Tod von Richter Uribe verantwortlich sind. Deshalb werden wir auch in diese Richtung ermitteln«, seufzte Munoz.

Insgeheim mochte er daran denken, dass auch Spanien seine räudigen Schafe hatte. Ihre Verhaftung würde Aufsehen erregen und allgemeine Verwirrung stiften. Männer wie Munoz, die in ihrem Leben etwas Anständiges vollbringen wollten, hatten die Konsequenzen des öffentlichen Vertrauensverlusts zu tragen, der mit derlei Aktivitäten verbunden war.

»Gehen wir in mein Büro zurück«, forderte Munoz Laurence auf, »ich werde Ihnen erklären, was wir für heute Abend arrangiert haben.«

Ein Mann, dem sie tagtäglich auf den Fluren des Gerichtes von Pau begegnete, ein Pädophiler, der sich hinter der Richterrobe versteckte, würde heute Abend losziehen, um seine Gelüste zu befriedigen. Für Laurence war es der letzte Frondienst auf ihrem Programm. Danach wäre es möglicherweise an der Zeit, den Beruf zu wechseln.

32

Zusammen mit Richter Munoz, Antonio Rincon und zwei Technikern saß Laurence in dem getarnten Kleintransporter der *Guardia Civil* und starrte auf zwei Monitore. Das Fahrzeug stand ungefähr zehn Meter vom Eingang der Nummer 23, Calle Pablo de Alzola entfernt, einem ziemlich luxuriösen Wohnblock, in dem kurzfristig Apartments vermietet wurden.

Apartment 3 B, das auf einem der Monitore zu sehen war, bestand aus einem großen Wohnraum und einem Bad. Vor den Fenstern hingen dichte Vorhänge. Die Wand zierte ein Bild, das einen Strauß gelber Hibiskusblüten zeigte, der aus einem dunklen Blättermeer ragte. Über das Bett war eine weiße Tagesdecke gebreitet; in einer Ecke des Zimmers befand sich eine Kochecke mit einer Kochplatte, Minibar und Mikrowelle.

»Sind Sie sicher, dass er nichts ahnt?«, fragte Laurence Munoz.

Mehrere Monate hatte sie auf diesen Augenblick gewartet, und nun schien er unmittelbar bevorzustehen. Der Richter schüttelte den Kopf.

»Machen Sie sich keine Sorgen. Wir sind sehr vorsichtig gewesen. Als Techniker der Telefongesellschaft getarnt, haben unsere Leute die Kameras und Mikros angebracht. Niemand außer uns kennt die gesamte Operation. Wenn etwas durchgesickert ist, dann höchstens in Richtung ETA, und die haben mit unserer Sache nichts zu tun.«

Laurence blickte auf die Uhr. Es war kurz vor sechs. Das Treffen sollte um zwanzig Uhr stattfinden. Sie hatten Zeit genug, doch der unaufhörliche Regen beeinträchtigte ihre technischen Möglichkeiten unter Umständen ein wenig.

»Was haben Sie mit ihm vor?«

Munoz drehte sich zu Laurence um. »Wir haben ihn noch nicht festgenommen«, sagte er in beinahe vertraulichem Ton, als wollte er darüber hinweggehen, dass er nicht auf die Frage antwortete.

Er zog ein Taschentuch hervor, mit dem er seine Brille zu putzen begann.

Er wirkte jetzt frischer als heute Morgen.

Laurence sann darüber nach, wie viele ETA-Terroristen er im Tausch gegen Informationen schon laufen gelassen hatte. Nicht zum ersten Mal würde die spanische Regierung solche Tauschgeschäfte machen.

Welchen Handel mochte Munoz dem französischen Richter wohl unterbreiten, den sie in wenigen Stunden festnehmen würden?

Munoz' Gesichtsausdruck verriet Laurence, dass er sich in einer schwierigen Lage befand. Ihr wäre es kaum anders ergangen, hätte er sie in eine ähnliche Geschichte hineingezogen. Beim kleinsten Schnitzer würden die Kosten für die Operation auf ihn zurückfallen.

Die Verantwortung wurde von oben nach unten weitergereicht, und hinter Munoz kam nicht mehr viel. Nur noch die anonyme Masse der ortsansässigen Polizisten, die man kaum zur Rechenschaft ziehen konnte.

Auf einem der Monitore war der Eingangsbereich des Wohnblocks zu sehen. Ein gefliester Weg führte durch die Rasenfläche dorthin. Mehrere Laternen verströmten ein fahles Licht, in dem das feuchte Gras matt glänzte. Die von Regentropfen verzerrten Neonlichter einer Cafeteria spiegelten sich auf dem gegenüberliegenden Gehsteig.

Zwei uniformierte Polizisten schüttelten ihre nassen Umhänge aus und gingen vorüber. Sie warfen einen teilnahmslosen Blick auf den Kleintransporter; dann setzten sie ihren Rundgang fort.

»Die Hartnäckigkeit, mit der Sie diesem Fall nachgegangen sind, hat mich beeindruckt«, hatte Munoz ihr gestanden.

Laurence fragte sich allmählich, ob diese Hartnäckigkeit sich nicht auf etwas viel Persönlicheres gründete als auf rein berufliche Gewissenhaftigkeit. Das Bild von Generalstaatsanwalt Delpy war ihr nicht aus dem Kopf gegangen; tatsächlich wünschte sie tief in ihrem Innern – ohne es sich einzugestehen –, dass er es wäre, der sich hier auf außereheliche Abenteuer mit kleinen Jungen einließ.

Als um zehn Uhr abends immer noch niemand im Apartment 3 B aufgetaucht war, erkannte Laurence, dass Dolorès' Botschaft falsch gewesen war.

33

Schon lange vor Tagesanbruch ging Laurence am nächsten Morgen in ihrem Hotelzimmer auf und ab. Sie war viel zu nervös und niedergeschlagen, um zu schlafen oder auch nur das Bedürfnis nach Schlaf zu verspüren. Als spät am Abend feststand, dass das Unternehmen gescheitert war, herrschte im Kleintransporter eine gedrückte Stimmung. Munoz stellte zwar Laurence' Integrität nicht in Abrede, zog jedoch Dolorès' Informationen ernsthaft in Zweifel. Da die Informantin selbst das Weite gesucht hatte, fiel es umso schwerer, den von ihr übermittelten Daten Glauben zu schenken. Obwohl Laurence protestierte, hielt Munoz es für überflüssig, die Überwachung fortzusetzen. Der Hinweis, auf den die Observierung sich gründete, hatte schließlich zu nichts geführt. Er gab zu, dass die genauen Angaben wie Adresse, Nummer des Apartments und Datum ihn überzeugt hatten und dass auch das Vertrauen, das Laurence den Informationen entgegenbracht hatte, nicht ohne Eindruck auf ihn geblieben war. Da die wichtigste Aufgabe von Richter Munoz der Kampf gegen den Terrorismus war, standen ihm keine ausreichenden Einsatzkräfte zur Verfügung. Seine Leute waren ohnehin schon überlastet, da die spanische Regierung unter dem Druck der Amerikaner ihr Augenmerk nicht mehr nur auf die ETA, sondern auch auf die Identifizierung und Ausschaltung der arabisch-muslimischen Netzwerke von Schläfern im eigenen Land richtete. Persönlich bedauerte Munoz, dass die Dringlichkeit der Fälle sexuellen Missbrauchs in den Hintergrund getreten war. Er hatte getan, was er konnte, doch es war Laurence' Aufgabe, weitere Ermittlungen anzustellen und andere Indizien aufzutreiben, bevor sie sich erneut an ihn wendete. Er konnte ihre Befürchtungen durchaus nachvollziehen und verstand, warum sie verdeckt und ohne Unterstützung des Dezernats für sexuellen Missbrauch arbeiten wollte, doch beim gegenwärtigen Stand der Ermittlungen sah er nichts, was er noch für sie tun könnte. Nein, er schickte sie nicht zum Teufel; er zog sich einfach zurück und erklärte, man müsse abwarten.

Dies brachte er ihr in höflichen Worten bei – eine feinsinnige Mischung aus Lob und Kritik, dazu seine Visitenkarte als Dreingabe. Mit anderen Worten, er wollte ganz einfach in Ruhe gelassen werden. Er hatte keine Lust, sich so etwas aufzubürden. Laurence beharrte nicht darauf, denn sie befürchtete, sich eine weniger höfliche, dem Protokoll entsprechende Ablehnung einzuhandeln. Antonio Rincon, der sie zu ihrem Hotel zurückbegleitete, entschuldigte sich aufrichtig dafür, dass er sich an die Befehle seiner Vorgesetzten zu halten habe.

Laurence grübelte bis tief in die Nacht, ohne auf etwas Neues zu stoßen, das Munoz hätte überzeugen können.

Sie hatte sich bemüht, ihre negativen Gedanken zu verjagen, doch sie war an einem toten Punkt angelangt. Vielleicht sah sie in dem Fall ausschließlich das, was sie sehen wollte. Wenn Munoz der Meinung war, man müsse die Zeit für sich arbeiten lassen, so war Laurence – ganz im Gegenteil – sicher, dass ihr die Zeit davonlief. Während sie hier in ihrem Zimmer auf und ab ging, missbrauchten hier oder in anderen Städten perverse Männer Kinder, die durch Drogen gefügig gemacht worden waren.

Es schien ihr, als wäre alles, was sie seit Beginn ihrer Ermittlungen zusammengetragen hatte, bedeutungslos. Solange sie niemanden auf frischer Tat ertappt hatte, würden all ihre Beweisstücke nicht ausreichen, um Anklage zu erheben. Ohne Dolorès' Hilfe war es ihr unmöglich, das Phantomprogramm auf dem Server zu lokalisieren, und noch viel weniger konnte sie den genauen Ort eines Treffens ausfindig machen.

Ihr Schädel dröhnte, und ihre Augen waren vom Schlafmangel gerötet. Sie war erschöpft von all diesen Geschichten. Nach einem heißen Bad legte sie sich hin und bemühte sich, alles für ein paar Augenblicke zu vergessen.

Das Klingeln des Telefons riss sie aus einem tiefen Schlaf. Mit pochendem Herzen nahm sie den Hörer ab und gab sich trotz aller Unwahrscheinlichkeit kurz der Hoffnung hin, Munoz könnte seine Meinung geändert haben. Sie kannte die Stimme nicht. Die Hotelrezeption teilte ihr mit, dass zwölf Uhr vorüber sei, und wollte wissen, ob sie ihr Zimmer für eine weitere Nacht behalten wolle. Nein, antwortete Laurence schroff, bevor sie den Hörer heftig auflegte. Sie wollte ihren Aufenthalt nicht verlängern.

Sie zog sich rasch an und verließ ihr Zimmer. Nachdem sie ihre Rechnung bezahlt hatte, packte sie ihre Reisetasche in den Kofferraum ihres Wagens und machte sich zu Fuß auf den Weg durch die Stadt.

Nachdem sie den Puente de la Salve überquert hatte, bog sie in die Almade de Recalde ein und ließ das Guggenheim-Museum hinter sich.

Trotz des wolkenlosen Himmels war die Luft immer noch feuchtkalt. Sie wollte im Gewimmel der Stadt Ablenkung suchen, doch die Sorgenfalten wichen nicht von ihrer Stirn, und ihr Blick schweifte ins Leere.

Von der Piazza Federico Moyua aus lenkte sie ihre Schritte zur Calle Iparraguire. Die Sache ließ sie nicht los; sie haderte mit sich selbst, ohne recht zu wissen, welche Vorwürfe sie sich eigentlich machte. Sie vertraute Dolorès, deren Botschaft ihr immer wieder, beinahe zwanghaft, durch den Kopf ging. Dieses Mädchen hätte den scharfsinnigsten Mitarbeitern der Abteilung für Information den Rang abgelaufen. Und trotzdem! Die Situation kam ihr ebenso unerträglich wie absurd vor.

Sie sah um sich, als erwartete sie, dass Rincon oder Munoz aus einer Einfahrt heraus auftauchten und sich verschämt entschuldigten. Mitten auf dem Gehsteig stand eine Gruppe junger Leute, die mit vorgetäuschter Bewunderung zu pfeifen begannen und damit Laurence' Gedankenfluss zum Stocken brachten. Sie warf ihnen einen erzürnten Blick zu und setzte ihren Weg fort. An der Avenida de la Autonomia bog sie links ab.

Hatte sich *Tatiana*, das russische Roulette von Dolorès, in die Irre führen lassen? Laurence hatte selbst gesehen, wie sie ohne Zögern und ohne den geringsten Bedienungsfehler vorgegangen war. Die junge Frau war so geschickt im Umgang mit ihrem Programm, dass ein Irrtum ihrerseits ausgeschlossen schien. Laurence blieb stehen. Bisher ungeahnte Möglichkeiten schossen ihr mit einem Mal durch den Kopf. *Und wenn Dolorès sich nicht getäuscht hat?* Zöge man diese Hypothese in Betracht – welche Erklärung würde dann am besten zur gescheiterten Unternehmung des gestrigen Abends passen? Ein doppeltes Spiel von Munoz?

Gab es noch andere mögliche Erklärungen? Und wenn ja, welche? Vielleicht gab es etwas, das sie nicht gesehen oder nicht begriffen hatte?

Es war vierzehn Uhr. Laurence hatte Hunger. Sie betrat die erste Bar, die einladend aussah. Auf einem gebohnerten Eichenparkett standen alte Marmortische und schmiedeeiserne Stühle. Der Speisesaal war voll, und sie musste warten, bis ihr ein Tisch in der Nähe der Fenster zugewiesen wurde. Sie bestellte ein Sandwich mit Ziegenkäse und getrockneten Tomaten, dazu ein Mineralwasser. Beim Essen dachte sie nach und versuchte, Klarheit in die Zusammenhänge zu bringen. Theoretisch war es möglich, dass Munoz die ganze Sache zum Scheitern gebracht hatte, aber einige Details stimmten nicht mit dieser Annahme überein. Falls der Richter in die Sache verwickelt war oder gar selbst dabei mitspielte, hätte er ihrem Ansinnen gar nicht erst nachgeben müssen. Munoz konnte sich sehr wohl denken, dass Laurence, auch nach der gescheiterten Aktion von gestern Nacht, ihre Ermittlungen nicht aufgeben würde. In Anbetracht dessen wäre es seine beste Verteidigung, einen Schlussstrich zu ziehen. Mit einem Mal begriff sie, dass er noch immer die Möglichkeit hatte, sie beseitigen zu lassen.

Während sie ihren Kaffee trank, kam sie zu dem Schluss, diese Hypothese wieder zu verwerfen. Als Untersuchungsrichterin vertraute sie auf ihre Fähigkeit, eine Gefahr zu erahnen, die von einem Feind ausging. Sie verließ die Bar und ging die Avenida de la Autonomia weiter hinunter. Die Calle Pablo de Alzola lag etwas weiter unten auf der linken Seite. Als sie an der Nummer 23 vorüberging, war im Eingangsbereich niemand zu sehen.

Sie zog es vor, nicht stehen zu bleiben, und ging die Straße etwa fünfzig Meter weiter, bevor sie kehrtmachte und die Cafeteria betrat, die sie bereits am gestrigen Abend ausgemacht hatte. Sie suchte sich einen Platz, von dem aus sie den Eingang des Wohnblocks genau im Blick hatte und verfolgen konnte, wer das Haus betrat oder verließ. Ihr gegenüber saß ein Mann, der Kreuzworträtsel löste und dabei eine dicke Zigarre rauchte. Einen Augenblick war sie versucht, ihren Platz zu wechseln, fügte sich dann aber in ihr Schicksal, denn sie wollte diesen erstklassigen Beobachtungsposten auf keinen Fall aufgeben.

Was wollte ihr Unbewusstes ihr zu verstehen gehen, indem es sie hierherführte? Was sollte sie nun anfangen? Aus welchen Gründen überwachte sie den Eingang der Nummer 23 in der Calle Pablo de Alzola? Sie schloss die Augen. Und wenn die Botschaft nun authentisch und dennoch falsch war? Eine einfache, aber wirkungsvolle Verschlüsselung, die leicht zu behalten wäre. Eine letzte Sicherheitsvorkehrung.

Sie zog eine Kopie der Botschaft von Dolorès aus ihrer Tasche und legte sie vor sich auf den Tisch. Was auf den ersten Blick ganz offensichtlich schien, gab nicht unbedingt immer die Wahrheit wieder. Vielleicht steckte hinter der offiziellen Fassung ein verborgener Sinn.

Rendezvous in Bilbao, Dienstag, 10. Dezember, 20 Uhr. Anschrift: 23, Calle Pablo de Alzola, Apartment 3 B.

Laurence ging die einzelnen Informationen noch einmal der Reihe nach durch. Zunächst die Adresse: der Wohnblock in der Calle Pablo de Alzola, Nummer 23, entsprach den erforderlichen Sicherheitskriterien für ein diskretes Treffen; die Studios in dem nüchternen und unauffälligen Gebäude wurden zumeist kurzfristig vermietet. In angestrengtes Nachdenken versunken trommelte Laurence mit ihrem Stift auf den Tisch. Es lag alles vor ihr; sie musste es nur noch zu deuten verstehen. Der willentlich eingebaute Fehler in der Botschaft betraf vermutlich das Datum und die Uhrzeit des Treffens.

Es war leicht, mit diesen beiden Zeitangaben zu spielen. Man konnte sie gemeinsam oder jede für sich nach vorn oder hinten verschieben. So ergaben sich beliebig viele Kombinationen. Sie zwang sich, alles nicht noch schwieriger zu machen, als es ohnehin schon war. Der Cache war sicher ganz einfach, reichte aber vollkommen, um einen Nicht-Eingeweihten zu täuschen. Jeder Klient hatte vermutlich einen Umrechnungsfaktor erhalten, der nur ihm zugeordnet war. Datum und Uhrzeit durften wahrscheinlich nicht auseinandergerissen werden. Sie bildeten eine Einheit; erst gemeinsam waren sie aussagekräftig. Jede Veränderung des Datums zog automatisch eine entsprechend veränderte Uhrzeit nach sich. Es würde keinen Sinn machen, den Informationen einen negativen Wert zuzuweisen, sodass beispielsweise aus dem 10. Dezember, 20 Uhr, der 9. Dezember, 19 Uhr wurde. Diese Möglichkeit kam kaum in Betracht. Der Kunde sollte genau überlegen, wann es ihm passte, worauf er seine Vorstellung in ein kleines Fenster hatte eintragen können. Wenn er Kontakt mit dem Netzwerk aufnahm, dann nicht, um ein Treffen in einem Monat zu arrangieren; allerspätestens vielleicht in einer Woche. Es war rein hypothetisch, das reale Datum in Bezug auf das imaginäre Datum zurückzuverlegen. Welche Möglichkeiten blieben also noch? Der 11. Dezember, 21 Uhr … der 12. Dezember, 22 Uhr … Freitag, der 13. Dezember, 23 Uhr. Das Wochenende schien nicht mehr infrage zu kommen.

Laurence zahlte ihr Getränk. Auf der Avenida de la Autonomia hielt sie ein Taxi an und ließ sich ins Hotel zurückfahren. Sie holte ihre Tasche und verlängerte ihren Aufenthalt um drei weitere Nächte. Nachdem sie ihr Gepäck in ihrem Zimmer abgestellt hatte, fuhr sie mit dem Wagen zur Calle Pablo de Alzola und wartete eine halbe Stunde, bis sie einen geeigneten Parkplatz fand.

34

Es war längst schon Nacht. Er war noch eine halbe Stunde von Bilbao entfernt und starrte auf die vorbeifahrenden Autos, ohne sie wahrzunehmen. Tief in seinen Sitz gelehnt, atmete er bei geöffnetem Fenster die kühle Nachtluft. Er war sexuell erregt; seit Tagen schon dachte er an nichts anderes als an diese Reise. Schon immer hatte er sich von kleinen Jungen sexuell angezogen gefühlt. Für diese Abweichung hatte er sich eine wissenschaftliche Begründung zurechtgelegt. Zahlreiche Sexologen behaupteten sogar, dass alle Kinder schon vor ihrer Geburt sexuelle Empfindungen hatten. Diese Empfindungen konnten sich auf unterschiedliche Weise ausdrücken, und es war für eine gesunde Entwicklung des Kindes wichtig, dass sie weder verdrängt noch verurteilt wurden. Die verschiedenen Ausdrucksweisen, die Kinder bei ihrer Suche nach Zuneigung spontan wählten, spielten für ihre Entwicklung und Ausgeglichenheit eine große Rolle.

Im Gegenzug hatten manche Psychologen sich damit hervorgetan, von sexuellem Missbrauch der Kinder zu sprechen, obwohl ihre Argumente sich lediglich auf vage Untersuchungen gründeten und der Unterschied zwischen Zwang und harmonischer Beziehung überhaupt nicht berücksichtigt wurde.

Zahlreiche Organisationen schrieben sich den Schutz des Kindes auf ihr Banner, auch wenn sie ganz anderes im Sinn hatten. Die Wogen der Emotionen schlugen hoch, sobald es um die Kindheit ging, und so waren die verschiedensten Organisationen ins Kraut geschossen. Begriffe wie »sexueller Missbrauch« und »Vergewaltigung« hatten in der Gesetzgebung verschiedener Länder eine unterschiedliche Bedeutung. In Europa lag die Geschlechtsreife bei fünfzehn Jahren; in den Vereinigten Staaten bei achtzehn Jahren, wobei sich die einzelnen Staaten das Recht vorbehielten, jede Person, die mit einer noch nicht geschlechtsreifen Person eine sexuelle Beziehung hatte, gerichtlich wegen »Vergewaltigung« zu verfolgen. Familienorganisationen hatten durch ihre Hysterie die Repressalien bis auf ein Maximum gesteigert. Wer zu widersprechen wagte, stand gleich unter Verdacht. Nicht einmal ein geachteter Wissenschaftler konnte diese Übertreibungen kritisieren, ohne seinen Ruf aufs Spiel zu setzen oder als Freund der Pädophilen beschimpft zu werden.

Diese Dinge gingen ihn nichts an. Seine erste Erfahrung lag schon sehr lange zurück. Heute konnte er sich Zeit nehmen, ohne befürchten zu müssen, dass er gestört würde. Die Liebesgefährten, die man ihm anbot, waren willig und gefällig. Sie waren bereit, ihm die größtmögliche Lust zu bereiten und zu empfangen. Die Organisation, über die der Handel abgewickelt wurde, ging absolut diskret vor. Heute Nacht würde er sich auf ein neues Terrain wagen, einen neuen Körper auskundschaften.

Die Neuen waren stets etwas ganz Besonderes, denn sie verströmten eine andere Begeisterung. In den vorangegangenen Nächten hatte er die Szenen durchlebt, diese verlockenden Seiten mit seinen eigenen Fantasien gefüllt. Er zog aus diesen Visionen eine ebensolche Befriedigung wie aus der Hingabe seiner Liebesgefährten.

Er erinnerte sich an sein erstes Erlebnis. Im Anschluss an seine Universitätszeit hatte er einen Sommer lang für eine Zeitung in der Gegend gearbeitet, bevor er sein Examen gemacht hatte.

Dabei hatte er diesen Jungen entdeckt, der die meiste Zeit allein am Strand spielte.

Eines Morgens hatte er ihn in einem kleinen Motorboot mit zum Fischen hinausgenommen. Das war ihr Geheimnis. Sie waren weit draußen. Niemand konnte sie sehen oder hören. Es war ein wundervoller Tag; der Ozean schimmerte, und ein leichter Seegang ließ das Boot schaukeln. Diese Stimmung hatte sein Zögern weggewischt. Für ihn war es eine Befreiung gewesen.

Was tat er denn schon Schlimmes in einer Welt, die vor dem Auge des übersättigten Fernsehzuschauers in Chaos und Gewalt versank? Wer sorgte sich denn schon um diese misshandelten, kranken, ausgehungerten Kinder aus Ländern, deren Namen man nicht einmal richtig auszusprechen wusste? Wen kümmerten die Massengräber in Jugoslawien oder die Bordelle in Moskau und im Fernen Osten?

Das alles aber waren Tatsachen, die zum Leben in der heutigen Zeit gehörten.

Er hatte nichts von einem erbärmlichen pädophilen Verbrecher oder gar Triebtäter an sich, der Kinder vergewaltigte. Er gab lediglich einer Anziehung nach, die stets wechselseitig gewesen war.

Als es mit seiner Karriere immer weiter bergauf ging und er Macht und Ansehen erlangte, durfte er nicht mehr so leichtsinnig vorgehen, und sein Verlangen wurde zur Besessenheit. Vor ihm hatten sich schon andere, darunter sehr bedeutende Menschen zu dieser Art Liebe hingezogen gefühlt. Doch zu ihrer Zeit hatte man ihnen viel mehr Verständnis entgegengebracht und sie auch nicht ihrer sexuellen Vorliebe wegen verfolgt.

Er betrachtete seine Überlegungen als vollkommen logisch. Es ging nicht darum, irgendeinen animalischen Trieb auszuleben.

Es handelte sich um einen Akt der Kommunikation, ja, einen Akt des Glaubens, der jegliches Begreifen überstieg. Es stand ihm zu, er selbst zu sein, seine Gefühle auszuleben. Andere hatten für Menschen wie ihn ein außergewöhnliches Universum geschaffen. Eine Zuflucht, so verlockend wie eine verlassene Insel mit einsamen, goldglänzenden Sandstränden, dunklen Grotten und Palmen im Wind. Für ihn besaß das, worauf er sich jetzt einließ, mehr Reiz als die Welt, in der er lebte, atmete und arbeitete.

Er hatte seine elektronische Nachricht in einem Cybercafé verfasst. Auf seiner Festplatte bewahrte er außer seinen Akten nur diese harmlose Weinkunde-Software auf. Anfangs hatte er sich noch Sorgen gemacht, dass jemand die Sicherheitsvorkehrungen ausschalten, bis zur Pforte der »Stadt der Adoption« vordringen und dahinter das eigentliche Spiel entdecken könnte. Heute wusste er, dass das unmöglich war; dennoch hatte das Netz eine zusätzliche Sicherheitsstufe eingebaut. Diese Umsicht schätzte er ganz besonders.

Denn nichts bedeutete ihm mehr als die Stellung, die er in den Augen der anderen innehatte.

35

Um neun Uhr abends saß Laurence an einem Tisch in der Cafeteria in der Calle Pablo de Alzola und wusste, dass sie sich nicht getäuscht hatte.

Auf dem gegenüberliegenden Gehsteig waren zwei Gestalten stehen geblieben. Ein Mann und ein Kind. Sie sah, wie die beiden den gekachelten Weg entlanggingen und das Gebäude mit der Nummer 23 betraten.

Der Schwindel, den sie verspürte, hatte nicht das Geringste mit dem kalten Tabakgeruch zu tun, der den Raum erfüllte. Sie beobachtete die Fassade des Hauses in Höhe der dritten Etage. Ein Mann betrat die Cafeteria. Mit ihm drängte sich ein eisiger Luftzug durch die Tür und ließ Laurence erschaudern. Allmählich wunderte sie sich, dass in der dritten Etage kein Licht anging. Da erinnerte sie sich, was sie am Abend zuvor auf dem Überwachungsmonitor gesehen hatte: Vor den Fenstern von Apartment 3 B hingen dicke Vorhänge. Zehn Minuten waren verstrichen, als sie eine der Gestalten wieder aus dem Gebäude kommen sah. Der Mann machte sich aus dem Staub. Sie sah, wie er in Richtung Avenida de la Autonomia davonging. Er ließ das Kind allein, vermutlich für die ganze Nacht.

Sie blickte auf die Uhr: 21.15 Uhr.

Falls ihre Berechnungen stimmten, würde der Kunde aus Pau um zweiundzwanzig Uhr eintreffen. Aus Vorsicht würde er etwa zehn Minuten warten, bevor er hinaufging.

Das verschaffte Laurence einen Handlungsspielraum von etwa einer Dreiviertelstunde. Sie versuchte, sich eine vernünftige Vorgehensweise zurechtzulegen. Das Apartment wurde nicht mehr per Video überwacht, und Munoz würde sich lange bitten lassen. Noch hatte sie keinerlei Gewissheit, was die Identität des Kindes betraf. Vielleicht handelte es sich um Vater und Sohn, die gemeinsam für einen Besuch nach Bilbao gekommen waren. Laurence hatte bemerkt, dass der Mann und das Kind sich an der Hand gehalten hatten. Es kam nicht infrage, Munoz nach der gescheiterten Aktion des gestrigen Abends ohne handfeste Beweise aufzuschrecken. Bevor sie die *Guardia Civil* alarmierte, blieb ihr im Augenblick nichts anderes übrig, als allein klarzukommen.

Sie überquerte die Straße und betrat ohne zu zögern das Gebäude. Wie nicht anders erwartet, war der Eingangsbereich menschenleer. Sie nahm den Aufzug und fuhr bis in die dritte Etage. Das schummrige, orangefarbene Licht der Nachtbeleuchtung lag über dem Flur. Sie ging an den Wohnungen vorbei und sah auf die kleinen an den Türen befestigten Kupferschilder. 3 B befand sich auf der rechten Seite. Es war das letzte Apartment am Ende des Flures, direkt neben dem Notausgang. Mit klopfendem Herzen lauschte sie an der Tür. Nichts. Sie konnte unmöglich feststellen, ob sich jemand in der Wohnung aufhielt. Sie wog die beiden Möglichkeiten gegeneinander ab, die ihr blieben: Entweder sie klopfte, um sich zu vergewissern, ob das Kind da war, oder sie ging hinunter und hielt Wache, bis der Mann auftauchte, den sie festnehmen wollte, wie sie sich geschworen hatte. Ihrem Instinkt gehorchend, holte sie tief Luft und klopfte an die Tür.

Während sie auf Antwort wartete, zogen die Bilder, die sie mit Dolorès auf ihrer Reise zur »Stadt der Adoption« entdeckt hatte, vor ihrem geistigen Auge vorüber. Maskierte Kinder, die wie Frischfleisch in einer Vitrine feilgeboten wurden; die künstlichen Vornamen; die Adjektive, um ihr Temperament und ihre Eigenschaften zu beschreiben.

Sie klopfte noch einmal, diesmal mit einer Art codiertem Rhythmus: drei Schläge, Pause, zwei Schläge. Sie wollte gerade kehrtmachen, als sie eine zarte Stimme vernahm. Unzweifelhaft kam sie von der anderen Seite der Tür. Auf Englisch wurde sie gefragt, woher sie käme. Aus Pau, antwortete Laurence.

Die Tür öffnete sich einen Spaltweit. Eine Sekunde lang zögerte Laurence; dann trat sie ein und schloss die Tür hinter sich.

Ein kleiner Junge saß auf dem Bett. Er trug einen weißen Schlafanzug und hatte offenbar gerade geduscht, denn seine akkurat gescheitelten Haare waren noch feucht. Seine obere Gesichtshälfte war von einer Maske verdeckt, seine Wangen rot geschminkt. Sie sah, wie er gerade ein schwarzes Samtband um seinen Hals legte und zuhakte. Sie ging ein paar Schritte auf ihn zu und sah sich um. Am Fuße des Bettes lag eine kleine Sporttasche. Auf einem Stuhl waren sorgsam die Kleidungsstücke zusammengelegt.

Das Kind lächelte. Es folgte ihren Bewegungen mit zur Seite geneigtem Kopf wie ein junges Tier, das in den Lichtkegel eines Autos geraten ist. Laurence trat zu ihm und nahm seine Hand.

»Wie heißt du?«, fragte sie.

»Ilie.«

Er begann, die Knöpfe seiner Schlafanzugjacke zu öffnen. Als er sie auszog, sah sie seine zarte, noch kindliche Brust. Sein Blick war seltsam; er schien auf einen unbestimmten Punkt gerichtet zu sein.

Plötzlich begriff Laurence. Er war blind! Sie benutzten blinde Kinder! Schwäche übermannte sie, und in einer verzweifelten Anstrengung biss sie sich auf die Knöchel ihrer Hand, um nicht in Tränen auszubrechen. Ihre Hände zitterten, als sie die Schlafanzugjacke nahm, um sie dem Jungen über die Schultern zu legen. Er rückte von ihr weg, als hätte er etwas Schlimmes getan.

Sie stand ruhig auf, holte ihr Handy und die Visitenkarte von Munoz aus ihrer Tasche. Für einen Augenblick packte sie Angst, als sie seine Nummer wählte. Der Richter nahm das Gespräch beim ersten Klingeln entgegen.

»Hier ist Laurence Bonner«, sagte sie. »Ich bin in der Calle Pablo de Alzola 23, Apartment 3 B. Ich brauche Ihre Hilfe.«

»Was ist passiert?«

»Der Junge ist da. Er ist blind, Munoz. Ein kleiner blinder

Junge! Ich warte auf Sie. Außerdem brauche ich einen Rettungswagen.«

Sie beendete das Gespräch. Ilie lag zusammengekauert auf dem Bett. Er weinte; sein Jammern hatte etwas Unnatürliches. Die Klagelaute drückten seine Verwirrung aus, aber auch etwas anderes: Angst vor der Bestrafung, Angst, die Belohnung nicht mehr zu bekommen, die er brauchte – die Drogen.

Für ein paar Sekunden herrschte in den Gedanken Laurence' ein wildes Durcheinander. Ihr Mund war trocken, und sie hörte ihr Herz heftig schlagen. Ekel schnürte ihr die Kehle zu.

Kurz darauf – es war beinahe zweiundzwanzig Uhr – vernahm sie die Sirenen der *Guardia Civil*. Sie begriff, dass sie keine Sekunde mehr verlieren durfte. Die Polizei war im Anmarsch. Sie verließ das Apartment und ging über die Dienstbotentreppe nach unten. Als sie auf den Gehsteig trat, sah sie, dass zwei Dienstwagen bereits die Einfahrt versperrten. Mehrere Polizisten in Uniform waren auf dem Weg zum Eingang von Haus Nummer 23. Laurence schlug die andere Richtung ein und ging die Straße ein Stück hinunter. Da fiel ihr Blick auf den Wagen. Ein anthrazitfarbener Renault Safrane mit dem Kennzeichen 64 stand auf dem Gehsteig. Eine Gestalt saß am Steuer. Das Standlicht war eingeschaltet.

Plötzlich scherte der Wagen aus. Der Mann wollte die Flucht ergreifen. Laurence rannte zu ihrem Wagen und ließ den Motor an, als sie sah, dass der Renault beschleunigte und ins Dunkel der Nacht eintauchte. Ruhe bewahren, sagte sie sich. Jetzt durfte sie auf keinen Fall in Panik geraten. Sie nutzte die kurze Wartezeit vor einer roten Ampel, um ihr Handy samt Mikro einzuschalten.

An der Fahrweise des Mannes konnte sie erkennen, dass er wusste, dass jemand ihm folgte. Er war mit hoher Geschwindigkeit auf einen Boulevard eingebogen, der aus der Stadt führte. Es ging durch Gewerbegebiete, wo zwielichtige Gestalten Trinkhallen unterhielten und halbseidene Gauner schäbige Striptease-Lokale führten. Auf einem grell erleuchteten Parkplatz spielten Jugendliche Basketball; die Körbe hatten keine Netze mehr, die Wände waren mit Tags beschmiert. Ein Stück weiter lümmelten drei Obdachlose auf der Rückbank eines mitten auf dem Gehsteig stehenden Autowracks. Dazwischen immer wieder brachliegende Flächen, auf denen hinter halb eingerissenen Zäunen das Unkraut wucherte.

Der Renault fuhr mit unverminderter Geschwindigkeit und nötigte jeden, der die Straße queren wollte, zum Bremsen oder Ausweichen. Laurence hatte keine Chance, ihn einzuholen. Sie griff nach ihrem Handy und drückte die Wahlwiederholungstaste. Munoz nahm das Gespräch an. Er befand sich in dem Apartment, in dem er inzwischen das Kind gefunden hatte. Laurence erklärte ihm in aller Eile die Situation. Sie verfolgte einen anthrazitfarbenen Renault mit dem Kennzeichen 64, den Fahrer des in der Calle Pablo de Alzola geparkten Autos, der beim Eintreffen der Polizei die Flucht ergriffen hatte. An sämtlichen Straßen in Richtung französischer Grenze mussten Straßensperren errichtet werden. Nein, sie hatte den Fahrer nicht erkennen können. Sie konnte nur sehen, dass er sich hier nicht auskannte und dass sie Richtung Westen fuhren. Laurence ließ den Renault nicht aus den Augen. Munoz wollte mehr Details über die Gegend wissen, durch die sie soeben fuhr.

»Vor uns ist ein Bahnübergang!«, stieß sie hervor.

Der Renault war verschwunden. Laurence verringerte das Tempo. Sie sah die Waggons eines Güterzuges vor sich. Die Schranken waren heruntergelassen.

»Er ist mir entkommen!«

»Wie ist das passiert?«, fragte Munoz aufgeregt.

»Da!«, rief Laurence. »Er ist doch noch auf dieser Seite der Gleise!«

Der Renault fuhr einen parallel zu den Eisenbahnschienen verlaufenden Weg entlang.

Er will direkt vor dem Zug über die Gleise fahren!, schoss es der entsetzten Laurence durch den Kopf.

Der Weg war holprig. Vor ihr überholte der Renault einen

Waggon nach dem anderen. Laurence tat ihr Bestes, um an dem Zug dranzubleiben. Ihr Wagen holperte und sprang mit einem solchen Getöse über die Löcher, dass sie den Eindruck hatte, im Gehäuse einer Trommel zu stecken.

»Er überquert die Gleise!«, rief sie.

Der Renault schob sich zwischen zwei blinkende, sich bereits heruntersenkende Schranken, sodass deren äußerste Enden in Stücke zersprangen. Laurence schlug ihr Lenkrad ganz ein und gab Gas. Der Wagen rutschte, kam wieder in die Spur, beschleunigte und überquerte die Gleise. Eine Sirene heulte auf; dann übertönte der herandonnernde Zug sämtliche Geräusche. Auch Laurence hatte es auf die andere Seite geschafft.

Der Renault nahm bereits wieder Geschwindigkeit auf, als ein Lastwagen auftauchte. Es gelang dem Fahrer, auf den Bordstein auszuweichen, wobei jedoch beide Vorderreifen platzten. Laurence hörte die Detonationen; dann verschwand das Auto hinter der schwarz glänzenden Front des Lasters.

Er bremste nicht! In einer verzweifelten Anstrengung, zum Stehen zu kommen, trat Laurence mit aller Kraft aufs Bremspedal, sah dann, dass es sinnlos war, und beschleunigte, so schnell es ging, um doch noch hinter den Lastwagen zu kommen. Sie schaffte es nicht. Ihr Wagen fuhr von hinten auf den Laster auf und wurde nach rechts geschleudert, wo der Wagen gegen einen Pfeiler prallte, von dem er zurückgeworfen wurde. Sie schrie, duckte sich auf die Seite. Der Wagen kippte und überschlug sich mehrmals, bevor Laurence sich in einem Trümmerhaufen aus zerbeultem Blech und zerborstenen Scheiben wiederfand.

Der Wagen lag auf dem Dach, doch Laurence war bei Bewusstsein. Ihr Kopf schmerzte höllisch, und ihr Blick war verschwommen. Als sie sich über die Augen wischte, war ihre Hand voller Blut. Ihre Brust wurde unerbittlich zusammengepresst. Stechende Schmerzen machten jeden Atemzug zur Qual. Sie löste den Gurt und wand sich durch die klaffende

Öffnung der Windschutzscheibe. Noch halb unter dem Dach eingeklemmt, kroch sie hinaus.

Überall war Blut. Auf die Karosserie gestützt, versuchte sie, sich aufzurichten. Sie fühlte, wie etwas in ihrer Brust knackte. Unter Krämpfen gelang es ihr, auf die Beine zu kommen. Sie zitterte am ganzen Körper. Es war einer jener krisenhaften Augenblicke, in denen sie die Kontrolle zu verlieren drohte. Sie musste sich übergeben. Auf dem Gehsteig sah sie ihre Tasche liegen und versuchte, sich mit aller Kraft auf die banale Aufgabe zu konzentrieren, dorthin zu gehen und sie aufzuheben.

Dann sah sie in etwa zehn Metern Entfernung den Renault. Er hatte sich nicht überschlagen, sondern war in eine Ansammlung von Metallbehältern gerast, die seine Fahrt gestoppt hatten.

Laurence versuchte, trotz der Schmerzen so viel Luft einzuatmen, dass sie nicht das Bewusstsein verlor. Dann machte sie ein paar Schritte. Es gelang ihr sogar, in die Knie zu gehen und die Tasche aufzuheben. Ein ächzender, verzweifelter Ruf drang aus dem Renault zu ihr herüber. Laurence ging weiter, stets bemüht, ihr Gewicht auf das weniger schmerzende Bein zu verlagern. Ein heftiger Stich jagte durch ihren Fuß; sie hatte einen Schuh verloren und war in eine Glasscherbe getreten. Sie hinkte bis zur Fahrertür.

Von der anderen Seite der Gleise klangen die Sirenen der festsitzenden Polizeifahrzeuge herüber. Der Lastwagen war verschwunden. Auf den ersten Blick erkannte Laurence den Mann am Steuer nicht. Doch er kannte sie. Er schien unverletzt zu sein und versuchte sich vom Airbag zu befreien, der ihn fest in den Sitz presste.

»Bonner, helfen Sie mir heraus«, befahl er.

Sie sah ihn an. Noch einmal musste sie das Blut abwischen, das ihr in die Augen lief. Die Lichter wurden heller, und die Gestalten nahmen schärfere Konturen an. Die Erinnerung klärte sich und wurde deutlicher wie beim Blick durch den

Sucher eines Fotoapparats, wenn er sich auf ein Gesicht einstellt.

»Lassen Sie die Luft aus dem Kissen, damit ich hier rauskomme!«

Obwohl er geschrien hatte, schien Laurence ihn nicht gehört zu haben.

»Sie«, sagte sie.

Als sie ihn wieder ansah, bemerkte sie, dass er eine Pistole auf sie gerichtet hatte.

»Lassen Sie die Luft aus dem verdammten Kissen!«

Laurence wandte sich ab. Irgendetwas jenseits ihres Bewusstseins wurde in ihr wach. In diesem kurzen, abgründigen Augenblick machte sie ihre Gleichgültigkeit so hart wie Stein. Sie war nur noch eine Maschine, für den ordnungsgemäßen Ablauf zuständig.

»Geben Sie mir die Waffe«, sagte sie und streckte die Hand ins Wageninnere.

Sie hörte ein Klicken, rührte sich aber nicht.

»Hier!«, fauchte er.

Sie steckte den Revolver in ihre Tasche. Benzingeruch stieg ihr in die Nase; er drang aus dem Innern des Renault. Der Tank musste geplatzt sein. Der Zug entfernte sich bereits wieder. Laurence sah sich um. Die ersten Polizeifahrzeuge würden in weniger als einer Minute hier sein.

Und dann geschah es. Neben dem Auto flackerte plötzlich eine kleine blaue Flamme auf.

Laurence rannte von dem Renault fort.

»Bonner! Helfen Sie mir raus!«

Ein plötzlicher Luftzug, dann ein bläulicher Lichtschein – und dann die Implosion. Wenige Sekunden später war das Auto ein Flammenmeer. Laurence wich weiter zurück. Eine unglaubliche Hitzewand stieg vor ihr auf. Der beißende Geruch von Benzin und verbranntem Gummi schnürte ihr die Kehle zu. Aus dem lodernden Feuer klang eine Stimme zu ihr herüber, in der Wut und Schmerz zugleich lagen. Es war die

Stimme von Albert Maurois, dem Mann, der ihr gegen Generalstaatsanwalt Delpy den Rücken gestärkt hatte. Albert Maurois, Präsident des Landgerichts von Pau.

Der Renault explodierte. Die Druckwelle schleuderte Laurence mehrere Meter nach hinten. Sie fiel auf die Knie und stürzte dann der Länge nach auf den Boden. Die Flammen leuchteten wie eine fahle, untergehende Sonne.

»Adios, Presidente«, murmelte sie und kämpfte mit aller Kraft dagegen an, das Bewusstsein zu verlieren.

Das Feuer verschwamm zu einem rot glühenden Punkt. Sie bemühte sich, ihn nicht aus den Augen zu verlieren, doch plötzlich war er fort – und mit ihm alles andere.

36

Kurz nach Sonnenaufgang erwachte Laurence in ihrem Hotelzimmer. Tränen liefen ihr über die Wangen, doch sie hatte keine Erinnerung an ihren Traum.

Jenseits ihrer körperlichen Leiden gab es eine Vielzahl von Gründen für die Traurigkeit, die sie wie ein Schwarm schwarzer Schmetterlinge umgab. Sie hatte sich geweigert, länger als zwei Nächte im Krankenhaus zu bleiben, und unterzeichnete eine Erklärung nach der anderen, um auf eigene Verantwortung entlassen zu werden.

Auch die zahlreichen Prellungen und Verbände sowie die vom Jod herrührenden Hautverfärbungen konnten sie nicht davon abhalten.

Sie stand auf. Schwindel packte sie, und unbeholfen taumelte sie von einer Seite zur anderen. An die Wand gelehnt wartete sie, bis das Chaos in ihrem Kopf sich legte. Dann sah sie auf, stieß sich von der Wand ab, die sie wie ein Saugnapf festzuhalten schien, und bewegte sich niedergeschlagen in Richtung Badezimmer. Sie warf einen Blick in den Spiegel und betrachtete sich wie einen Unbekannten, der nicht weiß, dass er beobachtet wird. Eine trostlos dreinschauende Frau mit großen dunklen Ringen unter den Augen und leerem Blick. Ein viereckiges Stück Gaze verdeckte ihre Verletzung an der Kopfhaut. Durch die Klammern wurde ihre Haut schmerzhaft gespannt. Sie musste damit aufhören, sich zu bemitleiden!

Laurence löste den Verband, der ihre Rippen fest schnürte, und atmete danach ein wenig leichter. Dann wusch sie sich, soweit die Verbände es zuließen, und trocknete sich vor dem Spiegel ab.

Sie ging ins Zimmer zurück und öffnete die Minibar. Es waren keine Einwürfel mehr da. Sie nahm eine Flasche Mineralwasser und schluckte einige von den Schmerztabletten, die ihr der Arzt dagelassen hatte.

Zum Anziehen brauchte sie zehn Minuten. Ihre rechte Hand war stark geschwollen und schmerzte bei jeder Bewegung. Ihre Tasche kam ihr ungewöhnlich schwer vor. Sie besah sich den Inhalt und entdeckte den Revolver. Mit Widerwillen nahm sie ihn heraus und dachte an den Mann, der die Waffe zuletzt in Händen gehalten hatte.

Das Sonnenlicht fiel durch die Vorhänge. An der Hotelrezeption stand nun ein junger blonder Mann, der mit einem honigsüßen Lächeln um den Tresen herum zu ihr eilte, um ihr seinen Arm anzubieten. Eine Viertelstunde später hatte sie durch die Menge, die bereits die Terrassen der Cafés bevölkerte, ins Innere einer Bar gefunden und saß dort auf einer samtbezogenen Bank. Ihre beiden gebrochenen Rippen vermittelten ihr den Eindruck, als wäre sie mit voller Wucht gegen einen Rammbock geprallt. Sie bestellte einen Kaffee und einen Krapfen mit Zucker. Niemand hatte ihr Fragen darüber gestellt, was eigentlich vorgefallen war. Dass der Renault in Flammen aufgegangen war, verstand sich von selbst: der geplatzte Tank, ein Funke …

Sie empfand weder Bedauern noch Gewissensbisse, dass sie keine Anstrengungen unternommen hatte, das Leben von Albert Maurois zu retten. Munoz hatte sie im Krankenhaus besucht. Sie war nicht sicher, ob sie wirklich verstanden hatte, was er ihr erzählt hatte. Nur seinen letzten Satz hatte sie behalten:

»Die Leiche im Renault konnte eindeutig identifiziert werden. Es handelt sich um Albert Maurois. Ansonsten haben wir so gut wie nichts in der Hand.«

Ein paar Monate später setzte der Airbus der Air France nach neun Stunden Flugzeit zum Landeanflug auf Saint-Martin an.

»Bist du auch sicher, dass Dolorès uns am Flughafen abholt?«, fragte Eva.

Seit dem Abflug hatte sie diese Frage mindestes zehn Mal gestellt.

»Mach dir keine Sorgen, Schatz. Sie wird da sein«, antwortete Laurence lächelnd.

Die zwei Wochen Ferien kamen wie gerufen. Nach der Beerdigung von Maurois, dessen Tod als tragischer Verkehrsunfall betrachtet wurde, hatte sie von Munoz einen detaillierten Bericht erhalten. Es war der Bericht einer gescheiterten Unternehmung, wie er selbst in einer handgeschriebenen Randnotiz betonte.

Das Kind war nicht in der Lage gewesen, auch nur die kleinste Information zu geben. Es konnte nichts bezeugen; es wusste weder, in welchen Ländern es schon gewesen war, noch kannte es die Identität der Männer, die es missbrauchten. Nicht einmal über den Ort, an dem es festgehalten wurde, konnte es Angaben machen.

Seine Behinderung schützte seine Peiniger ein für alle Mal vor Verfolgung.

Der Begleiter des kleinen Jungen war nie wieder in der Calle Pablo de Alzola aufgetaucht, um Ilie abzuholen. Die von den Spezialisten eingerichtete Falle hatte nicht funktioniert. Munoz war beinahe sicher, dass es ein »grünes Licht« gab, das die Polizei in ihrer Unwissenheit nicht zu nutzen verstand.

Die Leichen von Carlos Uribe und Javier Vasquez würden bis zur Schneeschmelze Gefangene der Berge bleiben.

Im Februar hatten die Behörden von einer breit angelegten Operation im pädophilen Milieu berichtet, die – von Interpol koordiniert – zeitgleich in zehn europäischen Ländern sowie in Nordamerika lief.

Zwölf Personen, die in die Produktion und den Vertrieb pornografischer Aufnahmen von Kindern im Internet verstrickt waren, hatte man verhaftet.

Durch die Auswertung der beschlagnahmten Materialien würde man die Kinder, die Opfer dieses sexuellen Missbrauchs geworden waren, identifizieren und auffinden können. Im

Büro von Interpol in Lyon war eine Kommission zur Koordinierung der Ermittlungen gebildet worden, in der Vertreter aus Kanada, Finnland, Frankreich, Deutschland, Japan, den Niederlanden, Spanien, Schweden, der Schweiz, England, den Vereinigten Staaten sowie von Europol zusammenarbeiteten.

Eine solche Zusammenarbeit war notwendig. Trotzdem waren die Erfolge eher bescheiden. Die dicken Fische waren zu vorsichtig und gingen nicht ins Netz.

Laurence war überzeugt, dass die einzige Chance, das von ihr entdeckte Netz zu zerschlagen, darin bestand, es von innen heraus anzugreifen.

Da Verhaftungen leider nur rein hypothetisch waren, musste man das von diesen Leuten für ihre verwerflichen Geschäfte benutzte Informationssystem auf halbamtliche Weise außer Kraft setzen.

Dolorès besaß den Schlüssel zu diesem Fall, und Laurence hatte sich mit ihr in Verbindung gesetzt und sie um ihre Meinung gebeten.

Dolorès hatte sie gewarnt: Es wäre alles andere als leicht, aber sie wollte es gern versuchen.

Seit über einem Monat arbeitete sie zurückgezogen in ihrem Zufluchtsort Saint-Martin an einem Programm, einem trojanischen Pferd, das sich in die Ausgangssoftware einschleichen und diese vernichten würde, um dann zerstörerische Ableger bis in die letzten Verzweigungen des Netzwerks zu senden. Die ersten Ergebnisse waren vielversprechend. Sie wollte aber alles noch weiter verbessern.

Zu ihrem Plan gehörte, die Ausgangssoftware durch ein quasi identisches Doppel zu ersetzen.

Wenn das gelang, so könnte dieses neue Programm nicht nur die Organisation lahmlegen, sondern auch die Kunden in Sicherheit wiegen, die dann unter den Augen der Behörden ihr schändliches Spiel treiben würden.

Der Airbus hatte das Fahrwerk bereits ausgefahren. Eva lehnte sich im Sitz zurück und blickte zu Laurence hinüber.

»Es muss sie ein Vermögen gekostet haben, uns diese Plätze in der Business Class zu spendieren«, sagte sie.

Laurence lächelte. Sie ahnte, wie Dolorès ihnen diese Plätze verschafft hatte.

Unter ihnen glitzerte die Karibik in der Sonne. Helle, strahlende Farben, schwarze Klippen und smaragdgrüne Wiesen und Wälder bildeten einen wundervollen Kontrast zum geheimnisvollen, dunklen Blau des Meeres.

Der Airbus rollte auf die Landebahn. In der Bucht, draußen auf dem Meer, blähten sich in einer leichten Brise die Segel unzähliger Boote.

Weltbild Buchverlag
– Originalausgaben –
Taschenbuch-Lizenzausgabe 2009 mit Genehmigung der
Verlagsgruppe Lübbe GmbH & Co. KG, Bergisch Gladbach für die
Verlagsgruppe Weltbild GmbH,
Steinerne Furt, 86167 Augsburg

Projektleitung: Almut Seikel
Übersetzung: Monika Buchgeister
Umschlaggestaltung: Zeichenpool, München
Umschlagabbildungen: Shutterstock (© Eky Chan)
Satz: Uhl + Massopust GmbH, Aalen
Gesetzt aus der Adobe Garamond 11,2/12,5 pt
Druck und Bindung: CPI Moravia Books s.r.o., Pohorelice

Gedruckt auf chlorfrei gebleichtem Papier

Printed in the EU

ISBN 978-3-86800-243-0